Tödliches Klassentreffen auf Usedom

Elke Pupke

TÖDLICHES
KLASSENTREFFEN
AUF USEDOM

HINSTORFF

Prolog
Montag, 5. Juli

Berta Kelling sitzt am Stammtisch der Pension *Kehr wieder* und blickt missmutig hinaus in den Regen. Sie langweilt sich. Ein Zustand, in dem sie sich nur äußerst selten befindet und der ihr zuwider ist.

Was nun? Mit einem Regenschirm könnte sie zu ihrem gewohnten Nachmittagsspaziergang aufbrechen, aber der Schirm liegt zu Hause. Sie blickt zu ihrer Nichte Sophie, die hinter der Bar steht und eifrig Bier zapft, Saft in Gläser füllt und Wasserflaschen öffnet. Nein, die kann sie jetzt nicht stören, um sich einen Schirm zu leihen. Ob Renate, die Köchin, einen hat? Die hat auch zu tun, die Gaststätte ist voll.

Berta seufzt. Sie hat die Pension vor zehn Jahren an ihre Nichte übergeben und genießt seitdem ihren wirklich verdienten Ruhestand, aber Stillsitzen und Schweigen ist so gar nicht ihr Ding.

Wenn nur jemand käme, um mit ihr einen Kaffee zu trinken und ein bisschen zu reden. Was ist eigentlich mit Anne? Heute ist Montag, da macht sie nachmittags den Ortsrundgang. Aber doch wohl nicht bei diesem Wetter? Sie muss natürlich hingehen zum *Haus des Gastes* und den Leuten erklären, dass die Führung heute ausfällt, aufgrund des starken Regens. Na, das werden die sich ja wohl denken können, wahrscheinlich ist gar keiner da. Also müsste Anne jeden Moment hier aufschlagen.

Es ist schon nach vier, als die Gästeführerin endlich an den Tisch kommt. Sie ist über einen Meter achtzig groß, alles an ihr wirkt kräftig und vital, die breiten Schultern, die langen Beine, der große Mund und das laute Lachen. Ihre Naturlocken sind noch immer karottenrot, wenn auch inzwischen von grauen Fäden durchzogen.

Es hat aufgehört zu regnen und Berta hat gerade beschlossen, nun endlich hinauszugehen.

»Wo kommst du denn jetzt her? Du hast doch wohl niemanden gefunden, der bei diesem Wetter mit dir durch Bansin läuft?«

Anne stellt ihren nassen Schirm in den Ständer und setzt sich. »Ich habe planmäßig meinen Ortsrundgang durchgeführt. Na ja, nicht ganz planmäßig.«

Als Berta sie zweifelnd ansieht, erklärt sie: »Es waren tatsächlich ein paar Leute da und ich wollte die nicht wegschicken. Ich habe gedacht, es hört bestimmt gleich auf zu regnen, dann können wir losgehen. Es hat aber nicht aufgehört, sondern wurde immer schlimmer, also habe ich die ganze Führung im *Haus des Gastes* gemacht. Die Geschichte von Bansin erzählt, von den Fischern gesprochen und über die einzelnen Häuser. Die können sie sich ja jetzt ansehen.«

»Ja«, nickt Berta zufrieden, »das geht auch. Dann trink mal erst einen Kaffee. Oder willst du nach Hause, dich umziehen?«

»Nein, ich bin gar nicht sehr nass.« Sie schüttelt sich ein wenig, streckt die großen Füße unter den Tisch und winkt ihrer Freundin Sophie zu. Ihre grünen Augen blitzen lebhaft.

»Du, ich habe eine Idee. Ich will ein Klassentreffen organisieren. Von unserer Bansiner Klasse. Was hältst du davon?«

»Das finde ich super. Warum bist du da nicht schon früher drauf gekommen? Ihr seid doch schon ewig aus der Schule raus.«

»Ja, hast recht. Mich hat heute eine Frau angesprochen, die mit mir zusammen eingeschult wurde. Ich kann mich gar nicht mehr an sie erinnern, sie ist mit ihrer Familie weggezogen, als wir in der dritten Klasse waren, sagt sie.«

»Und sie konnte sich an dich erinnern? Da musst du ja einen bleibenden Eindruck hinterlassen haben«, wirft Sophie ein, die mit einem Pott Kaffee für Anne an den Tisch getreten ist.

»Vor allem – wie hat sie dich erkannt? Du bist inzwischen doch um Einiges gewachsen«, fällt Berta ein.

»Das bin ich allerdings. Aber ich habe mich gut gehalten. Außerdem hatte ich mein Namensschild um den Hals. Die war nämlich gerade im *Haus des Gastes* und wollte ihre Kurkarte kaufen, als ich mit der ›Ortsführung‹ fertig war.«

»Warum betonst du das denn so? Du hast doch heute, bei diesem Wetter, keine gemacht, oder?« fragt Sophie.

»Doch, aber nur in theoretischer Form. Also, was hältst du von meiner Idee, ein Klassentreffen zu organisieren?«

Ihre Freundin ist sofort begeistert.

»Das müsst ihr natürlich hier machen. Ich kenne doch viele von deinen ehemaligen Schulfreundinnen und freue mich, die mal wiederzusehen. Oh, ich muss …« Sie deutet zur Theke, wo die Kellnerin schon ungeduldig wartet.

Schon am Abend ist aus Annes spontanem Einfall ein konkreter Plan geworden. Inzwischen ist ein Stammgast hinzugekommen, Bruno Kerr, ein pensionierter Lehrer. Er war bereits zu einigen Klassentreffen eingeladen worden und kann Anne ein paar nützliche Tipps geben. Er ist es auch, der als erster auf die Idee kommt, mit Zahlen zu jonglieren.

»Ihr wart 1979 mit der achten Klasse fertig«, errechnet er, »vor 42 Jahren. Schade, das ist keine gerade Zahl.«

»Ja, danach waren die meisten von uns in der Heringsdorfer Schule, einige in Wolgast.«

»Aber hör mal«, unterbricht Sophie, »ihr seid doch 1971 eingeschult worden, so wie ich, oder?«

»Stimmt! Das war vor genau 50 Jahren! Na, wenn das mal kein Anlass für eine Feier ist. Das war mir noch gar nicht eingefallen.«

»Ich denke, es war Schicksal, dass du deiner Schulkameradin über den Weg gelaufen bist«, sinniert Berta. »Jetzt müsst ihr euch in größerer Runde mit all den Damaligen treffen. Am besten am Tag eurer Einschulung, am 1. September.«

Der Vorschlag klingt verlockend, wird aber nach einigem Hin und Her verworfen. Anfang September sind in der Pension noch alle Zimmer belegt, die Gaststätte wird voll sein und Anne hat auch schon Aufträge für die Zeit.

»Schade«, bedauert Anne, »aber wir werden es wohl bis nach der Saison verschieben müssen.«

»Na ja, es wäre vielleicht auch etwas kurzfristig für die Einladung«, überlegt Berta. »Manche wohnen ja inzwischen nicht mehr auf der Insel, die müssten sich ein paar Tage frei nehmen und dann hier auch eine Unterkunft organisieren, wenn sie keine Familie mehr in Bansin haben.«

»Richtig«, stimmt Sophie zu, »das wird für Anfang September schon schwierig, ich glaube die meisten Hotels sind dann noch ausgebucht und die Ferienwohnungen sowieso.«

»Und es gelten noch die Hauptsaisonpreise, es ist also alles besonders teuer«, ergänzt Bruno.

Sophie nickt. »In diesem Jahr besonders, bei der Nachfrage. Aber wenn ihr euch Ende Oktober treffen würdet, hätte ich schon Zimmer frei. Ich würde deinen ehemaligen Schulfreunden natürlich einen guten Preis machen. Und die Gaststätte reserviere ich euch auch für einen Abend. Einverstanden?«

Obwohl Sophie mit ihren Eltern in Berlin gelebt hat, hat sie einen großen Teil ihrer Kindheit, nämlich alle Ferien, in Bansin bei ihrer Tante Berta verbracht, weshalb sie auch viele von Annes Freundinnen kannte.

»Ja, gut, dann planen wir für Mitte oder besser Ende Oktober.« Anne klingt etwas zögerlich, ihre Begeisterung scheint irgendwie verflogen zu sein.

»Ich helfe dir«, bietet Bruno an, der ahnt ihre Gedanken. »Wir brauchen erst mal die Namen. Das kriege ich schon hin. Schade, dass die Schule nicht mehr existiert, da hätte man vielleicht noch ein altes Klassenbuch von euch auftreiben können. Sag mal, hast du ein Foto von deiner Einschulung? Das könnten wir für die Einladung nutzen.«

Anne sieht den hageren Mann dankbar an. »Sicher habe ich das noch irgendwo. Bruno, du bist ein Schatz. Ehrlich gesagt, ich habe gerade befürchtet, dass ich mich doch etwas übernommen habe. Ich habe in den nächsten drei Wochen jeden Tag Fahrten, dafür muss ich auch noch einiges organisieren. Aber im August habe ich Zeit.«

»Dann schicken wir im August die Einladungen raus. Das reicht völlig. Wenn man das zu früh macht, vergessen manche den Termin wieder. Bis dahin habe ich alle Namen zusammen und eine Namensliste erstellt.«

»Und ich die aktuellen Adressen dazu«, ergänzt Berta.

»Genau«, bestätigt Sophie, »das ist die richtige Aufgabe für dich. Da kannst du deine Schnüffelnase wieder überall reinstecken. Aber diesmal bitte ohne einen Mörder zu suchen.«

»Beschrei es bloß nicht!« Anne zuckt erschrocken zusammen. Aber die Furcht, die sie plötzlich überkommt, beruht wohl nur auf den Erfahrungen aus den letzten Jahren. Denn sie kann nicht ahnen, dass nicht alle ihrer ehemaligen Mitschüler dieses Treffen überleben werden.

Sonntag, 1. August

Solveig Marten zuckt zusammen, als hinter ihr die Schlafzimmertür zuknallt. Sie hat vergessen, dass auch das Badfenster weit offen steht. Doch etwas Durchzug tut gut, die Wohnung ist noch immer viel zu warm, obwohl es sich draußen schon etwas abgekühlt hat. Sie stellt einen Stuhl vor die eine und den Wäschekorb vor die andere Tür, schiebt die flatternden Gardinen beiseite und blickt hinaus. Zwischen den Plattenbauten weht eine Staubwolke hindurch. Wenn es doch nur endlich einmal regnen würde! Nicht so ein kurzes heftiges Gewitter wie gestern Abend, sondern ein schöner gleichmäßiger Landregen, wenigstens ein paar Tage lang.

Sie sieht auf die Uhr, es ist kurz nach elf. Schnell geht sie in die Küche, schmeckt das Gulasch ab und fügt einen Löffel saurer Sahne hinzu. Die Kartoffeln sind auch gar. Sie füllt das Essen in Thermobehälter und stellt es in einen Korb. Bevor sie die Wohnung verlässt, sieht sie im Vorbeigehen kurz in den Flurspiegel und streicht sich automatisch über das kurze Haar.

»Mist«, murmelt sie und betrachtet ärgerlich den Soßenfleck auf ihrem T-Shirt. Schnell umziehen – halt, den Schlüssel einstecken und dann die Treppen hinunter. Wenigstens steht das Fahrrad griffbereit neben der Haustür, damit war sie heute schon einkaufen. Gleich früh um sieben, noch bevor die Urlauber aktiv werden.

Jetzt allerdings sind sie unterwegs. Solveig steht minutenlang in der Einfahrt zu ihrem Wohngebiet, bevor sie den Radweg und dann die Straße überqueren kann. Sie fährt schnell die Dorfstraße hinunter, winkt einer dicken Frau zu, die am Gartenzaun steht und offensichtlich auf ein Schwätzchen gehofft hat. »Keine Zeit!«

Um zehn Minuten nach halb zwölf steht sie etwas atemlos in der Küche ihrer Mutter.

»Ich dachte schon, du hast mich vergessen«, ist deren Begrüßung. Sie ist es gewohnt, um Punkt 11.30 Uhr Mittag zu essen.

»Hast du Hunger? Aber es ist doch erst kurz nach halb zwölf. Nun setz dich erst mal hin, du stehst mir im Weg.« Solveig hilft der alten Frau, sich auf den Küchenstuhl zu setzen, dann schiebt sie den Rollator beiseite und deckt schnell den Tisch.

»Ja? Ich dachte, es wäre viel später. Ich kann die Uhr nicht mehr richtig lesen. Und die Zeit wird mir immer so lang, wenn ich allein bin.«

»Ja, ich weiß.« Solveig seufzt. Während sie gemeinsam am Küchentisch essen, bemüht sie sich, ihre Mutter etwas aufzuheitern. Sie reden über die vielen Urlauber, über die Leute im Dorf, aber es gibt nicht viel Neues.

»Schmeckt gut. Du kannst wirklich gut kochen. Bist ein liebes Mädchen, ich bin so froh, dass ich dich habe.«

»Ja, Mutti. Ich bin auch froh, dass ich dich habe.«

Früher haben sie nie so miteinander gesprochen. Auch Zärtlichkeiten waren in der Familie nicht üblich. Umarmt hat man sich vor einer längeren Trennung oder danach. Oder am Geburtstag, dann gab es auch mal ein Küsschen. Dass man sich lieb hat, brauchte man nicht zu sagen, das wusste man doch. Auch, dass die Eltern immer für sie da waren, für sie sorgten und sie unterstützten, war für Solveig selbstverständlich. Ebenso, wie sie jetzt für ihre Mutter sorgt.

Aber lange kann die alte Frau nicht mehr allein bleiben, das wird ihr gerade wieder bewusst. Dass sie sich so stark verändert hat, ganz anders spricht als früher, ist vermutlich auch auf eine beginnende Demenz zurückzuführen, so wie die zunehmende Vergesslichkeit.

»Aber ich bin euch doch eine Last.«

»Was? Wie kommst du denn darauf? Du bist keine Last, für niemanden.« Solveig ist erschrocken. Was sich ihre Mutter für Gedanken macht!

»Weißt du – Walter Pichler war hier, heute Vormittag.«

Aha, daher weht der Wind. Walter Pichler ist der Nachbar, sein Grundstück ist sehr klein, das Haus ebenfalls. Es reicht gerade so für ihn und seine Frau und er würde doch zu gern seinen Sohn mit Familie in der Nähe haben. Seit Jahren versucht er, ein Haus im Dorf zu kaufen, das er sich leisten kann.

»Und der hat dir eingeredet, du seist eine Last für uns?«

»Nein, nicht so direkt. Er hat nur erzählt, wie wohl sich seine Mutter in dem Pflegeheim in Zempin fühlt. Sie wird da gut betreut und versorgt und hat immer Gesellschaft von Gleichaltrigen. Und ihr habt ja auch zu tun und könnt euch nicht dauernd nur um mich kümmern. Bestimmt ist Klas schon böse, weil du so viel Zeit mit mir verbringst und vielleicht streitet ihr euch sogar meinetwegen …?«

»Mutti!« Solveig schiebt ihren Teller weg und greift nach den zitternden Händen ihrer Mutter. Sie blickt ihr fest in die Augen, die in Tränen schwimmen.

»Du kennst Klas seit unserer Kindheit, genauso lange wie ich. Glaubst du wirklich, der würde zulassen, dass du in ein Pflegeheim kommst? Selbst wenn ich das wollte. Wir haben dich lieb, wir wollen dich bei uns behalten. Du bist die beste Mutter und Schwiegermutter und Oma, die man sich wünschen kann. Du hast so viel für uns getan! Auch wenn du es jetzt langsam vergisst, das macht nichts, wir wissen es.«

Sie möchte noch etwas hinzufügen, irgendetwas, was die Zukunft betrifft wie ›Ich komme jetzt noch öfter‹ oder ›Wir holen dich zu uns‹. Aber sie will sich nicht festlegen. Sie muss noch einmal darüber nachdenken. Nein, sie muss endlich eine Entscheidung treffen.

Klas würde seine Schwiegermutter sofort in die gemeinsame Wohnung holen. »Das Kinderzimmer ist doch frei, so selten wie Carmen kommt, kann sie dann auch in der Wohnstube auf der Couch schlafen. Oma stört doch wirklich nicht, so lieb und ruhig, wie sie ist. Und du brauchst nicht mehr dauernd ins Dorf zu laufen.«

Natürlich hat er recht. Aber Solveig liebt ihre ruhigen Vormittage, wenn Klas am Strand ist. Er fischt zwar nicht mehr hauptberuflich, aber er hält sich gern bei seinen ehemaligen Kollegen auf und manchmal fährt er noch mit hinaus.

Dann ist er glücklich und zufrieden, zu Hause läuft er nur unruhig in der Wohnung herum und weiß nichts mit sich anzufangen.

Solveig ist gern mal allein, sieht fern, belanglose Sendungen, bei denen man nicht nachdenken muss, oder sie liest. Dinge, die man nach Meinung ihrer Mutter und ihres Mannes abends tut, nicht tagsüber.

Was für eine schlechte Tochter sie doch ist! Sie denkt an ihre Kindheit in dem kleinen Haus im Dorf. Ihr Vater war auch Fischer, noch ruhiger, noch wortkarger als Klas. Die beiden haben sich gut verstanden. Klas hat nur ein paar Häuser weiter gewohnt, sie haben schon als Kinder zusammen gespielt, er war oft bei ihr zu Hause. Seine Eltern hatten wenig Zeit für ihn, sie haben beide in der Gastronomie gearbeitet, in Schichten und an den Wochenenden. Solveigs Mutter hat sich um beide Kinder gekümmert, hat mit ihnen gespielt, ihnen Märchen erzählt, für sie gekocht und gebacken und Pullover gestrickt. In der Heringszeit, wenn sie am Strand helfen musste, hat sie die Kinder mitgenommen. Klas' Mutter ist früh gestorben, da war er gerade zwölf Jahre alt.

Sein Vater hatte bald eine neue Lebensgefährtin, hat mit ihr zusammen eine Gaststätte geführt, um den Jungen hat er sich kaum gekümmert. Solveigs kleines, rohrgedecktes Elternhaus wurde somit auch das Zuhause von Klas. Die Schule war nicht seins, so früh wie möglich, nach der achten Klasse, ist er abgegangen und Solveigs Vater hat ihn mit zum Strand und auf sein Boot genommen. Dort war er glücklich, er hat nie etwas anderes gewollt.

Auch kein anderes Mädchen als Solveig. Geduldig hat er auf sie gewartet. Dabei hätte er an jedem Finger eine Freundin haben können, so gut, wie er aussah. Er ist kaum mittelgroß, als Junge war er schmal, ist erst durch die schwere Arbeit am Strand kräftig geworden. Die dunklen Haare, die inzwischen grau sind und die braunen Augen hat er von italienischen Vorfahren geerbt, das Temperament nicht.

Solveig hat sich umgesehen, ihre Chancen getestet, ist mit dem Mädchenschwarm der Schule ›gegangen‹, wie man damals sagte, einem Fußballer, jeden Sonntagnachmittag hat sie auf dem Sportplatz verbracht. Die Jungs mochten sie, gerade weil sie keine auffällige Schönheit war, sondern eher kleinmädchenhaft niedlich, mit großen staunenden Augen in einem herzförmigen Gesicht, aschblondem Haar und einer zierlichen Figur. Außerdem weckte sie den Beschützerinstinkt in ihnen, weil sie sehr schüchtern war.

Mit siebzehn war sie dann zum ersten Mal wirklich verliebt, in den Gitarristen der Kurkapelle. Bei jedem Auftritt stand sie dicht vor dem Musikpavillon und himmelte den zehn Jahre älteren, langhaarigen Mann mit der schmalzigen Roy-Black-Stimme an.

Sie war so auf ihren Schwarm fokussiert, dass sie gar nicht bemerkte, wie sich der halbe Ort über sie lustig machte. Und erst recht fiel ihr nicht auf, wie genau Klas Marten sie beobachtete.

Dem Musiker gefiel das naive Mädchen, das ihn so verliebt ansah, er war einem kleinen Abenteuer nicht abgeneigt – vorsichtig natürlich, schließlich hatte er Frau und Kind zu Hause.

Gegen Ende des Sommers kam es dann tatsächlich zu einer Verabredung. Solveig war so aufgeregt, sie musste es einfach jemandem erzählen. Allerdings hätte sie von ihrer Freundin Betty ein bisschen mehr Begeisterung erwartet, doch die schüttelte nur missbilligend den Kopf.

»Du bist doch nur neidisch«, reagierte Solveig enttäuscht, was Betty veranlasste, umgehend zu Klas zu gehen, um zu petzen. So kam es, dass der sich ebenfalls am Treffpunkt einfand und dem Musiker klarmachte, dass dieses Rendezvous keine gute Idee war und er besser die Finger von seiner Freundin lassen sollte. Solveig war mehr erstaunt als wütend, da sie nicht den Hauch einer Ahnung hatte, dass Klas sie als seine feste Freundin betrachtete. Aber seine Eifersucht gefiel ihr und als er auch noch die Fäuste ballte und dem einen Kopf größeren Mann wie ein Kampfhahn gegenüberstand, war er einem verliebten Italiener ähnlicher denn je.

Zwei Jahre später, Solveig war 19 und Klas 18 Jahre alt, heirateten die beiden. Das italienische Temperament kam nie wieder zum Ausbruch, es gab keinen Grund dafür, sie führen bis heute eine ruhige und glückliche Ehe.

Auf dem Heimweg von ihrer Mutter steigt Solveig Marten dann doch am Gartenzaun von Frau Zander vom Fahrrad. Die mehr als vollschlanke Frau zupft stöhnend ein paar Grashalme aus ihrer Blumenrabatte, sich selbst und anderen einen Vorwand dafür liefernd, sich in der prallen Mittagshitze im Vorgarten aufzuhalten. Auf den Zaun gestützt wischt sie sich den Schweiß von der Stirn.

»Na, wie geht es deiner Mutter? Ich habe sie lange nicht gesehen.«

»Gut, danke. Sie mag nur nicht rausgehen, wenn es so warm ist.«

»Das verstehe ich. Aber so kommt sie noch zurecht, oder? Na, ihr kümmert euch ja. Ist doch schön, wenn man solche Kinder hat, obwohl es für dich bestimmt auch eine Belastung ist.«

Schon wieder dieses Wort! Solveig hasst es. Scharf entgegnet sie: »Meine Mutter ist keine Belastung für uns. Wir besuchen sie gern. Schließlich hat sie ja auch genug für uns getan, früher.«

»Ist ja gut! Ich meine doch nur – nicht jeder hat das Glück, dass die Kinder so dankbar sind.«

Sie selbst hat gar keine. Worauf will sie überhaupt hinaus? Die größte Tratsche des Dorfes steht doch hier bestimmt nicht schwitzend in der Sonne, um belanglose Nettigkeiten auszutauschen. Irgendetwas will sie wissen oder hat sie zu erzählen, was sie für wichtig hält, Solveig aber gar nicht wissen möchte. Jetzt ist es ihr auch zu warm. Warum ist sie überhaupt stehen geblieben? Sie ist einfach immer zu nett.

»Na dann …« Sie nickt Frau Zander freundlich zu und stellt einen Fuß auf das Pedal.

»Nun warte doch mal. Ich wollte doch nur wissen … Ach, ich frage einfach direkt. Wenn deine Mutter nicht mehr allein da wohnen kann, verkauft ihr dann das Haus?«

Solveig stellt den Fuß wieder auf den Boden und sieht Frau Zander erstaunt an. »Warum? Wollen Sie es etwa kaufen?«

»Nein, ich doch nicht! Mir reicht mein Häuschen. Aber der Pichler, denke ich. Seine Frau hat mir gestern erzählt, dass der Sohn nun überlegt, wegzuziehen, nach Bayern oder so. Sie befürchtet, dass sie ihre Enkelkinder dann noch seltener sieht. Und sie haben ja auch niemanden weiter. Und er, also Walter Pichler, sucht nun verzweifelt nach einem Haus oder wenigstens einem Grundstück in der Nähe. Aber du weißt ja, es gibt einfach nichts. Jedenfalls nichts Bezahlbares. Und seit Corona ist es noch schwieriger geworden.«

Solveig weiß das nicht, sie hat sich noch nie darum gekümmert. Mit ihrer Wohnung sind sie und Klas zufrieden, sie wollen gar kein Haus. Aber sie kann es sich vorstellen. In den letzten Jahren ist zwar viel gebaut worden, aber hauptsächlich sind Ferienwohnungen entstanden. Reiche Leute von außerhalb kaufen Grundstücke und Häuser, um ihr Geld anzulegen. Einheimische können da nicht mithalten. Ein Eigenheim ist selbst hier, zwei Kilometer vom Strand entfernt für Normalverdiener kaum erschwinglich.

»Na ja, ihr findet sicher jemanden, der euch viel mehr dafür bezahlt, als Pichlers das können. Aber Klas will seine Schwiegermutter bestimmt nicht in der kleinen Wohnung haben.«

Die Frau wischt sich wieder die Schweißtropfen von der Stirn und sieht Solveig lauernd an. Die fühlt sich zu Unrecht angegriffen und ist angewidert. Sie steigt jetzt wirklich aufs Fahrrad.

»Klas würde meine Mutter sofort zu uns holen«, sagt sie und fügt über die Schulter trotzig hinzu, »der würde auch das Haus verkaufen. Aber ich nicht. Nicht an Pichler und auch an keinen anderen.«

Dienstag, 10. August

Anne sitzt an Deck der ADLER XI und betrachtet ihren Heimatort von der See aus. ›Berta hat recht, Bansin ist wirklich der schönste Ort der Welt. Obwohl ich noch nicht so viel von der Welt gesehen habe. Vielleicht sollte ich doch mal eine große Reise machen, ich habe ja jetzt wieder ganz gut verdient. Ich müsste mit Sophie darüber reden, nach der Saison haben wir beide Zeit. Ach nein, da wollen wir ja das Klassentreffen …‹

»Na, sitzen Sie auch hier draußen?«, unterbricht eine dickliche Frau die Gedanken der Gästeführerin und klammert sich an ihrem Mann fest.

›Nein, ich sitze unten an der Bar‹, denkt Anne und lächelt freundlich. Sie sollte die beiden bitten, sich zu setzen, bevor die nächste Schiffsbewegung sie umwirft. Aber auf die Idee können sie ja wohl selbst kommen. Sie wäre gern ein bisschen allein hier oben. Aber da kommen noch einige andere Gäste aus ihrer Reisegruppe. Geduldig beantwortet sie die Fragen nach den Schiffen am Horizont, den Kormoranschwärmen und der Heringsdorfer Seebrücke, die sie gerade ansteuern.

Nachdem sie auch in Ahlbeck an- und wieder abgelegt haben, leert sich das Deck. Die Mole von Swinemünde ist zu sehen und die großen Hotels hinter dem breiten Strand.

Das Schiff fährt jetzt etwas weiter hinaus, Anne genießt das Auf und Ab, wenn es über die Wellen gleitet. Die meisten Passagiere vertragen das Schaukeln weniger gut, außerdem hat es mal wieder begonnen, leicht zu regnen.

Die Reiseleiterin zieht sich die Kapuze ihrer Jacke über den Kopf und ist froh, wieder für ein paar Minuten allein zu sein. Eigentlich redet sie ja gern und hat auch gern Menschen um sich herum, aber im Moment wird es selbst ihr ein bisschen zu viel. Seit Wochen hatte sie keinen freien Tag.

Andererseits ist es natürlich schön, dass wieder Reisegruppen da sind. Und auch alle anderen Gäste. Anne hat das Gefühl, dass noch nie so viele Urlauber gleichzeitig auf der Insel waren. Überall Gedränge, Menschenmassen am Strand, auf der Promenade, auf den Straßen. Einfach mal spontan essen gehen, ohne Tischbestellung, ist fast unmöglich. Und die Leute scheinen alle gereizt und aggressiv zu sein. Überall gibt es Streit: zwischen Radfahrern und Fußgängern, zwischen Autofahrern und Radfahrern, zwischen Leuten, die keine Maske tragen und denen, die trotz Maske auf Abstand bestehen.

Es hat aufgehört zu regnen. Anne streift die Kapuze ab und blinzelt in die Sonne. Sie beobachtet die Kitesurfer, die vor Swinemünde über das Wasser fliegen. Sieht aus, als würde es Spaß machen. Schade, dass es so etwas in ihrer Jugend noch nicht gab, das hätten sie und ihre Freundinnen bestimmt ausprobiert.

Ihre alte Clique. In letzter Zeit, seit ihrer Idee zu einem Klassentreffen, denkt sie oft an ihre damaligen Freundinnen, besonders an Ramona. Wie konnte die Verbindung nur so völlig abreißen?

Während sie an der Mühlenbake, dem Seezeichen von Swinemünde, vorbeifahren, denkt Anne darüber nach, eine Schifffahrt für die ehemaligen Klassenkameraden zu organisieren. Es gibt doch diese Rundfahrt um die Insel. Anne hat vor zwei oder drei Jahren einmal zusammen mit Tante Berta, Sophie und Bruno daran teilgenommen. Ach ja, die ganzen Mitarbeiter aus dem *Kehr wieder* waren dabei. Sophie hat den Betriebsausflug zum Saisonabschluss organisiert. Ob das nicht auch eine Idee für das Klassentreffen wäre? Man legt morgens in Bansin ab und fährt im Laufe des Tages um die ganze Insel herum. Für einen Moment ist Anne begeistert von ihrem Einfall. Dann überlegt sie. Im Oktober ist das Wetter vielleicht nicht mehr so schön und es sind bestimmt nicht alle seefest. Zudem ist die Fahrt nicht ganz billig. Ob es sich überhaupt alle leisten könnten? Ist vielleicht doch etwas zu riskant. Aber eine Schifffahrt müsste man auf jeden Fall einplanen. Wenigstens so eine wie heute, von Bansin nach Swinemünde. Ein Tag ist eigentlich zu wenig, da hat man auch gar keine Zeit, mit allen zu reden. Drei Tage wären gut, mindestens. Da lohnt es sich auch für die, die inzwischen weiter weg wohnen, herzukommen. Sie denkt wieder an Ramona und lächelt unwillkürlich. Hoffentlich kommt sie. Und hoffentlich hat sie sich über die Jahre nicht allzu sehr verändert.

.

Mittwoch, 1. September

Es ist heiß und trocken an diesem ersten Septembervormittag, zu trocken eigentlich. Aber hier, in diesem Teil von München, gibt es keine verdorrten Rasenflächen und keine vertrockneten Blumen. Die Bewässerungssysteme funktionieren und um den Rest kümmern sich Gärtner. Die Bewohnerinnen der Villen schneiden allenfalls ein paar Rosen für die Vase. Meist liegen sie schlank und gebräunt am Pool, sofern sie nicht auf Reisen sind.

Ramona Rosmann ist weder schlank noch gebräunt und sie liegt auch nicht am Pool. Obwohl sie das könnte, sie hat sowohl Zeit als auch einen Pool. Aber es ist ihr zu langweilig und sie weiß auch, dass sie im Bikini nicht gerade vorteilhaft aussieht. Und es ist ihr wichtig, vorteilhaft auszusehen.

Das ist neu in diesem Sommer. Im letzten Jahr ist sie noch unbeschwert im Badeanzug herumgelaufen und ins Wasser gesprungen. So wie in den Jahren davor, als ihr Mann noch lebte. Für den dreißig Jahre älteren war sie schön und schlank genug. Und die Nachbarn waren ihr sowieso egal und sind es immer noch. Aber Sascha soll sie nicht so sehen. Und womöglich Vergleiche anstellen.

Für ihn hat sie auch schon jetzt am Vormittag, trotz der Hitze, die volle Kriegsbemalung aufgelegt. Vermutlich hat er sie noch nie ungeschminkt gesehen. Nur gut, dass er morgens gern etwas länger schläft. Sie steht früh auf, duscht, schminkt und frisiert sich und geht wieder ins Bett. Kurz nach dem Aufwachen lässt er sich am leichtesten von ihr verführen.

Jetzt ist er gerade in die Stadt, in sein Büro gefahren und sie schlendert über das Grundstück und betrachtet die verwilderten Rabatten. Vielleicht sollte sie doch mal einen Gärtner beauftragen.

»Ramona, hallo Ramona!« Die unangenehm hohe Stimme ihrer Nachbarin unterbricht ihre Überlegungen und verschlechtert ihre Laune. »Willst du nicht herüberkommen und einen Kaffee mit uns trinken? Vivien ist auch da.«

›Ja, natürlich ist Vivien auch da. Die ist ja noch neugieriger als du. Und ihr wollt beide wissen, ob ich schon einen Käufer für die Villa habe, ob ich überhaupt noch verkaufen will, wenn ja, für wie viel und wie alt mein gutaussehender Liebhaber ist. Und ob ich ihn bezahle. Von dem Geld, das mir der arme Karl-Heinz hinterlassen hat.‹

»Ja, warum nicht.« Es ist so langweilig, wenn Sascha nicht da ist. Was soll sie den ganzen Tag machen? Im Haus fühlt sie sich nicht wohl, weil sie eigentlich putzen müsste. Doch dazu hat sie überhaupt keine Lust. Warum auch? In Büchern und Filmen sind es immer die sympathischen, intelligenten, kreativen Menschen, bei denen dicke Staubschichten auf den Möbeln liegen und der Kühlschrank leer ist. Die Ordentlichen, Sauberen, Organisierten sind unsympathische Spießer oder Psychopathen.

Vivien ist dürr wie eine wandelnde Heuschrecke und hält sich vermutlich für sehr dekorativ, wie sie sich halb liegend, die knochigen Beine angewinkelt, auf einer Liege neben dem Pool drapiert hat. Ramona hat große Lust, sie hineinzustoßen.

Sie setzt sich an den Tisch, nickt Sandra, ihrer Nachbarin zu, als die ihr einen Kaffee hinstellt und wartet ab.

Und richtig. Eigentlich könnte sie schon antworten, bevor sie die Fragen gehört hat. »Nein, ich habe noch keinen Käufer. Doch, es waren schon einige da und haben sich das Haus angesehen. Nein, ich muss nicht verkaufen, ich will es. Es ist mir zu groß, macht nur Arbeit. Ich werde mir eine Wohnung kaufen. Ja, hier in München. Nein, ich will nicht wieder zurück in den Norden. Nein, dort ist es mir nicht zu kalt.« Was denkt die dumme Pute, woher ich komme? Aus Nowosibirsk?

»Die Insel Usedom wird sogar als Sonneninsel bezeichnet«, erklärt Ramona. »Es ist eine der Regionen mit der längsten Sonnenscheindauer Deutschlands.«

»Wirklich?« Vivien staunt. »Insel Usedom – habe ich noch nie gehört.«

»Ich schon, aber ich dachte, das wäre in Polen«, ergänzt Sandra.

›Herr, lass Hirn regnen. Oder Steine. Hauptsache, es trifft die Richtigen.‹ »Tatsächlich ist es die zweitgrößte Insel Deutschlands.« Wozu erzählt sie das überhaupt? Die dämlichen Gänse interessiert es ja doch nicht. Das weiß sie nun schon seit Jahren, trotzdem ist es den beiden mal wieder gelungen, sie zu verärgern.

Sie reißt sich zusammen. Nicht ausfallend werden, einfach unverfänglich weiter plaudern.

»Warum reden wir eigentlich immer über mich? Was gibt es denn bei euch Neues? Was machen die Kinder?«

»Hach, hör nur auf! Mein Kind hat beschlossen, Vegetarier zu sein. Es isst kein Fleisch mehr. Aber wie soll ich das nun ersetzen?«

Ramona kann nicht anders. »Durch einen Hund«, rät sie.

Vivien sieht sie zweifelnd an. »Du meinst, wir sollten uns einen Hund anschaffen, damit das Kind wieder normal isst?«

»Nein, du solltest es durch einen Hund ersetzen. Hunde essen gern Fleisch.«

Jetzt ist es angekommen. Sandra kichert und hält sich schnell die Hand vor den Mund, Vivien ist hingegen so empört, dass sie beim Reden quiekt.

»Du nimmst uns überhaupt nicht ernst. Immer sagst du so seltsame Sachen. Beleidigend, finde ich.«

Sie blickt zu ihrer Freundin, ob die es auch als beleidigend empfindet. Sandra nickt ihr ermutigend zu.

»Wahrscheinlich, weil du aus dem Osten kommst.«

»Das wird es sein«, nickt Ramona und steht auf. »Danke für den Kaffee und das nette Gespräch.«

In ihrer Küche sieht sie sich seufzend um, nimmt einen Lappen, feuchtet ihn an und wischt einen Fleck von der weißen Hochglanzfront. Na ja, so genau werden die potenziellen Käufer wohl nicht hinsehen. Können ja selbst putzen, wenn sie das Haus gekauft haben.

Der Herd sieht jedenfalls sehr gut aus. Wie neu. Vor drei Jahren war es das neueste und teuerste Modell, was sie finden konnte. Sie hatte sich tatsächlich vorgenommen zu kochen. Irgendetwas musste sie ja tun, nachdem Karl-Heinz nicht mehr reisen konnte und wollte. Gesund und lecker, also regional und saisonal. Ein Kochbuch hat sie sich auch angeschafft. Und auch einmal flüchtig durchgeblättert. Dann festgestellt, dass gesundes Essen oder gar kochen nicht ihr Ding sind. Und Karl-Heinz war sowieso krank. Nun auch noch Magenkrebs. Welch bittere Ironie. Nur gut, dass der festgestellt wurde, bevor sie mit dem Kochen begonnen hat.

Vielleicht sollte sie den Herd jetzt tatsächlich einmal nutzen. Wo ist eigentlich die Beschreibung? Sie war doch damals ganz begeistert von dem, was er angeblich alles hat und kann. Bei dem Preis sollte er allerdings auch noch die Fenster putzen, das Unkraut jäten und mit dem Hund Gassi gehen.

Diese Küche war damals ein reiner Frustkauf. Völlig überteuert – man hätte von der Summe eine kleine Wohnung kaufen können – und sinnlos. Nun ist sie aber da.

›Ich sollte sie wirklich nutzen‹, denkt Ramona etwas widerwillig. ›Wir gehen viel zu oft essen. Ich könnte eine Menge Geld sparen, wenn ich selbst koche und ich hätte etwas zu tun. Vielleicht macht es mir ja sogar Spaß, wenn ich es einmal gelernt habe. Ob es Sascha gefallen würde? Ich muss mich ja nicht gleich zum Hausmütterchen umwandeln. Also nicht regional und saisonal. Mit Bratkartoffeln und Spiegeleiern, einem gehaltvollen Schweinebraten oder einem zähen Schnitzel mit zerkochtem Gemüse würde ich auch definitiv nicht bei ihm punkten. Eher mit etwas

Schickem, Ausgefallenem. Ein elegant gedeckter Tisch mit Kerzenschein, ein edler Wein – damit kann ich ihn sicher überraschen.‹

Ihr graut vor dem Aufwand, sicher wird einiges schiefgehen und Sascha sie am Ende auslachen. Aber sie sollte sich nichts vormachen. Allmählich muss sie über ihre Finanzen nachdenken. Im Moment ist noch genug Geld da, aber es wird nicht ewig reichen. Sie denkt dabei nicht an ihr Alter, ihre einzige Sorge ist die: ›Wenn das Geld weg ist, ist Sascha auch weg‹.

Sie muss darüber nachdenken, aber nicht jetzt. Jetzt hat sie Hunger.

Ramona gibt die Suche nach der Gebrauchsanleitung für den Herd auf und blickt unschlüssig auf ihr Smartphone. Die erste eingespeicherte Nummer ist ein Pizza-Lieferdienst, die zweite ein Asiate, die dritte ein indisches Restaurant. Sie wählt die Zwei – Sushi ist gut für die Figur.

Donnerstag, 2. September

Dora Stocking beobachtet aus ihrem Küchenfenster im dritten Stock des Plattenbaus am Stadtrand von Wolgast, wie ihr Nachbar vorsichtig rückwärts einparkt und aus dem verbeulten, rostfleckigen silbernen Golf steigt. Der Mann bewegt sich langsam, achtet demonstrativ sorgfältig darauf, dass seine Autotür nicht den danebenstehenden Ford Fiesta berührt, obwohl der genauso alt und ungepflegt aussieht wie sein eigener Wagen und wirft dann einen schnellen, zielsicheren Blick nach oben.

Sie weiß genau, dass er sie durch die dichten Gardinen nicht sehen kann, tritt aber unwillkürlich einen Schritt zurück. Natürlich weiß er, wer ihn bei der Nachbarin angeschwärzt hat und er will, dass sie weiß, dass er es weiß. Dabei hat sie sich bei dem Anruf so bemüht, ihre Stimme zu verstellen. Die Müller solle doch froh sein, zu erfahren, wer ihr die Beule in der Tür verpasst hat, auch wenn die an dem Zustand des Autos insgesamt nicht mehr viel geändert hat. Aber immerhin hat sie etwas Geld von der Versicherung bekommen – das nimmt Dora jedenfalls an, erzählt hat es ihr niemand. Eigentlich ist es ihr auch egal, sie hatte nur gehofft, dass die beiden sich nach diesem Vorfall ordentlich zoffen, wo sie doch sonst immer die Köpfe zusammenstecken und plötzlich schweigen, wenn sie an ihnen vorübergeht.

Früher hat sie sich manchmal mit den Leuten im Haus unterhalten. Sie wurde geachtet und respektvoll gegrüßt, schließlich hat sie beim Arbeitsamt gearbeitet, damit hatten die meisten irgendwann zu tun. Manchmal hat sie jemandem einen Tipp gegeben oder beim Ausfüllen der Formulare geholfen. Natürlich hat sie sich mit niemandem im Haus angefreundet, die sind wirklich nicht ihr Niveau, sie hat sich nie herabgelassen, private Unterhaltungen zu führen, aber immerhin war sie freundlich, herablassend freundlich.

Auf die impertinente Frage der Müller, ob sie nun selbst arbeitslos sei, hat sie mit Leidensmiene von ihren Rückenschmerzen – ja, den ganzen Tag am PC zu arbeiten macht auf Dauer jede Wirbelsäule kaputt – und der langwierigen Therapie erzählt. Hat noch gegrinst, die blöde Kuh, anscheinend ist doch etwas durchgesickert. Aber im Prinzip stimmt es ja, sie ist aufgrund von chronischen Rückenschmerzen krankgeschrieben, seit Wochen und sie wird das auch so lange wie möglich durchziehen. Den Aufhebungsvertrag wird sie jedenfalls nicht unterschreiben – von wegen »gegenseitiges Einverständnis«. Die trauen sich ja doch nicht, den wahren Grund für ihre Entlassung in einer Kündigung anzugeben. Gut, sie hat versucht, ihre Vorgesetzte zu erpressen, aber dafür gab es schließlich einen Grund. Sie weiß einfach zu viel, hat schon immer zu viel gewusst. Und meist war das für sie sehr nützlich. Auch ihre Strategie, nach oben zu schleimen und nach unten zu treten, hat sie bisher immer weitergebracht. Diesmal hat sie allerdings versucht, nach oben zu treten und das hat nicht geklappt.

Sie wirft noch einen kurzen Blick auf ihren dicken Nachbarn, der jetzt die Einkaufstüten aus dem Kofferraum zerrt und geht zurück ins Wohnzimmer. Die dunklen schweren Möbel, das Bücherregal mit teuren Ausgaben von Klassikern, die sie nie gelesen hat, die Ledercouch – das alles fand sie mal sehr stilvoll, zu ihrem Image passend. Inzwischen findet sie es langweilig und bedrückend.

Von hier aus ist der Ausblick genauso deprimierend wie aus dem Küchenfenster. Sie sieht auf den gegenüberliegenden Wohnblock, auf Leute, die sie auch nicht leiden kann, freundliche, zufriedene Menschen, mit wenigen Ansprüchen, sonst würden sie sich hier ja nicht wohlfühlen. Tristesse herrscht hier überall.

Nun wird sie hier nicht mal mehr respektiert. So kann sie einfach nicht leben. Sie möchte, wenn schon nicht bewundert, wenigstens geachtet und gebraucht werden. Wichtig sein, sich abheben von der Masse.

Dieser Anruf bei der Müller war, im Nachhinein betrachtet, wirklich dämlich. Sie wollte ein wenig Unfrieden stiften, hat den beiden den Ärger gegönnt, doch sich am Ende nur selbst geschadet. Damit hat sie sich mit denen gemein gemacht. Niemand hier hält sie mehr für besonders klug, kleinlichem Nachbarschaftsstreit überlegen. Stattdessen wird sie belächelt, das ist das Allerletzte, was sie ertragen kann.

Frustriert geht sie die Treppe hinunter zum Briefkasten, nicht ohne vorher an der Wohnungstür zu lauschen, sie will niemanden treffen.

Mit der Einladung zum Klassentreffen in der Hand setzt sie sich auf das Sofa und überlegt.

Die werden natürlich die ganze Zeit über ihre Kinder und Enkel reden, wie langweilig. Sollte sie vielleicht ein Kind erfinden – einen Sohn, der Kapitän auf einem Kreuzfahrtschiff ist oder Wissenschaftler, Nobelpreisanwärter, vielleicht ein weltbekannter Autor, schreibt unter Pseudonym – ach was, wenn es herauskommt, dass sie gar kein Kind hat, ist sie richtig blamiert. Lieber schweigen und geheimnisvoll lächeln.

Oder gar nicht erst hingehen? Andererseits – an Bansin hat sie angenehme Erinnerungen. Dort wurde sie geachtet, hatte Einfluss und die richtigen Freunde. In ihrer Funktion im Gemeindeamt hat sie viel über die Leute erfahren, was ihr nützlich war. Was sie auch genutzt hat. Allerdings ist das schon lange her. Diese verdammte Wende hat ihren Weg nach oben durchkreuzt. In den letzten Jahren lief es dort nicht mehr so gut.

Wer von den ehemaligen Mitschülern wohnt eigentlich noch in Bansin? Ohne besonderes Interesse denkt sie darüber nach, dann hat sie eine Idee. Vielleicht kann ihr ja jemand von denen eine bezahlbare Wohnung besorgen. Das könnte doch eine Chance sein. Heißt es nicht, wenn sich eine Tür schließt, öffnet sich eine andere? Warum nicht zurückkehren in ihren Heimatort?

Sie blickt nachdenklich aus dem Fenster. Die Gegend ist trist, ihre Wohnung ist trist, ihr Leben ist trist. So wird es bleiben, Jahr für Jahr. Ereignislos, bedeutungslos. Immer nur warten. Worauf? Auf eine kleine Rente, dann auf den Tod. Wenn sie jetzt nichts tut, ist es vielleicht die letzte Chance, noch einmal alles zu ändern. Ihre beste Zeit hatte sie in den Achtzigerjahren in Bansin. Da war sie noch jemand! Sie konnte über andere entscheiden, war geachtet, gefürchtet, bei einigen sogar beliebt.

Die Zeit ist vorbei. Endgültig, damit muss sie sich abfinden. Sie kann dort nicht wieder anknüpfen. Aber vielleicht noch einmal neu anfangen? Gut, einigen Leuten wird sie aus dem Weg gehen müssen oder einfach so tun, als wäre nichts gewesen. Das kann sie gut. Freundlich lächeln, sich fröhlich geben, interessiert zuhören, Anteilnahme heucheln – ihre leichteste Übung. Und immer ein wenig von oben herab, schließlich ist sie ja jemand. Klug, gebildet und einflussreich. In leitender Stellung beim Arbeitsamt. Sie muss nur selbst daran glauben.

Wenn es richtig gut läuft, kann sie ihr Wissen von damals sogar jetzt noch nutzen. Eigentlich ist das Klassentreffen perfekt geeignet, um das herauszufinden. Man trinkt ein Glas Wein oder auch paar Gläser mehr, redet über diesen und jenen, ganz im Vertrauen natürlich – ›Was macht der denn jetzt eigentlich? Ach, guck an, da hat er es ja richtig weit geschafft.‹ – es gibt sicher einige, die nicht so gern an ihre Vergangenheit erinnert werden.

Doras Laune bessert sich, sie lächelt hoffnungsvoll, während sie ein wenig von ihrer Zukunft in Bansin träumt.

Dann sieht sie sich die Einladung genauer an. Von wem kommt die eigentlich? Anne Wiesner? Dora überlegt kurz. Ach, natürlich, Anne! Die lange, Rothaarige mit der großen Klappe. Eigentlich nett, aber für Doras Geschmack ein bisschen zu direkt. Sagte einfach immer, was sie dachte.

Das Treffen soll im Hotel *Kehr wieder* stattfinden. Wo ist das denn? Ach ja, das hieß früher *Fortschritt*. Jetzt gehört es Berta Kelling. Oder? Die muss doch auch schon uralt sein. Hat Anne es etwa übernommen?

Sie weiß gar nicht mehr so richtig, was in Bansin vor sich geht. Das muss sich noch vor dem Klassentreffen ändern. Ihre Teilnahme wird sie am besten persönlich zusagen.

Klas Marten ist schon zu Hause, als seine Frau die Wohnung betritt. Ihm war es heute zu heiß am Strand, es war auch keiner von den anderen Fischern mehr dort. Sogar Paul Plötz ist heute zu Hause geblieben, vielleicht sitzt er aber auch am Stammtisch im *Kehr wieder*, bei seiner Freundin Berta.

»Komm schnell«, ruft er ungewohnt aufgeregt und hält Solveig das Telefon entgegen. »Carmen ist dran, sie will dir was Wichtiges sagen.« So wie er strahlt, weiß er es schon und es muss etwas wirklich Wichtiges sein. Solveig ahnt etwas. »Hallo, mein Schatz. Schön, dass du anrufst. Geht es dir gut? Was gibt's Neues?«

Ihre Tochter bestätigt, was Solveig gehofft hat. Als sie das Telefon weglegt, hat sie Freudentränen in den Augen und Klas nimmt sie zärtlich in den Arm. Endlich! Sie haben sich so sehr ein Enkelkind gewünscht und nun ist es soweit. Immerhin ist ihre Tochter schon Mitte dreißig.

»Aber das ist heute normal, die fangen nicht mehr so früh an wie wir damals. Ist ja auch gut so. Da können sie dem Kind doch etwas bieten, sie haben eine schöne Wohnung und alles. Und Carmen bleibt bestimmt ein paar Jahre zu Hause. Er verdient ja auch gut.«

Solveig plappert aufgeregt und Klas nickt und strahlt und hat jetzt tatsächlich auch eine Träne im Augenwinkel.

»So!« Sie springt auf und geht in die Küche. »Ich stelle eine Flasche Sekt kalt, die trinken wir heute Abend. Und dann mach ich uns erst einmal einen Kaffee. Oder?«

Sie kommt zurück ins Zimmer. »Hat Carmen eigentlich gesagt, wann sie kommen? Bleibt es nun trotzdem bei Oktober?«

Später, beim Kaffee, sie reden immer noch über Carmen und dass sie Großeltern werden, bedauert Solveig: »Schade, dass sie so weit weg wohnen. Ich meine – Hamburg geht ja noch, es könnte schlimmer sein – aber es wäre doch schön, wenn sie hier in der Nähe wohnten. Ich könnte ihr auch mit dem Baby helfen.« Sie seufzt sehnsüchtig.

Dann denkt sie an Pichlers. Vielleicht sollte man ihnen das Haus doch verkaufen. »Oder würde Carmen mit dem Kind öfter kommen, wenn ein Garten da wäre, in dem es spielen kann? Und ein oder zwei gemütliche Zimmer unter dem Dach? Klas, was meinst du?«

Klas fühlt sich eigentlich wohl in dieser Wohnung, er hat keine Lust zum Rasenmähen und schon gar nicht zu den vielen handwerklichen Tätigkeiten, die in einem Haus notwendig sind. Andererseits, für seine Tochter würde er das natürlich tun, erst recht für ein Enkelkind. Und wenn Solveig es gern möchte, ist die Sache quasi schon entschieden. »Mutti wäre es wahrscheinlich auch lieber«, sagt er.

»Ja, sicher.« Sie streicht ihm über den Arm und denkt wieder einmal, was für ein Glück sie mit ihrem Mann hat.

Er war immer für sie da. Seit ihrer Kindheit hat er ihre Probleme gelöst. Außer – wo war er eigentlich, als Madita ertrank? Sie waren immer zusammen. Nur an diesem, dem schlimmsten Tag ihres Lebens, war er nicht bei ihr. Sie hatten sich gestritten, wahrscheinlich, weil er nicht mitmachen wollte, er war mal wieder vernünftiger als sie. Aber sie wollte unbedingt zur Clique gehören. Und sie hat auch Madita überredet, mitzukommen. Ihre etwas jüngere Freundin, Fischertochter wie sie selbst, schüchtern und eigentlich ängstlich, aber wenn Solveig dabei war … Noch heute sieht sie in ihren Albträumen, wie das Mädchen von der Eisscholle rutscht und darunter verschwindet. Wie ein Blutfleck lag der rote Handschuh, aus dem ihre Hand geglitten war, an der Kante des Eises.

Wie kommt sie nur gerade jetzt darauf? Sie hat doch schon so lange nicht mehr an Madita gedacht. Es ist jetzt über vierzig Jahre her. Ob die anderen manchmal noch daran denken? Fühlen sie sich auch schuldig? Seltsam, dass sie nie wieder darüber gesprochen haben.

Unwillkürlich schüttelt sie den Kopf. Sie wird sich diesen Tag nicht durch so eine alte Geschichte verderben.

Nach dem Abendessen trinken sie den Sekt und schmieden Pläne. Sie werden doch eine Baufirma beauftragen müssen. Ihre Mutter soll unten wohnen, das Bad muss altersgerecht umgebaut werden und oben soll ein neues Bad entstehen und zwei Schlafzimmer. Eine neue Küche möchte

Solveig auch haben, aber das hat Zeit. »Und dann hängen wir wieder eine Schaukel in den Kirschbaum. Weißt du noch?« Sie lacht, dann sieht sie auf die Uhr. Jeden Abend gegen zehn, wenn der erste Film im Fernsehen zu Ende ist, hilft sie ihrer Mutter, sich bettfertig zu machen.

»Oh, ich muss los, Mutti wird schon warten. Na, wenn ich ihr erzähle, dass sie Uroma wird, ist sie bestimmt nicht böse.«

»Soll ich mitkommen?«, bietet Klas an.

»Nein, lass, ich fahre schnell mit dem Rad hin. Bin gleich wieder da.«

Im Vorbeigehen sieht sie, dass im Briefkasten ein großer, bunter Umschlag steckt. Sie muss nachher daran denken, ihn mit hinauf zu nehmen.

Die Dorfstraße liegt verlassen, kein Mensch ist zu sehen. Hinter zugezogenen Gardinen sind Bildschirme zu erkennen, ein Hund bellt, eine Katze huscht über die Straße. Von der anderen Seite des Dorfes, wo die Ferienwohnungen erbaut wurden, hört man Stimmen. Der Geruch von gegrillter Wurst liegt in der Luft. Es ist immer noch warm.

Solveig summt leise vor sich hin, als sie die Straße hinunterfährt. Sie freut sich darauf, ihrer Mutter die guten Nachrichten zu überbringen. Worüber sie sich wohl mehr freut? Darüber, dass Carmen ein Baby bekommt oder dass sie und Klas das Haus umbauen und zu ihr ziehen wollen? Über beides sicher. Sie hat es verdient, im Alter glücklich und umsorgt zu leben.

Das Auto kommt aus einem Feldweg. Obwohl es bereits dunkel ist, sind die Scheinwerfer nicht eingeschaltet. Es beschleunigt und trifft Solveig von der Seite. Sie hat keine Chance. Als der schwere Wagen mit quietschenden Reifen und noch immer ohne Licht aus dem Dorf fährt, ist sie bereits tot.

Freitag, 3. September

Als Anne gegen sechzehn Uhr ins *Kehr wieder* kommt, ist die Gaststätte leer. Es ist die Zeit vor dem Abendessen, die Gäste kommen gerade vom Strand zurück oder sie sind auf der Promenade unterwegs. Kaffeegeschäft hat Sophie bei schönem Wetter selten, das verlegt sich auf Restaurants mit Außengastronomie. Sie ist nicht traurig über die Pause zwischen dem Mittag- und Abendgeschäft.

Der jungen Kellnerin, die sie in diesem Frühjahr eingestellt hat, ist es auch recht, in Teilzeit zu arbeiten. Sie wohnt in einem Dorf im Hinterland und hat noch keine Familie. Die zwei oder manchmal auch drei freien Stunden am Nachmittag nutzt sie meist, um am Strand in der Sonne zu liegen und in der Ostsee zu baden.

Sophie steht hinter ihrem Tresen und poliert Gläser. »Bist du ganz allein?«, fragt Anne. »Wo ist denn Tante Berta?«

»Am Strand, bei Paul, nehme ich an. Wir haben schon Kaffee getrunken.«

»Schade, dabei habe ich mich extra beeilt.«

»Macht nichts. Ich habe mich auch beeilt und schon alles vorbereitet für heute Abend. Jetzt hab ich ein bisschen Zeit.«

Sie setzt sich zu ihrer Freundin. »Ich werde Kati einen unbefristeten Arbeitsvertrag geben, habe ich beschlossen. Sie ist wirklich gut, ich will sie behalten.«

»Na ja, bisher hattest du ja noch nie viel Glück mit deinen Kellnern. Eine war eine Mörderin, die andere wurde ermordet, den letzten haben wir verdächtigt, ein Mörder zu sein.«

»Hör bloß auf! Daran will ich gar nicht mehr denken, ich bin froh, dass in diesem Jahr Ruhe ist mit all diesen Mordgeschichten.«

»Das Jahr ist noch nicht zu Ende«, unkt Anne.

Wie aufs Stichwort kommt Berta um die Ecke und lässt sich auf ihren Stammplatz fallen. Sie ist ungewohnt ernst, wirkt sogar bedrückt und hat statt der gewohnten fröhlichen Begrüßung nur ein kurzes Nicken für Anne übrig.

»Was ist los?«, fragt ihre Nichte alarmiert. »Sag jetzt nicht …«

»Solveig Marten ist tot. Sie wurde gestern Abend überfahren.«

»O nein.« Anne spürt, wie ihr die Farbe aus dem Gesicht weicht. Ihr ist plötzlich kalt. »Ich habe ihr erst gestern die Einladung für das Klassentreffen in den Briefkasten gesteckt.«

»Stimmt ja«, auch Sophie ist erschrocken. »Solveig – das war doch die schüchterne, schlanke Blonde mit dem Pferdeschwanz. Die hat zu eurer Clique gehört. Ach Mensch!« Sie nimmt ihre Freundin in den Arm.

Anne hat Tränen in den Augen. »Welches Arschloch …? «

»Weiß man nicht«, unterbricht Berta sie. »Fahrerflucht. Der hat sie da einfach liegen lassen. Ihr Mann hat sie gefunden, unten im Dorf, da war sie schon tot. Er hat sie gesucht, weil sie nicht von ihrer Mutter zurückkam.«

»Der Arme. Die beiden waren schon ewig zusammen, sie sind sogar zusammen aufgewachsen.«

Anne denkt an das geplante Treffen. »Jetzt wird es wohl doch nicht so lustig, wie ich dachte. Jedenfalls nicht für mich. Und für unsere anderen Freundinnen auch nicht. Wir haben Solveig alle sehr gemocht. Sie war immer nett und hilfsbereit, hat nie getratscht oder gepetzt. Über Tote soll man ja nichts Schlechtes sagen, über sie konnte man das auch gar nicht.«

»Ihre arme Mutter«, fällt Berta ein, »Solveig hat sich um sie gekümmert, ist jeden Tag da gewesen. Klas ist ja auch ein Guter, aber das kann der nicht. Dann muss sie jetzt wohl doch in ein Pflegeheim.«

Anne und Sophie wundern sich nicht, woher ihre Tante das schon wieder weiß. Sie kennt jeden der alten Bansiner, weiß, wie es jedem geht, wer mit wem verwandt, befreundet oder zerstritten ist.

Die Martens haben nicht einmal im Seebad, sondern im Dorf Bansin gewohnt. Aber Berta kannte Solveigs Vater, der bis zu seinem Tod Fischer in Bansin war.

»Hoffentlich finden sie den Fahrer. Der war bestimmt besoffen. Normalerweise kann man da im Dorf doch gar nicht schnell fahren«, vermutet Sophie.

»Oder es war Absicht?«

»Anne, hör auf. Nicht schon wieder, bitte! Du hast selbst gesagt, niemand konnte auf Solveig böse sein. Die hat niemandem etwas getan, hatte bestimmt nicht viel zu vererben und hat sich sicher auch nicht in anderer Leute Angelegenheiten eingemischt.« Sophie wirft einen Seitenblick auf ihre Tante.

Die sieht einen Moment nachdenklich vor sich hin, dann schüttelt sie den Kopf. »Nein, das glaube ich eigentlich auch nicht. Es war sicher ein tragischer Unfall.«

Samstag, 4. September

Dora Stocking hat das Gefühl, dass noch nie so viele Gäste in Bansin waren. Trotz des Strandwetters sind die Straßen voll, sie hat eine Ewigkeit gebraucht, um einen Parkplatz zu finden. Jetzt steht ihr Auto vor einem Einkaufsmarkt, da darf es nur anderthalb Stunden stehen, aber die Zeit muss reichen.

Gereizt schiebt sie sich zwischen den bummelnden Urlaubern hindurch in Richtung Strandpromenade. Hier ist es noch enger. Beinahe wäre sie mit einem Radfahrer zusammengestoßen, der auf dem Gehweg fährt und dabei in aller Ruhe ein Fischbrötchen isst.

Dagegen ist es in Wolgast ja direkt ruhig. Vielleicht sollte sie doch noch einmal darüber nachdenken – nein, Unsinn, alles ist besser als der momentane Zustand und Bansin sowieso. Es ist ja auch bald wieder ruhiger.

So, da ist die Pension *Kehr wieder*. Hoffentlich ist Anne da. Sie hat sich nicht mit ihr verabredet, ihr Besuch soll eher zufällig erscheinen. Aber am Telefon hat Anne ihr erzählt, dass sie sich hier meistens aufhält, weil ihre Freundin Sophie die Pension betreibt. Auch Berta Kelling sei fast immer hier am Stammtisch zu finden. Auf die setzt Dora große Hoffnung. Die Alte kennt fast jeden in Bansin und weiß bestimmt, wie man hier eine Wohnung findet.

Die Gaststätte ist jetzt am Nachmittag beinahe leer. Nur ein junges Pärchen nimmt ein verspätetes Mittagessen ein. Die Frau, die hinter der Bar Gläser poliert, eine zierliche Rothaarige in ihrem Alter, muss Bertas Nichte Sophie sein.

»Hallo«, grüßt Dora freundlich. »Ich bin Dora Stocking, eine ehemalige Schulfreundin von Anne. Ich bin zufällig vorbeigekommen und dachte, ich schau mal rein, vielleicht ist sie gerade hier?«

»Nein, tut mir leid. Anne arbeitet noch. Sie kommt erst gegen fünf oder halb sechs.«

Sophie überlegt kurz, der Frau einen Kaffee anzubieten und am Stammtisch auf ihre Freundin zu warten, aber dann lächelt sie nur abwartend. Die Stocking wirkt auf sie unsympathisch. Ihr Styling ist zu perfekt abgestimmt, zu gewollt, um wirklich elegant zu sein, die Frisur zu steif, das Lächeln zu falsch.

Was hat Anne über sie erzählt? Eigentlich gar nichts. Sie sind jahrelang in eine Klasse gegangen, waren aber nicht befreundet.

Dora sieht sich um. Als sie das Haus zum letzten Mal von innen gesehen hat, war es noch ein FDGB-Heim. Die Gaststätte war öffentlich und immer voll. Sogar im Winter musste man Plätze bestellen, um hier etwas essen zu können. Die Küche war hervorragend.

»Wir sind früher gern hier essen gegangen. Frau Kelling war die beste Köchin in Bansin«, schleimt sie. »Aber es hat sich sehr verändert.«

»Ja, wir haben umgebaut.« So unsympathisch ist die schlanke Blondine vielleicht doch nicht. »Ich bin die Nichte von Berta Kelling und habe das Haus übernommen.«

»Ja richtig. Das hat Anne erzählt. Es ist wirklich schön geworden. Ganz anders als früher. Viel größer. Und so hell und freundlich.«

Na gut. Soll sie sich doch an den Stammtisch setzen. Tante Berta wird auch gleich kommen, die macht nur einen Verdauungsspaziergang zum Strand mit Einkehr bei ihrem Freund Paul Plötz in der Fischerhütte.

Sophie lässt zwei Tassen Kaffee ein und setzt sich mit der Besucherin an den Stammtisch.

»Hier im Erdgeschoss war ja noch die Wohnung des Heimleiters«, erklärt sie. »Deshalb war die Gaststätte ziemlich klein. Jetzt sind nur noch die Küche und der Sanitärbereich abgeteilt.«

Man merkt ihr an, dass sie stolz auf ihr Haus ist. Mit seinen großen Fenstern, den Säulen und Balkonen ist es nicht nur äußerlich eines der schönsten Beispiele für wilhelminische Bäderarchitektur. Ein geschickter Architekt hat auch innen, trotz des Einbaus moderner Bäder, die Eleganz und Großzügigkeit der Sommervillen aus der Gründerzeit des Seebades erhalten.

Der Gastraum, der auch als Frühstücksraum für die Pension dient, bietet durch eine große Fensterfront Aussicht auf die Strandpromenade und die Ostsee.

Der Haupteingang ist an der Rückseite des Hauses, an der Bergstraße. Gleich links neben der Tür befindet sich die Rezeption, dahinter verbergen sich der große, runde Stammtisch und der Eingang zur Küche.

Sophie erzählt vom Umbau, von Anne und von Tante Berta. Sie merkt selbst, dass sie faselt, redet, nur um nicht zu schweigen, ohne viel Inhalt. Es ist eine unangenehme Atmosphäre, sie hat das Gefühl, vorsichtig sein zu müssen, ihr Gegenüber lächelt gezwungen, doch ohne Wärme.

Endlich – Tante Berta setzt sich zu ihnen. Was für ein Kontrast! Die perfekte Dame, schlank und elegant gekleidet, sitzt kerzengerade da, nippt vorsichtig an ihrer Kaffeetasse, rückt die schmale goldgerahmte Brille zurecht und wirkt unsicher wie ein Schulkind, das die Hausaufgaben vergessen hat. Ihr gegenüber die kleine dicke Alte, mit grauen, vom Wind zerzausten Haaren, einer formlosen hellen Baumwollhose und einer etwas zerknitterten geblümten Bluse. Die noch erstaunlich scharfen, hellblauen Augen blicken ruhig und freundlich. Gründlich mustert sie ihr Gegenüber und weiß, weshalb sich ihre Nichte nicht wohlfühlt.

»Du bist doch eine Schmidt-Tochter, die Älteste von Selma Schmidt, stimmt's? Wann bist du eigentlich aus Bansin weggezogen? Muss schon lange her sein, ich hätte dich fast nicht wiedererkannt.«

Verdammt, die Alte ist ja noch richtig gut drauf. Hat schon immer mehr gewusst als Wikipedia. Alles über jeden in Bansin. Und sich überall eingemischt. Was nun? Am liebsten wäre Dora Stocking aufgestanden und gegangen. Nein, da muss sie jetzt durch. Lächeln, immer lächeln. So schlau kann die Kelling ja auch nicht sein. Und sie ist alt. Hat bestimmt schon viel vergessen. Außerdem – sie gilt doch als so hilfsbereit. Hat für alle ein offenes Ohr und findet immer eine Lösung. Na also, vielleicht ist sie doch nützlich.

Wenn sie mich nur nicht so ansehen würde! Als wäre ich ein kleines Kind, das etwas angestellt hat und es nicht zugibt. Ein bisschen mitleidig und ein bisschen spöttisch. Aber nicht böse. Sie glaubt, dass ich ihr nichts vormachen kann. Na, das werden wir ja sehen.

Dora Stocking nickt lächelnd. »Ja, aber meine Eltern sind schon lange tot. Ich wohne jetzt in Wolgast.« Sie fasst sich mit schmerzverzerrter Miene an den Rücken. »Meine Bandscheiben machen mir zu schaffen. Ich kann gar nicht lange sitzen. Am besten ist es, ich mache erst mal einen kleinen Spaziergang und komme später wieder. Dann ist Anne sicher auch hier. Ich freue mich sehr, sie wiederzusehen.«

»Dora Schmidt?«, Anne runzelt die Stirn, zuckt mit den Schultern und trinkt einen Schluck Kaffee.

»Das hab ich jetzt gebraucht. Ich hatte heute nur Stress. Den letzten Kaffee hab ich heute Morgen getrunken, ich laufe schon auf Reserve.« Sie seufzt erleichtert und lehnt sich zurück. »Ja, klar weiß ich, wer sie ist. Wir sind ja zehn Jahre in eine Klasse gegangen. Ich hab sie auch zum Klassentreffen eingeladen. Aber weshalb die sich nun so freut, mich wiederzusehen und extra herkommt, weiß ich wirklich nicht.«

»Wie war sie denn so, früher, in der Schule?«, fragt Berta.

»Na ja, ich mochte sie nicht. Ich glaube, eigentlich mochte sie niemand so richtig. Sie war so ein Streber, wollte immer die Beste sein, aber dafür war sie nicht schlau genug.«

Anne kneift die Augen leicht zusammen, während sie in ihren Erinnerungen kramt. »Ich hab mal neben ihr gesessen. Sie hat mich nie abschreiben lassen. Aber selbst hat sie ganz raffiniert geschummelt, hatte immer so kleine Spick-zettelchen dabei.«

Sophie lacht. »Die hab ich mir auch oft gemacht vor wichtigen Klassenarbeiten. Und dann hab ich mich nicht getraut, sie aus der Tasche zu holen. Aber beim Anfertigen des Zettels hatte ich den Stoff gelernt.«

»Dora Schmidt hat sich schon getraut. Die war Expertin im Lügen und Betrügen. Übrigens«, sie setzt die Kaffeetasse ab und richtet sich auf, »Sophie, erinnerst du dich? Du hast mir mal einen Vierfarbenstift geschenkt, den hast du aus Berlin mitgebracht. Der war so toll, ich sehe den heute noch vor mir, ein dicker, silberner Kugelschreiber. Niemand außer mir hatte so einen, ich war stolz wie Bolle und habe in der Schule damit herumgeprahlt. Das muss in der achten Klasse gewesen sein, wir waren noch in Bansin. Und dann wurde er mir in der Pause, als offiziell niemand im Klassenraum war, aus der Federtasche geklaut. Ich war am Boden zerstört und habe natürlich ein Riesentheater gemacht. Unser Klassenlehrer hat dann sogar eine Taschenkontrolle durchgeführt, aber er wurde nicht gefunden. Später hat mir jemand erzählt, dass Dora Schmidt ihn genommen und in ihrem Schuh versteckt hatte. Sie konnte es wohl nicht für sich behalten, weil sie mit dem Stift angeben wollte und hat es einem Mädchen anvertraut, das sie für ihre Freundin hielt. Aber eigentlich hatte sie gar keine richtige Freundin, glaube ich.«

»So wie ich dich kenne, hast du sie doch wohl zur Rede gestellt?«, fragt Sophie nach.

»Du, daran erinnere ich mich gar nicht mehr. Wenn, dann hat sie es sicher abgestritten. Aber jetzt weiß ich jedenfalls wieder, warum ich sie nicht leiden konnte.«

»Nun sei nicht so nachtragend.« Berta sieht Anne vorwurfsvoll an. »Das ist doch ewig her. Und sie hatte es sicher nicht leicht als Kind. Ihre Mutter war sehr streng und hat die Kinder oft geschlagen. Ich erinnere mich noch, dass ich mal eingegriffen habe, als sie ihren kleinen Jungen auf offener Straße verprügelt hat, nur weil der in eine Pfütze getreten war. Ich glaube, sie war jähzornig, aber sie wollte immer den Schein wahren. Ihre Familie sollte nach außen perfekt sein, egal, was zu Hause passierte. So erzieht man die Kinder natürlich zum Lügen und Betrügen.«

»Na ja, ich mag sie trotzdem nicht. Zu DDR-Zeiten …«, setzt Anne an, schweigt aber, als die Tür klappt.

Es ist nur Bruno, der um die Ecke kommt. »Was ist los, erwartet ihr jemanden?«, fragt er, während er den Reißverschluss seiner Jacke öffnet und sich an den Tisch setzt. Der pensionierte Lehrer ist hager, hat ein schmales, intelligentes Gesicht und ist bekannt und von vielen wegen seiner spitzen Zunge gefürchtet. Die drei Frauen am Stammtisch können gut damit umgehen und mögen ihn gerade wegen seiner manchmal beißenden Ironie.

»Dora Stocking?« Er überlegt, trinkt einen großen Schluck Bier, wischt sich den Schaum von den Lippen und zuckt mit den Schultern.

»Schmidt hieß die früher, Dora Schmidt«, erklärt Anne. »Ging in meine Klasse.«

»Dann hab ich sie als Schülerin nicht gekannt. Dora Schmidt sagt mir auch nichts. Aber Stocking schon. War er nicht so ein Parteibonze? SED-Kreisleitung oder so? Und sie war bei der Gemeinde, glaub ich. Unangenehme Leute.«

Wieder klappt die Tür und diesmal unterbricht Bruno seine Rede.

Dora Stocking hat ihr Auto umgeparkt. Es steht jetzt in einer Nebenstraße, wo es hoffentlich niemanden stört. Einen Strafzettel kann sie sich im Moment wirklich nicht leisten.

Aber nicht nur deshalb hat sie Rückenschmerzen vorgeschoben, um die Pension zu verlassen. Berta Kelling hat sie nervös gemacht, sie musste erst einmal nachdenken, wie sie mit der Alten umgeht. Was kann die wissen? Von Wolgast schon mal gar nichts, da kann ich erzählen, was ich will.

Dass sie alles weiß, was in Bansin passiert ist, ist vermutlich auch nur so ein Aberglaube. Niemand kann alles wissen, nicht einmal die Kelling. Und die Fischer reden nicht so viel. ›Überhaupt‹, spricht Dora sich selbst Mut zu, ›die fahren doch nicht nach Berlin, um ihre Stasi-Akten einzusehen. Wozu auch? Der Junge ist vor mehr als dreißig Jahren ertrunken. Als die Grenzbrigade Küste das Fischerboot seines Vaters anhielt und kontrollierte, ist er über Bord gesprungen. Wer macht denn auch sowas? Ganz bestimmt wissen sie bis heute nicht, wer seinen Fluchtplan verraten hat.‹

Es war auch nur ein Zufall, dass sie davon erfahren hat. Ihre Brüder waren mit dem Fischersohn befreundet und haben darüber gesprochen, ohne zu ahnen, dass Dora sie belauschte.

Und selbst wenn der Deckname IM Dörthe in irgendwelchen Akten aufgetaucht sein sollte, wer würde schon kombinieren, dass sie dahinter steckte? Sie darf sich nur nichts anmerken lassen. Sicher und selbstbewusst auftreten. Sie war doch nur ein kleines Licht. Da kennt sie ganz andere, und die sind bis heute nicht aufgeflogen. Und sicher wollen die, dass es auch so bleibt. Sie sieht ein Gesicht vor sich. Vage denkt sie über Möglichkeiten nach. Doch, es wird Zeit, dass sie zurückkommt nach Bansin.

Dora fühlt sich unwohl. Den Mann, der ihr als Bruno Kerr vorgestellt wurde, kannte sie nur vom Sehen, sie weiß, dass er Lehrer war in Bansin. Er ist ihr auf Anhieb unsympathisch, so ein Typ, der nicht viel sagt, von dem sie den Eindruck hat, dass er sie durchschaut und sich im Stillen über sie lustig macht.

Annes Wiedersehensfreude hält sich offensichtlich in Grenzen, sie wirkt ungewöhnlich kühl und zurückhaltend. Waren sie nicht mal befreundet? ›Sie hat doch in der Schule mal neben mir gesessen. Ich hatte damals so viele Freunde und alle mochten mich. Ich gehörte zu dieser Clique, wir waren die beliebtesten Mädchen in der Klasse. Und vor allem richtig gute Freundinnen. War Anne eigentlich auch dabei?‹

»Ich bin gekommen, um meine Teilnahme persönlich zuzusagen. Ich wollte dir auch sagen, wie sehr ich es schätze, dass du dir diese Arbeit mit der Organisation des Treffens machst. Das ist wirklich toll von dir.«

Sie spricht leise und akzentuiert, versucht es betont kultiviert. Anne zieht ein wenig die Stirn kraus, in Bertas Augen ist ein Lächeln zu sehen und Bruno betrachtet Dora neugierig.

»Nun ja, ich will nicht weiter stören, ich muss dann auch fahren.«

»Du störst doch nicht«, sagt Anne halbherzig, »möchtest du was trinken?«

»Danke, nein. Mein Parkschein ist abgelaufen, glaube ich.« Sie lächelt und blickt auf ihre Armbanduhr. »Ja, ich muss dann. Aber wenn es dir recht ist, komme ich gern einmal wieder. Vielleicht kann ich dich bei der Organisation unterstützen? Ich habe gerade viel Zeit, weil ich krankgeschrieben bin. Dann könnten wir auch etwas über alte Zeiten reden.«

Sie gibt allen die Hand und verabschiedet sich übertrieben freundlich.

Anne schließt die Tür hinter ihr und geht zurück zum Stammtisch. »Was für eine blöde Kuh,« fasst sie ihren Eindruck des Treffens nach all den Jahren zusammen.

Dienstag, 7. September

Ramona hat heute Morgen nicht die beste Laune. Nachdem ihre Lieblingsbluse über dem Bauch spannte, hat sie sie schnell wieder ausgezogen, sich dann aber doch, nach langer Zeit mal wieder, sehr langsam und vorsichtig, mit einer bösen Ahnung auf die Waage gestellt. Und festgestellt, dass Sushi nicht viel gebracht hat. All die Cookies der letzten Zeit und nicht nur die, wurden gespeichert.

Während sie langsam eine sündhaft teure Creme aufträgt, betrachtet sie ihr Gesicht im Spiegel. Eigentlich kann sie zufrieden sein. Die Naturlocken sind noch genau so schwarz und glänzend wie früher, natürlich lässt sie sie schon seit über zwanzig Jahren färben. Die schön geschwungenen Brauen sind sorgfältig gezupft und betonen mit kühnem Schwung die ausdrucksvollen dunklen Augen. Die Fältchen in den Mund- und Augenwinkeln sind noch nicht allzu tief, die Stirn ist beinahe glatt. Um den Hals trägt sie gern ein Tuch, er verrät ihr Alter noch am ehesten. Immerhin ist sie jetzt 56 Jahre alt. Für die Nachbarn und die anderen Bekannten hier in München hat sie zehn Jahre drauf gelegt. Zum einen, um den Abstand zu ihrem Ehemann nicht ganz so krass erscheinen zu lassen – sie fand, zwanzig Jahre Altersunterschied verstanden die Leute eher als dreißig – zum anderen, um sie neidisch zu machen. Sollen die sich ruhig wundern, wie jung sie aussieht. Sie schiebt es darauf, dass sie nie eine Diät macht. Vielleicht sollte sie jetzt aber doch einmal darüber nachdenken. Nein, bloß nicht. Abgesehen von den Falten im Gesicht würde vermutlich ihr Busen erschlaffen, das kann sie Sascha nicht antun. Was dann? Sport? Während sie sorgfältig den Hals eincremt, stöhnt sie innerlich. Sie hasst jede Art von körperlicher Anstrengung.

Durch das angekippte Fenster dringen Misstöne herein. Ihre Nachbarin hält sich im Garten in der Nähe der Hecke auf und singt. Eine Opernarie anscheinend, Ramona kennt das Lied nicht. Nervig wie die Müsli-Werbung aus dem Radio. Heute Morgen wurde sie schon vom Singvögelterror in ihrem Garten geweckt. Und nun auch noch das. Das hier soll nun angeblich eine ruhige Gegend sein. Eine Stimme in ihrem Hinterkopf warnt Ramona davor, das Fenster aufzureißen und hinauszubrüllen. »Schnauze«, murmelt sie stattdessen und schließt das Fenster. Allerdings so laut wie möglich.

Als sie eine halbe Stunde später auf dem Weg zum Briefkasten ist, steht die Nachbarin noch immer hinter der Hecke. Sie singt nicht mehr und Ramona fährt zusammen, als sie sie plötzlich anspricht.

»Guten Morgen«, flötet sie. »Ich pflücke Himbeeren. Möchtest du auch welche? Wir haben genug davon.«

»Nein danke, ich mag kein Obst. Außerdem sind da meistens Maden drin.«

Sandra kichert. »In unseren nicht. Ich rühre sie in den Joghurt. In Naturjoghurt natürlich, den esse ich sehr gern und es ist gesund.« Diese Mitteilung klingt in Ramonas Ohren oberlehrerhaft.

»Ich esse den auch gern«, erwidert sie jedoch freundlich. »Rühre allerdings Baileys hinein. Auch sehr lecker.«

»Na ja, ich weiß nicht … «

»Versuch es doch mal!« Ramona nickt ihr zu und setzt ihren Weg zum Briefkasten fort.

Nachdem sie die Einladung gelesen hat, ist ihre Laune erheblich besser. Sie wählt zunächst die Mobilfunknummer von Anne, die darauf angegeben ist, erreicht sie aber nicht. Auf dem Anschluss der Pension *Kehr wieder* meldet sich Sophie Kelling.

»Anne ist mit einer Reisegruppe unterwegs, da kann sie nicht telefonieren. Sie arbeitet als Gästeführerin. Versuch es doch heute Abend noch mal. Anne wird sich freuen. Sie hat mir schon von dir erzählt und hofft, dass du kommst.«

»Natürlich komme ich. Ich freue mich riesig, alle wiederzusehen. Besonders natürlich Anne.«

»Du kannst bei mir in der Pension ein Zimmer buchen. Ich halte das ganze Haus für euer Treffen frei und mache euch auch Sonderpreise. Musst nur sagen, wann du kommst.«

»Danke, das klingt gut. Ich sag dir dann Bescheid, ich muss jetzt erst mal planen.«

»Alles klar, alles Weitere kannst du ja mit Anne besprechen.«

Annes Freundin klang wirklich nett. Ramona liest die Einladung noch einmal. Dann lehnt sie sich zurück und denkt nach. Ob Sascha mitkommt nach Bansin? Sie möchte ihn zu gern ihren alten Freunden vorstellen. Die Mädchen – sie kichert, als ihr einfällt, dass »die Mädchen« inzwischen alle

Mitte fünfzig sind – werden vor Neid erblassen. Andererseits, Sascha wird das alles dort sehr provinziell finden. Ach, was soll's! Sie schämt sich nicht für ihre Freunde und für ihre Vergangenheit. Ramona wird ganz kribbelig vor Vorfreude. Sie hat plötzlich starkes Heimweh. Nach Bansin, der Ostsee, ihrer Schwester und nach Anne. Hoffentlich hat die sich nicht sehr verändert. Sascha muss unbedingt mitkommen. Sie wird ihn schon überreden.

Es klingelt an der Tür. Den Termin hat sie ja ganz vergessen. Sie sieht sich kurz um, schiebt ein Paar Schuhe unter das Sofa, stellt zwei benutzte Gläser und eine Tasse in den nächsten Schrank, streicht sich die Haare glatt und geht zur Haustür.

Der vom Makler angekündigte Kaufinteressent ist zu Ramonas Überraschung eine sehr junge Frau, Anfang zwanzig vielleicht, sehr attraktiv, sehr gepflegt, kurz geschnittenes glattes schwarzes Haar, weißes Leinenkostüm, rote Handtasche, passende High Heels. Zur Nachbarschaft würde sie schon mal passen.

»Kommen Sie doch herein.« Ramona lächelt freundlich. Das behält sie in der nächsten halben Stunde bei, es fällt ihr nur immer schwerer. Sie verzichtet dann auch darauf, der Dame etwas anzubieten. Es wäre Verschwendung, das hier wird sowieso nichts. Jene hat inzwischen erwähnt, dass sie demnächst heiraten wird, »Daddy« will ihr zur Hochzeit eine Villa schenken, möglichst groß, er wünscht sich viele Enkelkinder – bla, bla, bla. Klingt alles gekünstelt, auch die Nörgelei an eigentlich unwichtigen Details. Sie stellt nicht die richtigen Fragen, wirkt nicht besonders interessiert. Nicht mal an dem großen begehbaren Kleiderschrank, auf den Ramona so stolz ist und der jede Frau begeistert hätte. Entweder will sie gar kein Haus kaufen oder jedenfalls nicht dieses.

An der Haustür verabschiedet sie die junge Frau sehr kurz, indem sie deren hochnäsige Mitteilung, sie werde darüber nachdenken, einfach unterbricht. »Ja, ja, ich hab schon verstanden. Wenn Sie es sich noch mal überlegen, können Sie mich ja anrufen.«

»Ich habe Ihre Nummer gar nicht.«

»Dann rufen Sie den Makler an. Auf Wiedersehen!«

Energisch schließt sie die Tür und geht ins Wohnzimmer zurück. Sie nimmt die Einladung noch einmal in die Hand. Plötzlich kann sie das Klassentreffen gar nicht erwarten. Wann ist das? Noch sechs oder sieben Wochen. Das ist doch gar nicht mehr so lange hin. Sie muss irgendetwas tun und klappt ihren Laptop auf. Sie gibt »Seebad Bansin« ein und »Hotels«. Das exklusivste ist das *Residenz*. Dann sucht sie die Pension *Kehr wieder*. Die liegt auch an der Strandpromenade. Sie vergleicht die Hausnummern. Die Häuser stehen direkt nebeneinander. Das ist doch perfekt. Im *Residenz* sind im avisierten Zeitraum noch zwei Zimmer und ein Apartment frei. Ein einziges. Sie überlegt kurz. Wenn Sascha nicht mitkommt, würde sie lieber im *Kehr wieder* wohnen, bei den anderen. Sie sollte ihn vielleicht erst einmal fragen.

Ach was! Er kommt schon mit. Sonst kann ich immer noch stornieren. So. Wie lange? Anreise zwei Tage vor dem

Treffen, damit sie ausgeruht sind. Sie will auch noch ein bisschen Zeit mit Anne haben, bevor alle da sind. Und dann eine Woche, sonst lohnt sich die lange Fahrt nicht. Vielleicht könnte man einen Zwischenstopp einlegen? Ein, zwei Tage in Hamburg wären schön, mal wieder ein Musical ansehen. Das können sie immer noch entscheiden.

Erst am späten Nachmittag fällt es Ramona ein, ihre Nichte anzurufen.

»Hallo, meine Kleine, na, wie geht es euch? Du, ich komme im Oktober nach Bansin. Wir haben ein Klassentreffen. Freust du dich? Ich freue mich riesig, euch endlich wieder zu sehen.«

Die »Kleine« ist Ende vierzig, aber es ist ihre einzige Nichte und bleibt somit das ewige und einzige Kind in der Familie. In Ramonas Augen jedenfalls.

Sabine freut sich auch auf den Besuch. Ihrer Mutter, Ramonas älterer Schwester, geht es nicht so gut.

»Du schläfst doch bei uns? Und bleibst auch noch ein paar Tage nach dem Klassentreffen?«

»Um Gottes willen! Das wäre ja viel zu eng. Sascha kommt doch mit. Ich habe uns schon ein Zimmer gebucht, im *Residenz*, direkt neben dem *Kehr wieder*, wo das Treffen stattfindet.«

»Ach so.« Sabine klingt enttäuscht. »Warum denn nicht im *Kehr wieder*?«

»Ich weiß nicht so recht – es ist eine Pension. Sascha stellt schon gewisse Ansprüche, weißt du. Ist doch auch egal.«

Ihr fällt ein, dass Sabine Sascha nicht mag. Sie hat ihn im Juni kennengelernt, als sie ihre Tante für ein paar Tage besucht hat. Eigentlich wollte sie zwei Wochen bleiben, hat dann aber die Krankheit ihrer Mutter vorgeschoben und ist schon nach einer Woche nach Hause gefahren. Ramona war es recht, sie war ziemlich sauer auf ihre Nichte. Gut, Sascha hat sich nicht von seiner besten Seite gezeigt. Er hat ein paar dumme Bemerkungen über die »Ossis« gemacht, dann hat er Sabine auf den Arm genommen, indem er ungeniert mit ihr flirtete. Das arme Ding war völlig irritiert. Aber das schien Ramona kein Grund dafür zu sein, sich von der Jüngeren belehren zu lassen. Sie hat ihr dann auch deutlich erklärt, dass sie schon wisse, was sie tue und selbst wenn der Mann sie nur ausnutze, sei das ganz allein ihre Angelegenheit. Und weshalb Sabine eigentlich so sicher sei, dass sie es nicht wert ist, um ihrer selbst willen geliebt zu werden?

Schon am nächsten Tag hat Sabine dann angerufen und sich entschuldigt. »Das war so blöd von mir, bitte sei mir nicht mehr böse. Das ist nur so ein dummes Vorurteil, das man hat, wenn sich ein junger Mann in eine reiche Witwe verliebt. Aber du bist eine tolle Frau, ich bin mir sicher, er liebt dich wirklich. Und übrigens – er sieht wirklich gut aus. Und er ist klug und witzig, ich freue mich für dich. Kannst du mir noch mal verzeihen?«

Natürlich konnte Ramona das und hatte den Vorfall inzwischen schon fast vergessen.

Sie erzählt von dem Besichtigungstermin gerade eben. »Ich krieg die Hütte einfach nicht verkauft. Weiß der Teufel, weshalb. Letzte Woche war ein älteres Ehepaar da, die haben auch nur genörgelt. ›Ist wohl doch nicht das Richtige für uns.‹ Dabei kann es noch nicht einmal am Preis liegen, darüber haben wir gar nicht verhandelt.«

»Vielleicht taugt dein Makler nichts, such dir doch einen anderen. Oder gib eine Annonce auf«, schlägt Sabine vor.

»Ja, du hast wohl recht. Darüber werde ich mal nachdenken.«

»Worüber willst du nachdenken?«

Ramona hat Sascha gar nicht hereinkommen hören. Er beugt sich von hinten über sie und küsst sie auf die Stirn.

»Über meinen Makler. Sabine, Sascha ist gerade gekommen, ich mach dann Schluss. Ich rufe wieder an, wenn ich weiß, wann genau wir in Bansin sind. Mach's gut, grüß Mutti.«

Sie wendet sich ihrem Freund zu und erzählt von der jungen Frau, die gerade das Haus angesehen hat. »Irgendwie war die komisch. Ich glaube, sie wollte es gar nicht kaufen. Aber sie war auch nicht der Typ, der aus Langeweile fremde Häuser besichtigt.«

»Ach, wer weiß. Vielleicht ist die Zeit ungünstig, um zu verkaufen. Du solltest nichts überstürzen.«

Sie lacht. »Überstürzen ist gut. Du weißt doch am besten, wie lange ich schon versuche, die Villa los zu werden.«

»Wie könnte ich das vergessen?« Er lächelt sie zärtlich an.

Es ist schon länger als ein Jahr her, dass sie Sascha zum ersten Mal gesehen hat. Der Makler hatte ihn als Kaufinteressenten angekündigt und er hat sie genau so überrascht wie die junge Frau heute. Auch er schien nicht der Typ zu sein, der eine große, teure Villa kauft. Er hat aber auch schnell zugegeben, dass sie zu teuer für ihn ist. »Es ist nur ein Traum, wissen Sie. Ich kann mir das Haus nicht leisten und eigentlich brauche ich es auch gar nicht. Ich bin Architekt und habe mein Büro in der Innenstadt. Es war so eine fixe Idee, hier zu wohnen und zu arbeiten. Ich wollte schon immer hier leben. Und dann habe ich das Angebot gesehen – na, wie gesagt – seien Sie nicht böse, dass ich ihre Zeit verschwendet habe.«

Ramona betrachtete den Mann. Er war mittelgroß, schlank und sportlich, mit kurz geschnittenen dunklen Haaren, warmen braunen Augen, einem Dreitagebart und einem umwerfenden Lächeln. Dabei zeigten sich ein paar Fältchen um die Augen, an den Schläfen war das Haar auch schon etwas grau. ›Trotzdem viel zu jung, Mitte vierzig vielleicht‹, hatte sie damals gedacht.

»Aber nein, es ist nett, mit Ihnen zu plaudern. Ich fühle mich ziemlich allein hier und freue mich, wenn mal jemand kommt. Haben Sie noch Zeit für einen Kaffee?«

So hat es angefangen. Nach dem Kaffee haben sie Wein getrunken, das Haus noch einmal gründlich besichtigt und Sascha hat versprochen, wiederzukommen. Zu einer weiteren Besichtigung. Das tat er. Irgendwann blieb er.

Und Ramona ist glücklich, sehr glücklich. Sie hatte im letzten Jahr mehr Sex als in den zwanzig Jahren davor und besseren als je zuvor. Auch wenn es vielleicht nur für eine kurze Zeit ist, jetzt genießt sie es.

Dennoch möchte sie das Haus gern verkaufen. Das hatte sie gleich nach dem Tod ihres Ehemannes, eigentlich schon vorher, beschlossen. Sie wollte endlich raus aus den ganzen Verpflichtungen, die ihr die Ehe und das Haus auferlegten. Zwanglos leben, reisen, den Wohlstand, den sie sich in langen Jahren redlich verdient hat, genießen.

Damals, vor zwei Jahren, hatte sie ernsthafte Kaufinteressenten. Dann wurde ihr plötzlich mitgeteilt, dass sie nicht verkaufen darf. Der Sohn ihres Mannes aus seiner ersten Ehe hatte das Testament angefochten. Sie kennt den Mann nicht, hat ihn nur kurz nach ihrer Heirat einmal gesehen. Da war er vielleicht zwölf oder vierzehn Jahre alt. Dann ist seine Mutter, eine Italienerin, mit ihm in ihre Heimat gezogen. Die Verbindung zwischen Vater und Sohn ist abgebrochen. Karl-Heinz war sowieso kein guter Vater. Er wollte auch keine weiteren Kinder, was Ramona recht war.

Sie hat auch nichts dagegen, dass der Sohn seinen Pflichtteil bekommt, obwohl er sich nie wieder bei seinem Vater gemeldet hat. Schließlich wusste er immer, wo er ihn findet, was umgekehrt nicht der Fall war.

Aber die Villa? Sie macht immerhin den größten Teil des Erbes aus. Ramona hat versucht, sich mit dem Mann in Verbindung zu setzen, wollte sich gütlich mit ihm einigen, ihm einen Teil des Verkaufserlöses anbieten. Aber er ließ über seinen Anwalt mitteilen, dass er kein Geld will, sondern die Villa. Es sei sein Elternhaus und er habe ein Recht darauf. Sie habe schließlich die Ehe seiner Eltern zerstört und damit seine Kindheit.

Ramona hatte kurz darüber nachgedacht. Vielleicht war der Junge hier ja wirklich glücklich und in Italien unglücklich? Sie konnte es sich nicht vorstellen.

Letztendlich war es auch egal, der Einspruch wurde abgelehnt, der Mann bekam seinen Pflichtteil, immerhin eine stattliche Geldsumme, von der er sich ein eigenes Hauf kaufen könnte. Ramona hat nie wieder von ihm gehört.

»Musst du denn wirklich verkaufen?« Er setzt sich neben sie und sieht ihr ernst in die Augen.

»Ramona, ich würde so gern hierbleiben. Und du, du gehörst doch hierher. Meinst du wirklich, du würdest dich in der Stadt wohlfühlen? Vielleicht für eine kurze Zeit, aber doch nicht auf Dauer. Ich würde den Pool vermissen, die Sauna, die Ruhe. Die vor allem. Ich atme jeden Tag auf, wenn ich aus der Stadt herauskomme, hierher. Ich möchte frühmorgens die Vögel zwitschern hören, barfuß über den Rasen laufen und im Winter richtig weißen Schnee sehen. Glaubst du wirklich, du würdest in einer Wohnung mit begrenztem Platz zurechtkommen?

Du möchtest jetzt reisen, das verstehe ich. Du warst so lange an dieses Haus gebunden und die letzten Jahre waren ja auch nicht schön für dich. Lass uns im Winter eine lange Reise machen, ganz viel Zeit miteinander verbringen und dann planen wir in Ruhe unsere Zukunft. Wir vertreiben die bösen Erinnerungen aus dem Haus, machen es zu unserem Zuhause.

Wir könnten renovieren, neue Möbel anschaffen, alles könnte heller und freundlicher werden. Dann kriegst du endlich wieder eine Putzfrau und den Garten lassen wir auch in Ordnung bringen. Nein – lass mich bitte ausreden. Ich werde natürlich meinen Teil dazu beitragen. Ich gebe das Büro auf, dann spare ich jeden Monat eine Menge Geld. Ich arbeite von hier aus, das Haus ist groß genug. Dann haben wir auch mehr Zeit füreinander. Na, was sagst du?«

Sie zögert. Schon seit Jahren sehnt sie sich danach, die Villa zu verkaufen, hier endlich wegzukommen. So schnell kann sie den Plan nicht aufgeben. Jetzt noch einmal Geld hineinstecken? Und wenn Sascha sie dann doch verlässt? In einem Jahr, oder in fünf Jahren?

»Ich weiß nicht … «

»Ramona – willst du mich heiraten?«

Sie sieht ihn fassungslos an. »Ist das dein Ernst?«

»Ja, so etwas sag ich nicht im Scherz. Du vertraust mir nicht, das spüre ich. Du denkst, ich nutze dich nur aus und verschwinde irgendwann. Aber ich liebe dich. Ich möchte immer mit dir zusammenbleiben. Lass uns heiraten, so bald wie möglich. Morgen, nächste Woche, nächsten Monat. Hier oder in Las Vegas. Was immer du willst. Du sollst endlich richtig und ganz zu mir gehören.«

»Ich weiß nicht, was ich sagen soll?«

»Sag einfach JA.«

Kurz denkt sie an die Witwenrente und schämt sich sofort dafür. »Ja.«

In ihrem Kopf schrillt eine Alarmglocke, das alte angeborene Misstrauen meldet sich, die Stimme in ihrem Hinterkopf – ›Halt die Schnauze, ich habe einmal aus Vernunft geheiratet, diesmal tue ich es zum Vergnügen. Sascha ist das Beste, was mir passieren kann.‹

»Ja«, sagt sie noch einmal, laut und deutlich. Und dann, als er sie in den Arm nimmt und küsst, denkt sie ›Ich werde einen Ehevertrag aufsetzen lassen.‹

Donnerstag, 9. September

Anne ärgert sich. »Sonst war Ende Oktober gar nicht mehr so viel los. Aber in diesem Jahr holen die wohl alle Fahrten nach, die im Frühjahr ausgefallen sind. Jetzt habe ich einen Auftrag erhalten, ausgerechnet für das Wochenende, an dem das Klassentreffen stattfindet.«

Sophie poliert ein Weinglas und hält es prüfend ins Licht. »Und, was machst du?«, fragt sie.

»Na ja, ich werde die Fahrt an einen Kollegen abgeben. Aber leid tut es mir schon. Drei Tagesfahrten, das wären ...«

»Ach nun komm – hast doch gut verdient in der letzten Zeit«, unterbricht Sophie ihre Freundin. »Seit wann bist du so geldgierig?«

»Seit dem letzten Jahr, als plötzlich gar keine Gäste mehr da waren. Das war mir eine Lehre, jetzt lege ich mir immer eine Reserve an, falls wieder so ein Einbruch kommt.«

»Beschrei es bloß nicht.« Sophie stellt das saubere Glas ins Rückbüfett und wischt die Theke trocken. »Für Kaffee ist es wohl schon ein bisschen spät?«, überlegt sie nach einem Blick zur Uhr. »Trinkst du eine Weinschorle?«

»Ach was, gib mir ein Bier. Danach kann ich immer am besten schlafen.«

»Dafür ist es allerdings noch etwas zu früh. Seit wann trinkst du schon vor dem Abendessen Bier?«

»Ich weiß auch nicht. Bei mir geht gerade alles durcheinander. Das frühe Aufstehen jeden Tag bekommt mir nicht.«

»Dann geh doch heute mal früh schlafen. Und wie bestellt kommt da auch schon eine Schlaftablette«, fügt Sophie leiser hinzu.

Anne sieht zur Tür und muss sich sehr zwingen, ein freundliches Gesicht aufzusetzen.

»Dora – schön, dass du mal wieder vorbeikommst«, begrüßt sie die ehemalige Mitschülerin etwas lahm und wenig überzeugend.

Die tut so, als würde sie den Worten Glauben schenken und lächelt auch Sophie freundlich zu. Selbstbewusst lässt sie sich am Stammtisch nieder. »Würdest du mir bitte ein Glas trockenen Rotwein bringen?«, fragt sie übertrieben höflich.

Sophie nickt nur und Anne wendet den Kopf ab und verdreht die Augen. Dora war nun schon ein paar Mal hier, immer für eine oder zwei Stunden am frühen Abend und geht ihnen allmählich auf die Nerven. Vor allem ihre Art zu sprechen, leise, sehr langsam und akzentuiert. Sie nimmt sich selbst furchtbar wichtig. Offenbar hält sie sich den anderen gegenüber intellektuell weit überlegen. Bruno hat sie als ehemaligen Lehrer zunächst noch respektiert, aber seit sie seine Schwäche für den Alkohol erkannt hat, behandelt sie ihn genauso herablassend wie die alte Köchin, die Pensionswirtin und die Gästeführerin. Durch Kleidung, Auftreten und Andeutungen baut sie sich das Image einer erfolgreichen Beamtin in leitender Position auf. Wenn jemand konkret fragen würde, was sie eigentlich beim Arbeitsamt gemacht hat, hätte sie vermutlich eine passende Antwort parat. Nur interessiert es niemanden.

Aber sie spricht nicht so viel über sich selbst. In Annes Augen ist das das einzig Positive an Dora Stocking. Sie hört lieber zu und fragt nach ehemaligen Mitschülern. Anne ist über die meisten bestens informiert. Sie berichtet gern über glückliche Familien und erfolgreiche Karrieren. Aber wenn Dora dann mit durchschaubar falscher Herzlichkeit kommentiert: »Na, das ist doch schön«, ärgert sie sich.

Trotzdem ahnt sie nicht, wie sehr sich Dora Stocking über das Glück und den Erfolg der anderen ärgert. Anscheinend sind nämlich alle außer ihr erfolgreich, im Beruf oder privat oder in beidem.

»Was macht eigentlich Martin Mendel?«, fragt sie weiter.

»Ach, der ist leider völlig abgestürzt. Schwerer Alkoholiker, kleinkriminell, hat auch schon ein paar Mal gesessen.«

Na also, wenigstens etwas. »Ach, das tut mir ja leid.«

»Na ja. Ach, übrigens, wir haben uns nach einer Wohnung umgehört, aber das ist wirklich schwer in Bansin. Alles, was ein Dach und ein Fenster hat, wird als Ferienwohnung vermietet. Vielleicht wird es in den nächsten Jahren wieder besser, aber im Moment ist es völlig aussichtslos, in den Kaiserbädern eine bezahlbare Wohnung zu finden.«

Tante Berta hat sich zu ihnen gesetzt. Sie nickt Dora zu und als sie deren enttäuschte Miene sieht, tut ihr die Frau ein wenig leid.

»So prekär ist die Lage? Ich wäre so gern schnellstmöglich zurückgezogen. Die Strandspaziergänge tun mir so gut.«

»Aber wenn du wieder gesund bist und arbeiten musst, ist es doch ziemlich umständlich, immer nach Wolgast zu fahren«, gibt Sophie zu bedenken.

»Ach, das würde ich gern in Kauf nehmen. Bansin ist eben einfach mein Zuhause, ich hätte nie wegziehen sollen. Ich hatte immer Heimweh.«

Das kann Berta absolut nachvollziehen. »Ich bleib dran«, verspricht sie und meidet Annes Blick. »Wir werden schon etwas für dich finden.«

Mittwoch, 15. September

»Ich finde, es wird früh Herbst in diesem Jahr«, stellt Berta fest. Sie steht vor der Fischerbude ihres alten Freundes Paul Plötz und sieht über die Dünen hinweg zum Wasser.

»Was? Also mir ist es noch warm genug.« Der Fischer trägt Gummistiefel und eine dicke Cordhose, ein Hosenträger verhindert, dass sie von seinem umfangreichen Bauch rutscht. Der andere hängt an der Seite hinunter. Die Ärmel des karierten Flanellhemdes hat er hochgekrempelt.

Er nimmt die Schirmmütze ab, streift mit dem Unterarm den Schweiß von der Stirn und setzt sie wieder auf. »Und Leute sind auch noch genug da. Viel zu viele, wenn du mich fragst. Kannst nicht treten auf der Promenade.«

»Ja, schon. Der Ort ist voll. Aber es ist doch irgendwie ruhiger als im Sommer. Anscheinend sind weniger Kinder da, mehr alte Leute. Es wirkt alles so gedämpft, das Licht, die Temperatur, die ganze Stimmung. Herbstlich eben.«

Paul sieht sie zweifelnd an und schüttelt den Kopf. »Was du manchmal aber auch für einen Quatsch redest. Bei mir ist jedenfalls noch Sommer. Sonst würde ich den Ofen heizen und Grogwasser heiß machen.« Er überlegt kurz – immerhin, es ist ja schon Mitte September.

Berta lacht. »Nee, lass mal. Damit fängst du noch früh genug an.«

Schweigend stehen sie eine Weile nebeneinander und blicken auf die Ostsee. Am Horizont begegnen sich zwei große Fähren, weiter östlich, vor Swinemünde, liegen ein paar Frachter vor der Hafeneinfahrt. Beide denken daran, dass noch vor einigen Jahren auch die Boote der Strandfischer zu beobachten waren. Jetzt sieht man kein einziges, nicht auf dem Wasser und auch nicht am Strand. Weder Berta noch Paul haben Lust darüber zu reden. Weil schon alles dazu gesagt ist. Und weil es sie nur deprimiert.

»Komisch, dass gar keiner mehr badet«, sagt Berta stattdessen. »Wie viel Grad mag das Wasser haben?«

»Ist schon ziemlich kalt«, brummt Paul. »Wir haben auflandigen Wind. Siebzehn, achtzehn Grad vielleicht.«

»Hmm.« Nach einer Pause. »Und welche Laus ist dir heute über die Leber gelaufen? Du hast ja noch schlechtere Laune als sonst.«

Und dann redet er doch darüber, was ihm durch den Kopf geht.

»Ach was, nichts Neues. Bloß, dass ich Zeitung lese. Und dann kommst du dir wie ein Verbrecher vor. Dabei haben wir noch nie die Fischbestände bedroht. Können wir gar nicht, bei den ganzen Vorschriften: Maschenweite, Mindestmaß, Schonzeit und Fangquoten und was weiß ich alles. Das brauchten wir gar nicht. Wir sägen doch nicht an dem Ast, auf dem wir sitzen. Warum schreiben die immer nur über die kleinen Küstenfischer, was ist mit den Hochseefischern?«

»Ja. Und was ist mit denen da? Die stellen sie unter Naturschutz, die Mistviecher«, sagt jemand neben ihnen und weist auf einen Schwarm Kormorane.

»Tach, Hänner.« Paul nickt. »Hast recht. Die und die Robben, die geben uns den Rest.«

Berta will gerade einen Scherz machen, irgendetwas sagen, was die beiden Fischer vom Thema ablenkt und vielleicht ein bisschen aufmuntert, da fällt ihr etwas ein.

»War heute nicht die Beisetzung von Solveig Marten?«

»Ja, sie haben eine Seebestattung gemacht. War nur die Familie dabei.«

Paul nickt traurig. »Klas wollte das so. Ich hätte sie sonst auch gern verabschiedet.«

»Was haltet ihr davon«, fragt Berta leise, »wenn wir einen Kranz kaufen und ihr bringt den mit dem Boot raus. Ihr wisst doch, wo sie die Urne ins Wasser gelassen haben.«

»Gute Idee, das machen wir. Ich frag die anderen Fischer, die geben alle was dazu«, weiß Paul.

»Die kannten sie alle. Solveigs Vater war ja auch Fischer. Sie und Klas waren schon als Kinder oft hier am Strand.«

Er will noch etwas sagen, aber dann sieht er seinen alten Freund und Kollegen an und schweigt.

Pohl hat das Gesicht abgewandt. Er wischt sich mit der Hand über die Augen, dann nickt er den beiden kurz zu und geht langsam zurück zu seiner Bude.

»Madita,« murmelt Berta. »Er hat an seine Tochter gedacht.«

»Ja, wahrscheinlich. Die war ein bisschen jünger als Solveig, glaub ich. Aber die haben hier oft miteinander gespielt. Mein Gott, sie ist schon so lange tot. Und es nimmt ihn noch immer sehr mit.«

»Durch Solveigs Tod wurde er wieder daran erinnert, denke ich.«

»Schlimm. Ist sie nicht im Eis eingebrochen? Wann war das eigentlich?«

»Das muss so Ende der Siebzigerjahre gewesen sein«, überlegt Berta. »Hatten wir nicht 79 diesen strengen Winter? Ich weiß noch, ich konnte das Zimmer nicht warm kriegen, hatte überall Decken vor die Fenster und Türen gehängt. Deshalb war Sophie in den Winterferien auch nicht bei mir, stattdessen ist Anne zu ihr nach Berlin gefahren. Da musste ich wenigstens keine Angst haben, dass die beiden auf das Eis gehen. Die haben ja auch nur Dummheiten gemacht.«

»Das haben sie.« Paul lächelt ein wenig bei der Erinnerung, dann sieht er zu Pohls Bude hinüber und wird wieder ernst. »Hänner und seine Frau haben sich auch ewig Vorwürfe gemacht, dass sie nicht besser aufgepasst haben. Aber das Mädchen war ja nicht mehr so klein, was soll man da machen? Wir waren doch als Kinder auch auf den Schollen, obwohl es verboten war.«

»Ja, eigentlich ein Wunder, dass nicht öfter sowas passiert ist. Ich kann mich erinnern, dass einmal ein Hubschrauber rausfliegen musste, um ein paar Kinder zu retten, die mit einer Eisscholle abgetrieben waren.«

»Ja, das weiß ich auch noch. Wir wollten erst mit dem Boot raus, aber das hätte zu lange gedauert. Das war aber auch eine Angst. Drei kleine Jungs waren das, da war auch ein Fischersohn dabei.«

»Na, bei den vielen Fischern, die es damals gab, war überall ein Fischerkind dabei.«

»Richtig.« Paul dreht sich zur Hütte. »Ich muss jetzt ein Bier trinken. Kommst du noch einen Moment mit rein?«

Berta nickt und folgt ihm in seine Bude. Die ist recht geräumig. Ursprünglich waren es zwei aneinandergebaute Fischerhütten, die seit Jahrzehnten der Familie von Paul Plötz gehörten. Das Handwerk wurde immer von den Vätern an die Söhne weitergegeben. Jetzt ist Paul der letzte Fischer in der Familie. Er hat die Zwischenwand entfernt. Nun steht der kleine eiserne Ofen in der Mitte des Raumes. Daneben der alte Sessel, in dem Paul sitzt und ein Stuhl für Berta. Pauls jüngerer Kollege Arno hat seinen Stuhl an eines der beiden kleinen Fenster gestellt, hier hat er genügend Licht, um Netze zu flicken und Angeln zu bestecken.

An einer Wand liegt ein Berg Netze, sogar alte Baumwollnetze sind noch darunter, und ein paar Holzkisten stehen aufgestapelt davor. An der anderen Seite ein Stapel bunter Plastikkisten. Angelschnüre hängen an Haken. Neben der Tür steht ein wackliger kleiner Tisch mit einem Wasserkocher. Darunter ein Kasten Bier, aus dem Paul eine Flasche herausnimmt. Er fragt Berta gar nicht erst, sie trinkt selten Bier. Mit Grog ist es anders, da hält sie durchaus mit Paul mit. Aber dazu ist es eben doch noch zu früh, wie sie vorhin richtig festgestellt hat.

Er trinkt einen großen Schluck aus der Flasche und sieht dann nachdenklich durch die Tür zu den Dünen.

»Das war wirklich furchtbar damals«, kommt er wieder auf das Thema zurück. »Es dauerte ja, bis sie das Kind gefunden haben, es war unter dem Eis. Hänner wollte es vorher einfach nicht glauben. Er hat immer wieder gesagt, dass die Kleine viel zu ängstlich war, um allein auf die Schollen zu gehen. Außerdem hätte sie Angst vor dem Wasser. Er hat sie überall gesucht, meinte, sie hätte sich vielleicht beim Schlittenfahren im Wald verlaufen. Wir haben alle bei der Suche geholfen, hatten gehofft, sie lebend zu finden, aber …« Er schüttelt den Kopf.

»Ja, ich erinnere mich noch gut daran. Danach hat man dann eine Weile keine Kinder auf dem Eis gesehen.« Sie überlegt. »Die Kleine war doch aber nicht Pohls einziges Kind, oder? Ich meine, da wäre noch ein Junge gewesen.«

Paul nickt. »Der war ein paar Jahre älter. Hat sich die Schuld gegeben, weil er nicht auf das Mädchen aufgepasst hat. Aber das war natürlich Unsinn. Welcher Junge passt ständig auf seine kleine Schwester auf? Hat Hänner aber auch gesagt, hat ihm keine Vorwürfe gemacht.«

Dienstag, 12. Oktober

»Was ist denn da los?« Anne kann von ihrem Platz ganz vorn im Bus über die Autos hinwegsehen, aber sie erkennt nicht, weshalb diese stoppen.

Sie stehen mitten in Wolgast, kurz vor der Kreuzung, an der sie nach Greifswald abbiegen wollen.

»Die Ampel ist doch grün, warum fahren die nicht?«

»Anscheinend ein Unfall. Da ist wohl ein Fußgänger auf die Straße gelaufen.«

»Oh Mist.« Für einen Moment vergisst Anne ihren Zeitplan. ›Hoffentlich kein Kind‹, denkt sie.

Dann geht es langsam weiter. »Das Postel«, setzt die Reiseleiterin ihre Erklärungen fort, »ist zusammengesetzt aus Post und Hotel, eine originelle Unterkunft für – «

Sie bricht ab und blickt ungläubig auf den Bürgersteig. Die Ampel hat auf Rot geschaltet und der Bus steht wieder. Direkt neben ihnen stehen ein paar Leute um eine blonde Frau herum, die ziemlich derangiert aussieht. Ein Mann stützt sie am Ellenbogen ab, ein anderer spricht offensichtlich aufgeregt in sein Smartphone, einige klopfen an ihrer Kleidung. Eine junge Frau reicht ihr eine Handtasche. Die Tasche erkennt Anne zuerst. »Das ist doch – oh Gott!«

»Kennst du die Frau?«, wundert sich der Busfahrer.

»Ja, eine ehemalige Klassenkameradin. Die wohnt hier in Wolgast. Was ist da bloß passiert?«

»Entweder ist sie gestolpert oder sie wurde gestoßen. Jedenfalls hat sie gerade noch auf der Straße gelegen und großes Glück gehabt, dass nicht mehr passiert ist«, erwidert der Mann lakonisch.

Während der Fahrt nach Greifswald redet Anne wie automatisch weiter und denkt dabei an Dora Stocking. War das etwa ein Mordanschlag? Heute wünscht sie sich direkt mal, dass die abends nach Bansin kommt.

Annes Wunsch geht in Erfüllung. Als sie ins *Kehr wieder* kommt, sitzt Dora schon am Stammtisch und hat gerade berichtet, was geschehen ist. Sie hat am Straßenrand gestanden und wurde von hinten gestoßen.

»Ich hab es gesehen«, erzählt Anne aufgeregt. »Also natürlich nicht, dass dich jemand gestoßen hat. Aber direkt danach bin ich an dir vorbeigefahren. Hat jemand die Polizei gerufen? Und hat jemand gesehen, wer dich gestoßen hat?«

Dora nickt und schüttelt dann den Kopf. »Der Polizist hat mir aber nicht geglaubt. Vermute ich jedenfalls. Der denkt, ich bin einfach gestolpert. Aber ehrlich, ich habe das ganz deutlich gespürt.«

»Na, ich glaube dir jedenfalls«, erklärt Berta. »Wenn man nur stolpert, fliegt man ja nicht bis mitten auf die Straße. Und wie kann man überhaupt stolpern, wenn man still am Straßenrand steht. Es könnte dich natürlich jemand versehentlich angestoßen haben.«

»Nein, das war Absicht.« Dora ist immer noch blass, sie spricht sehr bestimmt und vergisst ganz ihr übliches geziertes Getue.

»Hast du denn einen Verdacht?« Berta ist in ihrem Element. Mal wieder.

»Nicht konkret. Aber – ich habe nicht nur Freunde in Wolgast. In meiner Position musste ich auch manchmal Maßnahmen ergreifen – es war eben meine Aufgabe, Leute, die den Staat betrügen wollten, zur Rechenschaft zu ziehen.« Sie ist wieder in ihre gewohnte Sprechweise gefallen.

›Vermutlich hat sie so einem armen Schwein, das sich nicht oft genug beworben oder einen Scheißjob abgelehnt hat, das Arbeitslosengeld gekürzt‹, kommt Sophie in ihren Gedanken der Wahrheit sehr nahe.

»Ja, selbst wenn du einen konkreten Verdacht hättest, wirst du es kaum beweisen können«, bedauert Berta, diesen Fall vermutlich nicht aufklären zu können.

Dora erkennt eine Chance. »Ich kann wirklich nicht mehr in Wolgast bleiben«, jammert sie. »Ich traue mich dort ja gar nicht mehr auf die Straße. Was mache ich denn jetzt nur?«

»Am Wochenende ist das Klassentreffen. Bis dahin kannst du ja erst mal hier im Haus wohnen. Und dann sehen wir weiter. Vielleicht kann einer von euren ehemaligen Mitschülern helfen?«, bietet Sophie eher widerwillig an. Sie hat Tante Bertas Blick genau verstanden.

Die nickt zufrieden. »Wir finden schon eine Lösung«, ermutigt sie die Unglückliche.

»Ja, aber …« Dora tut verlegen, vielleicht ist sie es sogar. »Ich kann es mir wirklich nicht leisten in einer Pension zu wohnen. Ich bin schon so lange krankgeschrieben …«

»Gib mir zehn Euro pro Nacht, das ist weniger, als dich die tägliche Fahrt hierher kosten würde.«

Sophie ärgert sich, sie mag die Frau einfach nicht. ›Und obendrein haben wir dich auch noch jeden Abend hier am Hals‹, denkt sie. Wenn dieses blöde Klassentreffen nur erst vorbei wäre. Sie nimmt sich vor, Dora Stocking danach auf jeden Fall wieder loszuwerden, egal, was ihre Tante dazu sagt.

»Danke, das ist wirklich nett von dir«, murmelt Dora in ihre Kaffeetasse und blickt auf die Tischplatte. ›Diese blöde Kuh spricht, als würde sie mir einen Gefallen tun. Wie die mich ankotzen, diese Neureichen, sie hat sich hier doch auch nur ins gemachte Nest gesetzt. Die hätte mir das Zimmer auch umsonst geben können, das Haus ist doch sowieso nicht ausgebucht. Oder?‹

»Sag mal, wohnen die anderen, die zum Treffen kommen, auch hier?«

»Ja, einige. Die meisten wohnen sowieso noch in der Gegend oder haben hier Familie. Aber Anne hat allen angeboten, dass sie bei mir ein Zimmer buchen können und manche haben es angenommen.«

»Da können wir am Sonntag alle zusammen frühstücken und gleich das Treffen auswerten«, freut sich Anne. »Vielleicht unternehmen wir dann auch noch gemeinsam etwas, eine Schifffahrt oder so was in der Art.«

»Ich kann mir gut vorstellen, dass man sich nach so einer Feier eine Schifffahrt wünscht. Besonders, wenn es stürmisch ist und das Schiff schön schaukelt«, wirft Sophie süffisant ein.

»Kommt Ramona auch?«, unterbricht Dora das Geplänkel. »Was macht sie jetzt eigentlich? Ist doch gleich nach der Wende weggezogen, oder?«

»Ja, nach München. Sie war da verheiratet«, gibt Anne zurückhaltend Auskunft. »Aber ihr Mann ist vor zwei Jahren verstorben. Sie wohnt auch hier im Haus. – Hoffe ich«, setzt sie zögernd hinzu. Ihr fällt ein, dass Ramona das noch gar nicht bestätigt hat. »Sie hat zwar noch eine Schwester hier und eine Nichte, aber die haben nicht viel Platz.«

»Aha. Na, das ist ja schön. Ich freue mich auf Ramona, wir haben uns schon ewig nicht gesehen. Früher waren wir gut befreundet, ich mochte sie sehr.«

›Ja, sicher‹, denkt Anne ironisch. ›Gerade du, dich hat sie doch am meisten getriezt. Manchmal war sie wirklich ganz schön gemein.‹

»Ich habe sie auch lange nicht gesehen«, sagt sie laut. »Wir haben nur hin und wieder mal telefoniert. Ihr Mann war lange krank, der konnte nicht mehr reisen und allein lassen wollte sie ihn auch nicht. Sie kommt zum ersten Mal nach ihrer Heirat wieder her. Aber nach meinem Eindruck hat sie sich nicht sehr verändert und wird wieder das ganze Treffen aufmischen.«

Was sie ihrer Freundin Sophie über ihre ehemalige Freundin erzählt hat, muss Dora nicht mitbekommen. Ramona war die Klassenschönheit, mit langen schwarzen Haaren, großen dunklen Augen und einer schon damals sehr fraulichen Figur, die sie gern betonte. Die Jungs waren alle verrückt nach ihr, fürchteten aber auch ihre große Klappe und ihre sehr direkte Art. Zur Wende hatte jeder mit sich selbst zu tun und Anne hat die Schulfreundin aus den Augen verloren. Über die Zeit hat Ramona nicht gesprochen, aber Anne hat das Gefühl, dass es ihr eine Weile ziemlich schlecht ging. Dann hat sie den viel älteren Mann geheiratet und ist mit ihm nach Bayern gezogen.

»Wahrscheinlich hat sie gehofft, bald Witwe zu werden«, hat Sophie vermutet.

»Mag sein, dann musste sie lange darauf warten. Aber wer weiß das schon. Ich freue mich jedenfalls, dass sie kommt.«

Dora denkt über Annes Worte nach. Das fehlt noch, dass Ramona genau so frech und direkt ist wie damals. Und dass sie sich wieder über sie lustig macht und vor allen bloßstellt, wie damals in der Schule. Bei dieser Erinnerung bekommt sie fast einen Panikanfall und erwägt kurz, eine Krankheit vorzutäuschen und gar nicht zum Treffen zu gehen.

Nein, dann bleibt ja alles so, wie es ist. Sie muss diese Chance nutzen. Wenn Anne nur ein bisschen mehr erzählen würde. Ramona ist gar nicht so schlau, mit der wird sie schon fertig. Sie muss nur deren Schwachstelle finden. Jeder hat eine Leiche im Keller.

Das ist es! Wie konnte sie das nur vergessen. Dora trinkt schnell einen Schluck Rotwein. Wenn die anderen am Tisch auf sie achten würden, könnten sie bemerken, dass Dora plötzlich aufgeregt ist. Aber die begrüßen Bruno und reden übers Wetter. So ist es immer. Alle sind locker und unbeschwert, sie selbst hat Probleme, aber die interessieren niemanden. Manchmal denkt sie, die reden in einer anderen Sprache. Sie versteht sie nicht, lächelt aber höflich.

»Ist was, Dora? Du bist ja ganz blass«, fällt Berta auf.

»Nein, nein, schon gut. Ich muss dann auch …« Gehen, wollte sie sagen. »Ach ich bleib noch ein bisschen. Es ist gerade so gemütlich bei euch.«

Für einen Moment sehen die anderen sie an, zweifelnd, misstrauisch, ironisch, dann ist sie schon wieder vergessen. Ihr Verstand läuft auf Hochtouren. Ruhig, nur ruhig. Freundlich, bescheiden. Lächeln, zuhören, Empathie vortäuschen. Wie naiv ihr doch alle seid.

Sie rückt an ihrer Brille und lehnt sich bequem zurück. Berta geht in die Küche, um das Abendessen für den Stammtisch zu bestellen. Sie selbst wird natürlich wieder Fisch essen, Anne auch. Sophie möchte gebackenen Camembert. Bruno ernährt sich lieber flüssig, Dora will auch nichts. Sie ist viel zu aufgeregt.

Sophie geht an die Theke. Die Kellnerin hat Bestellungen aufgenommen, sie kümmert sich um die Getränke. Anne geht mit, sie holt Bier für sich und Bruno, der dreht sich zu den beiden um.

Auf dem Tisch liegt die Tageszeitung, Berta hat sie dorthin gelegt, nachdem sie den anderen einen Artikel über die Fischer gezeigt hatte. Dora weiß, dass Annes Smartphone darunter liegt.

Sie beugt sich vor, als wolle sie etwas lesen und hat zwei Sekunden später das Telefon in der Handtasche. Sie ist ganz ruhig, als sie zur Toilette geht.

In der Kabine setzt sie sich auf den Deckel und sieht das Gerät genau an. Nur jetzt nichts falsch machen. Aber schnell. Da. Kontakte. Ramona. Wo ist der Stift? Sie schreibt die Nummer auf einen alten Parkschein. Schnell auf eine andere Taste drücken. Jetzt bricht ihr plötzlich der Angstschweiß aus, sie hat das Gefühl, das Telefon wird jeden Moment läuten. Trotzdem drückt sie noch schnell die Spülung, dann zwingt sie sich langsam an den Tisch zurückzugehen.

Anne stellt Bruno gerade sein Bier hin, hinter ihrem Rücken schiebt Dora das Smartphone unter die Zeitung. Sie fühlt sich hervorragend. Der erste Schritt ist getan und das war wirklich eine Meisterleistung. Sie ist doch so viel schlauer als die anderen.

Dora Stocking hat die Rufnummer eingetippt, da fällt ihr plötzlich ein, dass Ramona sie fragen wird, woher sie sie hat. Vielleicht kann sie es sich auch denken, ruft Anne an und beschwert sich. Sie atmet tief durch, drückt dann entschlossen auf die Taste mit dem grünen Hörer.

Sie wird Ramona überraschen, überrumpeln, die soll ganz andere Sorgen haben.

»Rosmann.«

Was? Für einen Moment ist Dora selbst überrascht. Ach so, natürlich, Ramona trägt ja auch schon lange nicht mehr ihren Mädchennamen.

»Ramona? Hier ist Dora – Dora Stocking, früher Schmidt.«

»Ja, Dora, natürlich. Schön, dass du mich anrufst. Kommst du auch zum Treffen?«

»Ja, ich glaube schon, wenn nichts dazwischenkommt. Aber deswegen rufe ich nicht an. Wir haben ein Problem.«

»Ja? Kann ich helfen?«

Anscheinend denkt sie, es geht um das Klassentreffen. Ramona kann sich wohl kaum vorstellen, dass sie und Dora ein gemeinsames Problem haben. Wie überheblich sie wieder klingt. Genau wie früher.

»Nein. Ich glaube, du brauchst selbst Hilfe.«

»Ach? Von dir? Wie das denn?«

Sie scheint amüsiert und Dora fühlt sich plötzlich in ihre Schulzeit zurückversetzt, spürt wieder diese hilflose Wut gegenüber Ramonas müheloser Überlegenheit.

Sie schluckt und räuspert sich kurz. Dann klingt ihre Stimme fest, ruhig und ein wenig drohend.

»Du erinnerst dich doch sicher noch an Madita?«

Schweigen. Dora hört, dass Ramona sich eine Zigarette ansteckt und den Rauch tief einatmet. Sie lässt sich Zeit, denkt wahrscheinlich nach. Nicht, wer Madita war, das weiß sie ganz genau. Jetzt wird sie gleich betont harmlos fragen: ›Madita? Ich weiß gar nicht – es ist schon so lange her‹.

»Natürlich erinnere ich mich an Madita«, poltert Ramona in Doras Gedanken los. »Wie könnte ich diesen Namen vergessen? Es war so ziemlich das Schlimmste, was ich jemals erlebt habe.«

»Ja, ich auch.« Sie zögert kurz. »Es ist tatsächlich nie herausgekommen.«

»Stimmt. Eigentlich erstaunlich.«

»Es wäre natürlich nicht gut, wenn jetzt darüber geredet würde.«

»Nein, das wäre nicht gut. Worauf willst du hinaus?« Ramona hat den Schock verarbeitet und wird langsam ungeduldig. Diplomatisches Geplänkel ist nicht ihr Ding.

»Ich werde erpresst. Das heißt, wir werden erpresst. Ich weiß nicht, von wem. Ich habe einen Brief erhalten. Jemand droht, einen Artikel an die Presse zu senden, in dem er – oder sie – das Ereignis genau schildert, und unsere Namen preisgibt.«

»Aha.« Ramona klingt leider erstaunlich ruhig. »Oder?«

»Oder zehntausend Euro. Die habe ich aber nicht. Fünf könnte ich mit Mühe aufbringen ...«

»Bist du bescheuert? Nimm diesen Wisch und geh damit zur Polizei. Das ist doch Blödsinn. Keine Zeitung würde so etwas drucken. Das ist ewig her und wir waren fast noch Kinder. Außerdem bezahlt man keinen Erpresser. Das weiß doch nun wirklich jeder!«

›Verdammt!‹ Dora spürt die Wut heiß in sich aufsteigen. Sie kommt sich wieder so dumm und so gedemütigt vor wie in ihrer Schulzeit. Hat Ramona sie durchschaut? Nein, das wohl nicht. Sie hält sie nur für dumm und naiv.

»Na gut, wenn du meinst. Ich denke darüber nach,« presst sie hervor.

»Lass das Denken und tu es einfach!«

»Ja, gut. Bis dann, wir sehen uns.«

Ramona sagt noch irgendetwas, aber Dora beendet das Gespräch, das ihr so völlig aus dem Ruder gelaufen ist.

»Also wirklich!« Ramona Rosmann schüttelt den Kopf. »Die ist anscheinend im Laufe der Jahre noch dämlicher geworden. Die Cleverste war sie nie, das hat sie nur immer gedacht.«

»Wovon redest du, Schatz? Ein Anruf aus der Vergangenheit?«

»Genau das trifft es wohl. Eine ehemalige Schulkameradin wird erpresst für etwas, was vor – lass mich überlegen – jedenfalls mehr als vierzig Jahren passiert ist. Und ich angeblich auch.«

»Na wunderbar, das fängt ja gut an. Willst du da wirklich hinfahren?«

»Natürlich. Jetzt erst recht. Du glaubst doch wohl nicht, dass ich mich von so etwas einschüchtern lasse?«

Sascha lacht. »Nein, das glaube ich nicht. Aber was habt ihr denn Schlimmes angestellt, woran sich die Leute noch heute erinnern?«

»Na ja«, Ramona wird ernst. »Das war wirklich schlimm.« Sie lehnt sich zurück und blickt nachdenklich aus dem Fenster. »Weißt du, was seltsam ist? Nach diesem Tag habe ich nie mit jemandem darüber gesprochen. Auch nicht mit meinen Freundinnen, die dabei waren. Wir hatten wohl alle das Gefühl, wenn wir nicht darüber reden, ist es nicht passiert.«

»Das ist wirklich seltsam. Ich dachte immer Mädchen, und besonders Freundinnen, reden über alles.«

»Ja.« Sie schweigt wieder.

Er setzt sich ihr gegenüber und sieht sie an.

»Na komm, erzähl es mir schon. Dann kann dich schon mal niemand damit erpressen, dass er es mir verrät«, scherzt er.

Sie bleibt ernst. »Nein, um dich geht es da wohl weniger. Aber ich möchte nicht, dass es die Bansiner erfahren, auch wenn ich nicht mehr dort lebe. Für die anderen, die dageblieben sind, wäre es noch schlimmer.«

Geduldig wartet er, bis sie weiterspricht. »Es war im Februar 1979, wir gingen in die achte Klasse. Meine besten Freundinnen und ich, wir waren so eine Mädchenclique, sind an den Strand gegangen. Die Ostsee war gefroren, aber es war keine geschlossene Eisfläche. Weißt du, das Meer bewegt sich, da bilden sich Eisschollen. Kleine und große, dick genug, um darauf zu stehen, die schwimmen auf dem Wasser. Man kann dann von einer zur anderen springen oder sich mit einer langen Stange abstoßen. Stand-up-Paddeln sozusagen. Natürlich war es gefährlich und deshalb streng verboten. Aber, wir waren vierzehn!«

Sie schluckt und hat Tränen in den Augen. Plötzlich sieht sie Madita wieder vor sich. Das kleine blonde Mädchen mit der roten Pudelmütze, wie es da frierend am Ufer steht und von einem Bein auf das andere tritt. Wer hatte sie eigentlich mitgebracht? Sie war zwei Jahre jünger und gehörte nicht zur Clique. Aber sie ließ sich nicht wegschicken. Damit sie nicht petzte, durfte sie eben mitmachen.

Es war kalt, der Himmel blau und klar, er spiegelte sich in dem glatten Wasser. Die Eisschollen leuchteten strahlend weiß, sie bewegten sich kaum und lagen dicht nebeneinander. Ramona erinnert sich, dass sie überlegten, wie tief das Wasser darunter sei. Nicht sehr, dachten sie. Es würde ihnen vielleicht bis zum Bauch gehen. Es war viel tiefer. Sie hatten sich verschätzt, hatten nicht bedacht, dass nicht nur der Strand, sondern auch das flache Wasser im Uferbereich von Eis und Schnee bedeckt waren.

Madita war viel zu ängstlich, zu vorsichtig. Vielleicht lag es auch daran, dass sie kleiner war als die anderen Mädchen. Sie sprang zu kurz, auf den Rand einer kleineren Eisscholle, die kippte. Das Mädchen fiel ins Wasser und rutschte sofort unter das Eis.

Ramona war die erste, die hinterhergesprungen war, dann noch ein weiteres Mädchen. Sie hatten großes Glück, dass die anderen sie wieder herausziehen konnten, denn das Wasser war so tief, dass sie keinen Grund unter den Füßen bekamen. Sie sprangen von einer Scholle zur anderen, schoben sie hin und her, versuchten, darunter zu sehen – doch Madita war verschwunden. Nach einer halben Stunde war allen klar, dass das Mädchen nicht mehr lebte.

Noch am Strand, zähneklappernd und unter Schock stehend, schworen sie, niemals, mit niemandem und unter keinen Umständen darüber zu reden. Ramona wundert sich heute noch, dass sie sich nicht erkältet hat, als sie in ihren nassen Sachen nach Hause geschlichen ist. Sie hat die Kleidung und die Schuhe an dem Kachelofen in ihrem Zimmer getrocknet und niemand hat etwas bemerkt.

»Aber du hast recht. Es ist wirklich seltsam, dass keine von uns darüber gesprochen hat. Es ist nie herausgekommen.«

»Aber nun anscheinend doch, wenn euch jemand damit erpressen will. Oder denkst du, es ist eine von euch?«

»Ich weiß nicht. Ich erinnere mich nicht mal mehr genau, wer dabei war.«

»Na, es ist ja auch wirklich schon sehr lange her. Und eigentlich konntet ihr doch gar nichts dafür. Du hast getan, was du konntest. Sogar dein eigenes Leben riskiert.«

»Ja, schon, aber wir hätten Hilfe holen müssen. Obwohl – es wäre zu spät gewesen. Schon nach wenigen Minuten in dem Eiswasser hätte ihr niemand mehr helfen können. Vielleicht hätten wir es ihren Eltern sagen müssen.«

»Warum?«

»Ich weiß auch nicht. Es ist nur so ein Gefühl. Vielleicht hätte es sie getröstet, dass wir dabei waren. Dass wir eigentlich Schuld daran hatten, dass sie überhaupt auf das Eis gegangen war.«

»Es belastet dich immer noch, stimmt's? Tut mir leid, ich hätte dich nicht drängen sollen, darüber zu reden. Jetzt habe ich alles wieder aufgewühlt.«

»Nein, es tat gut, endlich darüber zu reden. Ich hatte es verdrängt, aber du hast recht, ich habe es immer noch nicht verarbeitet.«

Sascha schnarcht leise, eigentlich ein beruhigendes Geräusch für Ramona, aber heute kann sie nicht einschlafen. Die Erinnerung an Madita lässt sie einfach nicht los.

Sie steht auf, zieht sich ihren dünnen Morgenmantel über und geht in den Garten. Sie betrachtet den Sternenhimmel, dann haben sich ihre Augen an die Dunkelheit gewöhnt und sie setzt sich in die Hollywoodschaukel.

Wer könnte diesen Brief an Dora geschrieben haben? Und werden die anderen auch erpresst? Wer war denn eigentlich dabei?

Sie lächelt unwillkürlich, als sie an ihre Mädchenclique denkt. Wir waren schon eine tolle Truppe. Haben eine Menge Blödsinn gemacht, aber immer zusammengehalten. Anne war meine beste Freundin. Warum haben wir die Verbindung eigentlich abreißen lassen? Ich freue mich so auf sie. Und Betty. Immer freundlich, lustig, gutmütig zu allen, der beste Kumpel, den man sich wünschen kann. Hoffentlich kommt sie auch zu dem Treffen. Und Lydia. Der Schwarm aller Jungs. Blond, zart, große blaue Augen, hat gern die Unschuld vom Lande gespielt. Sie konnte ganz schön zickig sein. Aber sie war in Ordnung. In der achten Klasse ist sie schon mit Mattis gegangen, den hat sie dann sogar geheiratet, gleich mit achtzehn. Ob die wohl noch zusammen sind?

War sie damals am Strand noch dabei? Ramona überlegt angestrengt. Madita sieht sie noch ganz deutlich vor sich. Aber ihre Freundinnen? Sie waren zu viert, das weiß sie genau.

›Anne – nein, Anne war ja gar nicht dabei! Wir hatten Winterferien, wahrscheinlich war sie bei ihrer Freundin in Berlin. Betty ja, die ist mit mir zusammen ins Wasser gesprungen. Weshalb war Dora Schmidt eigentlich dabei? Die gehörte doch gar nicht zu uns. Aber sie wollte immer dazu gehören, hat sich uns dauernd aufgedrängt. Ja, an dem Tag war sie dabei, das weiß ich genau. Und noch jemand. Aber wer? Lydia? Nein. Eine, an die ich mich kaum erinnere. Unauffällig, ruhig – natürlich, Solveig. Die mochte ich auch. Sie wirkte immer ein bisschen schüchtern, zurückhaltend, hatte aber einen wunderbaren trockenen Humor. Und sie war hilfsbereit. Im Gegensatz zu mir hatte sie immer ihre Hausaufgaben gemacht und hat mich abschreiben lassen. Sie hat auch ziemlich jung geheiratet, einen Fischer, glaube ich. Ihr Vater war auch Fischer – genau wie der von Madita. Natürlich, sie hat Madita mitgebracht. Oh Scheiße, für sie muss das ja noch schlimmer sein, als für mich. Ob sie auch noch daran denkt? Sicher. Wenn sie zu dem Treffen kommt – das wird sie sicher, sie wohnt doch bestimmt noch in Bansin – dann müssen wir uns mal in Ruhe unterhalten. Sie und ich und Betty. Na ja, wenn es sein muss, auch Dora. Sie müssen sich erinnern, wem sie von Madita erzählt haben, wer versuchen könnte, uns zu erpressen.

Donnerstag, 14. Oktober

Mit Ende vierzig wird Sabine von ihrer Mutter immer noch »Bienchen« genannt, ein wenig zärtlich, ein wenig bevormundend. Anscheinend wird sie nie erwachsen. Manchmal hat sie das Gefühl, ihr Leben wäre irgendwann in ihrer Kindheit einfach stehen geblieben. Sie wurde nie Ehefrau, Mutter, Chefin, alles das, was Frauen eben sind. Sie blieb einfach Tochter, Nichte, bestenfalls Freundin. Auch das nicht so richtig, nicht mit Leidenschaft, nie himmelhoch jauchzend, auch nicht zu Tode betrübt. Es plätschert so dahin, das Leben zerrinnt ihr zwischen den Fingern. Es gibt keine Höhen, keine Tiefen. Alles ist durchschnittlich, so wie sie selbst. Mittelgroß, mittelblond, nicht hässlich, aber auch nicht besonders hübsch. Keinen zweiten Blick wert.

Es muss diese Herbststimmung sein, um diese Zeit ist sie oft so melancholisch, hat das Gefühl, sie müsse vor dem Winter noch irgendetwas erledigen.

»Wer jetzt kein Haus hat, baut sich keines mehr. Wer jetzt allein ist, wird es lange bleiben.«

Wer schrieb das? Rilke?

»Bist du müde, Mutti? Wollen wir zurückgehen? Oder möchtest du dich einen Moment auf die Bank setzen?«

»Meinst du nicht, dazu ist es schon zu kalt?«

»Ich habe ein Sitzkissen dabei.«

Sabine breitet das Schaumgummikissen aus und legt es auf eine der Bänke an der Strandpromenade. Sie bleibt neben ihrer Mutter stehen und blickt zum Strand hinunter. Der ist heute sehr breit, das Wasser ist ruhig. Einige wenige Strandkörbe stehen noch dort, Kinder spielen im Sand. Die Sonne scheint, aber sie hat keine Kraft mehr, am Horizont ist es diesig und kleine Wölkchen schwimmen am Himmel. Es sind noch viele Urlauber da, aber sie gehen jetzt langsamer als im Sommer und sprechen leiser.

Sabines Mutter betrachtet die Häuser an der Promenade, große Villen aus der Gründerzeit des Seebades. Jedes Haus sieht anders aus, aber sie haben alle Balkone und Erker, große Fenster an der Seeseite, oft Säulen und Türmchen. Während der DDR-Zeit waren in den meisten Mietwohnungen, in denen viele Fischer hier an der Promenade gewohnt haben, mit Blick auf ihre Hütten und die Ostsee. Die größten Häuser waren FDGB-Heime, dort waren im Sommer die Urlauber und im Winter die Kurgäste untergebracht.

Allerdings sahen die Häuser damals nicht so schön aus wie heute. Viele waren schadhaft, einige schon baufällig. Für den Erhalt der Bäderarchitektur ist die DDR-Ära gerade rechtzeitig zu Ende gegangen.

»Das *Fortschritt* ist ja auch wieder schön geworden.«

»Es heißt jetzt *Kehr wieder*«, berichtigt Sabine.

»Ja, ich weiß. So hieß es früher schon, bis in die Fünfzigerjahre. Es hat Berta Kellings Familie gehört. Ihr Großvater hat es erbauen lassen. Er war Seemann, Kapitän, glaube ich. Deswegen haben sie das Haus *Kehr wieder* genannt. Gut, dass Berta es zurückbekommen hat.«

»Ja. Jetzt gehört es ihrer Nichte, Sophie. Die kennst du sicher auch. Sie war die beste Freundin von Anne, erinnerst du dich? Anne war auch mit Ramona gut befreundet, sie besuchten dieselbe Klasse.«

»Ja, natürlich erinnere ich mich. Anne hat doch das Klassentreffen organisiert, zu dem Ramona kommen will. Ich mochte sie schon immer. Sie war freundlich, aber auch ein bisschen laut und hektisch.«

»Da passt sie ja zu deiner Schwester.«

»Ja, das stimmt«, lacht die Ältere. »Ramona war auch nicht gerade ruhig. Ich freue mich auf sie. Anne würde ich auch gern einmal wiedersehen.«

»Ich habe eine Idee. Lass uns ins *Kehr wieder* gehen und einen Kaffee trinken. Vielleicht ist Anne ja da. Und Berta Kelling womöglich auch.«

Natürlich ist Berta da. Und sie freut sich über die Gäste und lädt sie gleich ein, am Stammtisch Platz zu nehmen. Nachdem sie ausführlich über die Gesundheit ihrer Mutter geredet haben, wendet Berta sich an Sabine.

»Du hast doch Ramona in München besucht, nicht? Wie lebt sie denn da, erzähl doch mal.«

»Gut lebt sie. In einer großen Villa, mit Pool und allem …«

»Wohnt sie denn nun allein? Ihr Mann war doch verstorben, oder?«

»Ja, schon vor zwei Jahren. Aber allein lebt sie nicht. Sie hat wieder jemanden.«

»Aha.«

Berta bemerkt den Seitenblick, den Sabine auf ihre Mutter wirft. Entweder weiß die nicht alles über ihre Schwester oder sie will nicht, dass darüber geredet wird. Egal, Bertas Neugierde ist geweckt.

Sie bietet der Älteren noch einen Kaffee an, unterhält sich ein bisschen mit ihr und stellt dann fest, dass diese recht erschöpft ist.

»Ich bin das nicht mehr so gewöhnt, weißt du. Seit meiner Krankheit gehe ich nicht mehr so oft raus. Erst der lange Spaziergang und dann das viele Reden – aber es war schön, sich mal wieder mit euch zu unterhalten. Nur das mit Solveig, das ist ja furchtbar. Weiß Ramona es schon?«

»Nein«, gibt Anne zu, »ich wollte es ihr nicht am Telefon sagen. Sie war so lustig, weißt du, da passte es irgendwie nicht. Und ich will ihr auch nicht die Vorfreude auf das Klassentreffen verderben.«

»Ja, da hast du wohl recht. Sie erfährt es schon noch früh genug. Sabine, ich glaube, ich muss nach Hause. Ich bin doch sehr müde.«

Anne braucht Berta gar nicht anzusehen, um zu wissen, was die gern möchte.

»Wenn du einverstanden bist, bring ich dich nach Hause, Maria. Dann kann Sabine noch bleiben. Sie wollte doch so gern mal wieder Soljanka essen. Renate, unsere Köchin, kommt nachher gleich und macht ihr eine warm.«

»Ja, wenn ihr meint – das Mädchen kommt ja sonst auch nicht raus. Immer hat sie mit mir zu tun. Also, wenn es dir nichts ausmacht, Anne?«

Berta sieht den beiden Frauen nach, dann wendet sie sich wieder an Sabine. »Na siehst du. Du musst doch auch mal unter Leute kommen. Willst du noch einen Kaffee? Oder lieber ein Bier?«

Sabine möchte lieber ein Bier, dann isst sie eine Soljanka – »Renate hat schon immer die beste Soljanka in Bansin gekocht« – und dann reden sie über Sabines Arbeit als Kassiererin, aber da gibt es nicht viel zu erzählen, über früher, über Solveig und dann über Ramona.

»Ich weiß nicht, ob sie glücklich ist. Selbst wenn nicht, würde sie es mir nicht erzählen. Aber ich glaube – na ja, man sieht und hört ja Einiges, wenn man im Haus zu Gast ist. Ihr Freund ist jünger als sie, viel jünger. Er ist auch ganz anders, als ihr Mann es war. Das war so ein ganz netter, ruhiger Typ. Er war immer total lieb zu Ramona, hat ihr jeden Wunsch erfüllt. Und er war nie laut oder unhöflich. Aber Sascha – na ja, sie ist total verliebt in ihn.«

»Dann ist sie doch glücklich«, vermutet Anne, die inzwischen wieder da ist.

»Ja, vielleicht. Wahrscheinlich.«

»Na, nun erzähl schon«, ermuntert Berta die junge Frau nach kurzem Schweigen. »Machst du dir Sorgen um deine Tante?«

»Als sie sich einmal gestritten haben, hat er so eine Andeutung gemacht, irgendwas mit einer Überdosis. Als hätte sie versucht, sich das Leben zu nehmen, weil er sie verlassen wollte. Sie wussten natürlich nicht, dass ich das gehört habe. Ich konnte sie ja auch nicht fragen.«

»Natürlich nicht.«

»Das kann ich mir nicht vorstellen«, wirft Anne ein. »Es passt gar nicht zu Ramona.«

»Aber sie hat sich schon verändert«, behauptet Sabine. »Am Telefon merkst du das nicht so. Und natürlich freut sie sich total, dich wiederzusehen. Aber, ach, ich weiß auch nicht. Vielleicht bilde ich es mir auch nur ein. Sascha ist jedenfalls ein toller Typ. Erfolgreich – er ist Architekt – nett und er sieht wirklich gut aus.«

»Bist wohl selbst in ihn verliebt?«

Die Bemerkung kam völlig unerwartet. Dora Stocking musste hinter der Ecke gestanden haben, niemand am Stammtisch hatte sie gesehen. Sie setzt sich dazu und lächelt Sabine süffisant an, die sie verwirrt anblickt und nicht weiß, was sie erwidern soll. »Unsinn«, stottert sie nur.

»Dann brauchst du ja nicht rot zu werden. Sollten wir deine Tante vor dir warnen? Das war nur ein Scherz. Wir petzen schon nicht.«

Berta ist mehr als ärgerlich. »Wie lange hast du schon gelauscht?«, fragt sie streng. »Hast du schon mal was von Privatgesprächen gehört? Sowas kann ich überhaupt nicht leiden.«

»Entschuldigt, ich wusste nicht, dass ihr Geheimnisse habt. Ramona ist schließlich auch meine Freundin. Und ich habe doch nur Spaß gemacht.«

Sophie geht an die Theke und Sabine holt ihr Portemonnaie aus der Handtasche. »Ja, ich muss dann auch nach Hause. Meine Mutter wird schon warten. Sie ist krank und braucht meine Hilfe«, erklärt sie Dora, die spöttisch lächelt. »Was kriegst du von mir?«, fragt sie zu Sophie hinüber.

»Ist schon gut, ich lade dich ein. Und du kannst gern jederzeit wiederkommen, wenn dir zu Hause die Decke auf den Kopf fällt.« Berta lächelt Sabine freundlich an und wirft Dora einen warnenden Blick zu.

Nachdem Sabine sich verabschiedet hat, herrscht für eine Weile Schweigen am Tisch. Dann bestellt Dora sich ein Glas Rotwein und redet unbefangen weiter, als würde sie die Verstimmung nicht bemerken.

»Sabinchen ist zwar ein wenig unbedarft«, behauptet sie überheblich, »aber ich glaube, was Ramona betrifft, hat sie recht. Die hat sich einen jungen Liebhaber zugelegt und kommt nicht damit zurecht, dass er sie schlecht behandelt. Vermutlich ist sie ihm sexuell hörig. Nun ja, das nennt man wohl Retourkutsche. Sie selbst hat ja einen älteren Mann seines Geldes wegen geheiratet und nun kommt ein junger Mann und tut dasselbe mit ihr.«

»Woher willst du das wissen?« Anne muss sich beherrschen, um nicht direkt zu sagen, wie sehr sie dieses selbstgefällige Geplapper anwidert.

»Weil sie ihre beste Freundin ist«, beantwortet Berta die Frage ironisch.

Dora merkt allmählich, dass sie zu weit gegangen ist und die anderen Frauen auf Ramonas Seite stehen. »Na ja, Ramona konnte euch schon immer manipulieren. Aber ihr werdet es schon noch merken und sie auch. Wenn er sie ausgenommen hat wie eine Weihnachtsgans, lässt er sie sitzen.

Und ihr werdet sie dann vermutlich noch bedauern. Ich natürlich auch«, fügt sie schnell hinzu.

Berta und Anne sehen sich nur kurz an.

»Ich gehe dann mal in die Küche, vielleicht kann ich Renate helfen.«

»Ja, und ich helfe Sophie an der Theke.«

Anne versucht nicht einmal vorzutäuschen, ihrer Freundin zu helfen, sondern setzt sich vor dem Bartresen mit dem Rücken zu Dora auf einen Hocker, ihre langen Beine reichen bis zum Boden. »Gib mir bloß was zu trinken, bevor ich noch ausraste«, stöhnt sie.

Später, als sie wieder gemeinsam am Tisch sitzen und Dora sich gekränkt zurückgezogen hat, fragt Berta: »Was denkst du, Anne, lässt Ramona sich von einem Mann ausnutzen? Ob der wirklich nur ihr Geld will?«

Anne zuckt mit den Schultern und antwortet gelassen. »Keine Ahnung. Ich glaube, sie bringt ihn mit, dann können wir uns selbst ein Bild von ihm machen. Aber Ramona ist stark, die kommt schon damit klar. Sogar mit ›sexueller Hörigkeit‹.« Sie kichert.

Berta grinst. »Das denk ich auch. Wenn sie was kriegt für ihr Geld, dann ist doch alles in Ordnung. Sehen wir uns den Knaben mal an. Ich bin gespannt.«

Freitag, 15. Oktober

Das Hotel *Residenz* ist für Bansiner Verhältnisse ein Neubau, also erst etwa 20 Jahre alt. Die Räume sind großzügig geschnitten, die Bäder luxuriös, alles ist ganz nach Ramonas Geschmack. Aus den Fenstern ihrer Suite hat sie einen unverstellten Blick auf die Ostsee. Das Wasser ist dunkelblau, schneeweiß die Gischt, wenn sich die Wellen brechen, in der klaren Herbstluft kann man weit sehen: die Heringsdorfer Seebrücke, den Hafen und die großen Hotels in Swinemünde, die Steilküste der Nachbarinsel Wollin.

»Ist das nicht wunderschön?«

»Ja, das ist es.« Sascha legt von hinten die Arme um sie. »Wir könnten vielleicht eine Schifffahrt machen«, schlägt er vor.

»Ja, können wir. Was du da hinten siehst, ist allerdings die Schwedenfähre. Die fährt von Swinemünde nach Skandinavien und ist ungefähr sieben Stunden auf der Ostsee unterwegs. Es gibt aber kleinere Schiffe, die an der Küste entlangfahren. Die legen hier an der Seebrücke an.«

»Okay. Wie wäre es dann jetzt mit einem Spaziergang? Ich bin ganz steif von der langen Fahrt und brauche dringend Bewegung.«

»Ich auch. Und ich sehne mich nach der frischen Seeluft – aber ich muss zuerst zu meiner Schwester. Wenn sie hört, dass ich in Bansin bin und sie nicht sofort aufgesucht habe, wird sie sauer. Wir haben uns auch schon so lange nicht gesehen. Also bringe ich es hinter mich.«

Nach einem Blick in sein nicht gerade begeistertes Gesicht fügt sie hinzu: »Mach du doch erst mal allein einen Spaziergang. Ich gehe zu Maria und ...«, sie blickt auf die Uhr, »sagen wir in etwa zwei Stunden, gegen fünf Uhr treffen wir uns hier wieder. Dann planen wir die weiteren Tage.«

Sie möchte sich am Abend gern mit Anne treffen, in Ruhe mit ihr reden, noch vor dem Klassentreffen. Über Dinge, die man am Telefon nicht so gern bespricht. Dazu muss sie Sascha aber erst mal beibringen, dass sie ihn nicht dabeihaben will.

Die Wohnung ihrer Schwester kommt Ramona eng und muffig vor. Alles ist mit altem Kram vollgestellt. Einiges stammt noch von ihren Eltern: das Landschaftsbild, das im Flur hängt, Kristallschalen und ein Teeservice in der Anbauwand sowie die große Bodenvase, in der verstaubte Gräser und Rohrkolben stehen. Es ist viel zu warm und die Luft riecht abgestanden und nach Medikamenten.

Ramona schwankt zwischen Rührung und Widerwillen. Maria ist zwar fünfzehn Jahre älter als sie, aber das hier ist die Wohnung einer sehr alten Frau. Wie kann sie sich hier wohlfühlen? Und Sabine vor allem. Ist es ihr gleichgültig, wie sie wohnt oder kann sie sich nicht gegen ihre Mutter durchsetzen? Nein, Maria ist keine Tyrannin und sie liebt ihre Tochter. Sie sind es eben so gewohnt.

Ihre Schwester sitzt in eine Decke gehüllt auf dem Sofa und strahlt Ramona an. »Wie schön, dass du da bist! Wir haben uns schon so lange nicht mehr gesehen. Geht es dir gut?«

»Ja, danke, mir geht es sehr gut. Und dir?«

»Na ja, du siehst ja. Von meiner letzten Operation habe ich mich immer noch nicht erholt. Aber es wird schon. In meinem Alter dauert eben alles ein bisschen länger.«

»Das wird schon. Du rappelst dich schon wieder auf, hast ja gute Pflege.«

Sie blickt zu Sabine und bemüht sich, unbeschwert und optimistisch zu klingen. Von ihrer Nichte weiß sie, dass Maria sich diesmal wohl nicht wieder aufrappeln wird. Der Krebs ist unheilbar.

»Hast du Schmerzen?«

»Nein, nicht sehr. Ich nehme ziemlich starke Tabletten dagegen.«

»Gut.« Ramona weiß nicht, was sie ihrer Schwester erzählen soll. Für ihr Leben in München wird sie sich kaum interessieren. Schon gar nicht für ihr Liebesleben.

»Freust du dich auf das Klassentreffen? Sabine und ich waren gestern im *Kehr wieder*, zum Kaffeetrinken. Mit Anne und Berta und deren Nichte Sophie. Der gehört die Pension jetzt, ist eine patente Frau. Anne hat sich kaum verändert. Ich mochte sie ja schon immer. Solveig auch.«

»Stimmt«, erinnert sich Ramona. Plötzlich hat sie Tränen in den Augen. Ihre große Schwester hat sie immer bemuttert und stand ihr näher als die eigenen Eltern. Sie hatten so ein inniges Verhältnis, alle ihre kleinen Geheimnisse hat sie Maria anvertraut und die hat ihr so oft aus der einen oder anderen Patsche geholfen. Warum sind sie sich nur so fremd geworden? Sie ist doch eigentlich nur wegen des Klassentreffens hergekommen. Sonst wäre Maria vielleicht gestorben, ohne dass sie sich noch einmal wiedergesehen hätten.

Sie schluckt und fasst nach der Hand ihrer Schwester. Wie dünn und schwach sie sich anfühlt!

»Es tut mir so leid, ich wollte es dir am Telefon nicht erzählen, aber nun hast du es doch schon erfahren«, sagt Maria, ohne dass Ramona weiß, wovon sie spricht.

»Was wolltest du mir nicht erzählen?«

»Na, von der armen Solveig. Von ihrem Tod.«

Entsetzt hört Ramona den Bericht über den Unfalltod ihrer früheren Freundin. Warum hat Anne nichts davon gesagt? Sie ist sogar schon auf See bestattet. Maria erzählt gerührt, dass Berta und Paul Plötz gesammelt und die Fischer Blumen und Kränze hinaus aufs Meer gebracht haben.

Jetzt weint Ramona doch noch. Solveig! Sie hat doch gerade vor Kurzem an sie gedacht und sich auf das Wiedersehen gefreut. Sie wollte unbedingt mit ihr sprechen. Ein Gedanke erschreckt sie plötzlich. Dieser ungeklärte Unfall – Maria sagt, der Fahrer wurde noch nicht gefunden – wird doch wohl nichts mit der Erpressung zu tun haben?

Sabine fühlt sich offensichtlich unbehaglich dabei, als sie ihre coole Tante weinen sieht. »Ich werde uns mal einen Kaffee kochen«, sagt sie und geht in die Küche.

Ihre Mutter nickt nur und blickt Ramona an. »So schlimm?«, fragt sie leise. »Ich wusste gar nicht, dass ihr euch so nah wart.«

»Ja, ich mochte sie sehr. Aber da ist noch etwas anderes.« Sie atmet tief ein und sieht ihrer Schwester fest in die Augen. Ihr konnte sie schon immer alles anvertrauen. Nur über diesen furchtbaren Tag im Februar 1979 hat sie nie gesprochen. »Erinnerst du dich noch an Madita? Die kleine Tochter vom Fischer Pohl?« Es tut gut, endlich darüber zu reden.

Maria hört schweigend zu. Sie fragt nicht, warum weder Ramona noch eines der anderen Mädchen darüber gesprochen haben.

»Du denkst, Solveigs Tod könnte damit zu haben?«, errät sie die Gedanken ihrer Schwester.

»Na ja, dieser mysteriöse Unfall, dann die Erpressung ...«

»Das kann ich mir nicht vorstellen. Es ist sicher ein Zufall. Sprich doch mit Anne darüber. Wenn es nur so wenige wussten, müsstet ihr den Erpresser ermitteln können.«

»Vielleicht. Aber, Anne weiß gar nichts von Madita. Ich konnte auch mit ihr nie darüber reden. Ich wollte es nur vergessen. Nie mehr daran denken, verstehst du?«

»Ja, natürlich. Den anderen ging es sicher genauso. Was ist denn mit dieser Dora? An die erinnere ich mich gar nicht.«

»Nein, sie war auch nicht meine Freundin. Sie war an diesem Tag nur zufällig dabei. So eine dünne, blonde. Dora Schmidt hieß sie damals.«

»Was ist mit der? Das ist vielleicht eine blöde Kuh.« Sabine hat die angelehnte Tür mit der Hüfte aufgestoßen, in beiden Händen hält sie ein Tablett, das sie auf dem Tisch abstellt.

Während sie Untertassen, Tassen, Teelöffel und Kuchenteller verteilt, erzählt sie von ihrer Begegnung mit Dora im

Kehr wieder. Nur deren Verdacht, dass sie selbst in Sascha verliebt sei, erwähnt sie nicht, sie fürchtet, dabei rot zu werden.

»Also, sie tat jedenfalls so, als sei sie deine beste Freundin gewesen.«

»Das wüsste ich aber. Wie kommt die dazu, so über mich zu reden? Na, der werde ich …!«

Ramona ist empört.

»Nun erzähl mir doch endlich etwas von deinem Freund!«, unterbricht ihre Schwester sie. »Warum hast du ihn nicht mitgebracht?«

»Ach, wir haben uns so lange nicht gesehen, da wollte ich erst mal allein mit euch sein«, windet sich Ramona heraus. »Er muss sich auch erst von der langen Fahrt erholen.«

»Seid ihr etwa direkt von München hergefahren?«

»Nein, wir waren noch zwei Tage in Hamburg. Aber trotzdem …«

»Ich werde ihn schon noch kennenlernen. Wie ist er denn so?«

»Was soll ich sagen? Jung ist er, das weißt du ja schon.« Sie blickt herausfordern auf ihre Nichte.

Die lächelt ein wenig verlegen. »Na ja, aber er passt zu dir. Er ist nett und sieht super aus.«

»Genau. Und er will mich heiraten.« Das wollte sie eigentlich noch gar nicht erzählen, aber sie fühlte sich durch den besorgten Blick ihrer Schwester provoziert. Nun ist es heraus. Sie muss ja nicht sagen, wie eilig es Sascha damit hat.

»Wirklich?«, Sabines Lächeln wirkt wie eingefroren. Jetzt blickt auch sie besorgt. Gilt diese Sorge ihrer Tante oder ihrem Erbe?

Ramona will es gar nicht wissen. »Ich muss dann erstmal los. Ich kann meinen Bräutigam nicht so lange allein lassen«, behauptet sie betont munter, trinkt ihren Kaffee aus und steht auf. Den Kuchen hat sie nicht angerührt. »Ich weiß noch nicht, wie lange wir bleiben, aber ich komme auf jeden Fall noch mal vorbei und dann stelle ich dir deinen Schwager vor.«

Sie umarmt ihre Schwester zärtlich. »Pass auf sie auf«, bittet sie ihre Nichte, die sie zur Tür bringt.

Die alte Vertrautheit ist sofort wieder da. Anne und Ramona sehen sich an und fallen sich lachend in die Arme.

»Meine Güte, jetzt bist du eine alte Schachtel und siehst noch genauso aus wie vor dreißig Jahren«, behauptet Ramona. »In unserem Alter trägt man doch keine Jeans mehr! Und du hast zugenommen. Wie mich das freut!«

»Na, du warst auch schon mal schlanker. Für wen hast du dich so aufgedonnert? Machst du auf Münchner Schickeria? Oder liegt es am jugendlichen Liebhaber? Von dir hört man ja tolle Sachen.«

»Ist alles wahr«, strahlt Ramona und schiebt Sascha an den Stammtisch. »Da ist er, die Sonne im Herbst meines Lebens.«

»Im Herbst meines Lebens«, wiederholt Anne. »Du wirst ja wohl immer bescheuerter. Ist aber ein echtes Schnuckelchen.«

»Ja, nicht?«, Ramona freut sich, dass Sascha nicht verlegen wird, sondern sofort auf den Ton eingeht.

Berta nimmt Ramona in den Arm. »Schön, dass du wieder mal hier bist, meine Kleine. Ich freue mich so, dass es dir gut geht. Du hast es verdient.« Sie mustert den jungen Mann wohlwollend. »So, nun setzt euch erst mal hin. Sophie kennst du ja wohl noch?«

Es wird ein wunderbarer Abend. Es reden fast nur Anne und Ramona, mal laut und lachend, sich gegenseitig unterbrechend, dann wieder ernst und nachdenklich, bisweilen auch wehmütig. Sascha hört interessiert lächelnd zu, er scheint sich wohlzufühlen, gibt die richtigen Antworten auf Bertas Fragen. Auch die hält sich heute zurück, aber sie sieht sehr zufrieden aus.

»Und du bist also glücklich geschieden?«, fragt Ramona. »Ich kann mich an deinen Mann nur dunkel erinnern.«

»Ich auch. Dunkel ist das richtige Wort. Ehe ist nichts für mich, habe ich festgestellt. Mir geht es allein viel besser. Ich hab ja hier meine Familie.« Sie deutet auf Berta und Sophie.

»Wie schön. Ich komme allein nicht so gut zurecht. Ich brauche jemanden, der mir nachts sagt, dass er mich liebt, und morgens, dass ich endlich aufstehen soll.«

Als sie sich an die alte Clique erinnern, kommen sie auch auf Solveig zu sprechen. Es lässt sich nicht vermeiden und Solveig hat es auch nicht verdient, vergessen zu werden.

An Dora denkt keine von ihnen, bis diese dann auftaucht. Sophie hat schon gedacht, dass sie genug Taktgefühl besitze, die beiden Freundinnen an ihrem ersten Abend des Wiedersehens nicht mit ihrer Anwesenheit zu stören, aber das war natürlich ein Irrtum. Dora war in Wolgast, zunächst beim Arzt, der ihren Krankenschein verlängert hat und dann in ihrer Wohnung, um den Briefkasten zu leeren und frische Kleidung zu holen.

Und nun sitzt sie also am Stammtisch, gibt sich ungeheuer wichtig und tut so, als wäre sie hier zu Hause.

»Unsere Mädchen-Clique war wirklich etwas Besonderes«, erzählt sie Sascha, der sie etwas verwundert ansieht, aber höflich lächelt. »Was haben wir nicht alles angestellt. Immer zusammengehalten, wie …«

»Du hast doch gar nicht dazu gehört«, unterbricht Ramona sie abrupt. »Das wolltest du immer gern, aber meistens haben wir dich abgewimmelt. Weißt du noch, Anne, wie wir einmal verabredet haben, dass wir uns abends um acht oder so an der Normaluhr treffen? Wir haben es extra laut gesagt, sodass Dora es hören konnte und natürlich hingegangen ist. Du hast damals im Haus *Aegir* gewohnt und konntest sie von deinem Fenster aus sehen. Von uns war niemand da, wir durften so spät gar nicht mehr raus.«

»Ach ja? Ich auch nicht, ich habe mich rausgeschlichen und ziemlichen Ärger bekommen. Das war gemein von euch. Na ja,« Dora lächelt mühsam, »Teenager eben.«

Ramona verdreht die Augen, dann wechselt sie das Thema und redet mit Anne über das Klassentreffen. »Die Einladung war übrigens toll gestaltet«, lobt sie ihre Freundin. »Vor allem mit dem Foto von unserer Einschulung darauf. Ich habe mich tagelang damit beschäftigt, die anderen zu erkennen. Aber einige habe ich doch vergessen.«

»Danke, um ehrlich zu sein, habe ich das nicht selbst gemacht. Die Einladung hat Bruno gestaltet. Ein Freund von uns, den lernst du sicher noch kennen. Er war mal Lehrer in Bansin, aber natürlich nach unserer Zeit. Ich hätte die meisten einfach telefonisch oder per E-Mail eingeladen, aber so war es natürlich persönlicher.«

»Auf jeden Fall! Das hat er super gemacht. Kommen denn viele?«

»Ja, tatsächlich haben die meisten zugesagt. Deswegen denke ich, ein Abend ist zu kurz für so ein Treffen. Da quatscht man sich dann fest, meist mit denen, die man früher schon am liebsten mochte und hat keine Zeit mehr für die anderen. Ich bin so neugierig, am liebsten möchte ich mit allen reden. Deswegen haben wir für morgen Nachmittag und Abend die Feier organisiert und dann schlage ich vor, dass wir am Sonntag noch einen Ausflug machen. Zuerst hatte ich an eine Schifffahrt gedacht, aber da ist man so vom Wetter abhängig. Die meisten werden sicher mit dem Auto kommen. Wir könnten nach Koserow fahren und uns die neue Seebrücke ansehen und anschließend nach Zinnowitz. Was meinst du?«

»Nein, das ist doch gut. Es muss ja nicht jeder selbst fahren. Wir setzen uns immer mit mindestens vier oder fünf Leuten in ein Auto und wechseln unterwegs auch mal. Dann kann man sich auf der Fahrt noch unterhalten«, schlägt Ramona vor.

»Mal sehen, was die anderen sagen. Wir könnten ja auch schon vormittags losfahren. Vielleicht nach Swinemünde zum Mittagessen. Und vorher eine kleine Hafenrundfahrt unternehmen? Was meinst du?«

»Warum nicht. Aber auf jeden Fall möchte ich einen Spaziergang durch Bansin machen. Am liebsten mit allen zusammen. Es hat sich doch sehr viel verändert.«

»Dazu finden wir bestimmt Zeit. Aber ich würde auch gern mit dir allein einen Spaziergang machen und mich an alte Zeiten erinnern – und natürlich mit Sascha«, fügt sie freundlich hinzu.

Der lacht. »Erinnert ihr euch ruhig allein, auf mich braucht ihr keine Rücksicht zu nehmen. Ich mache wieder einen langen Strandspaziergang. Der hat mir heute Nachmittag richtig gutgetan.«

Gegen elf sieht Ramona auf die Uhr und erschrickt. »Oh Gott, ich wollte heute früh schlafen gehen, damit ich morgen ausgeschlafen bin und nicht so zerknittert aussehe. Wir sollten wirklich aufbrechen. Jetzt bin ich erst mal beruhigt, dass wir noch viel Zeit zum Reden haben werden.«

Dann fällt ihr etwas ein. Sie hat Dora heute Abend beobachtet, an die alte, hinterlistige, verlogene Dora aus der Schulzeit gedacht. Jetzt ist sie ganz sicher. Unter dem Tisch stößt sie sie an und gibt ihr ein Zeichen, ihr auf die Toilette zu folgen. Sie schließt nachdrücklich die Tür, dann fragt direkt: »Wo ist der Brief?«

»Was für …? Den habe ich weggeworfen, so wie du gesagt hast.«

»Tatsächlich? Ist der per Post gekommen? An dich in Wolgast adressiert?«

»Ja, natürlich. Warum fragst du?«

»Wer kennt denn deine Adresse? Von denen, die auch von Madita wissen?«

»Keine Ahnung, die kann man ja wohl herausfinden. Was soll das? Du denkst doch nicht …«

»Doch, ich denke. Und ich warne dich. Mich erpresst man nicht. Und ich habe auch kein Problem mit der Wahrheit, ganz im Gegensatz zu dir. Ich bin bald wieder in München, aber du willst hier deinen Lebensabend verbringen. Also sei lieber vorsichtig!«

»War was?«, fragt Anne, als Ramona zurück an den Tisch kommt. »Hast du was mit Dora?«

»Ach nein. Nichts weiter. Ist alles gut.«

»Ich geh fix los und hole mir eine Zeitung. Soll ich noch was mitbringen?«

»Nein, ich war doch gerade einkaufen.« Gereizt schüttelt Betty Holter den Kopf, während sie den Einkaufskorb auspackt. Wolfgang wird aber auch immer tüdeliger.

Aus dem Küchenfenster sieht sie ihm nach, wie er die Straße entlanggeht, stehen bleibt, um mit einem Nachbarn zu reden, dessen Hund streichelt und jemanden auf der anderen Straßenseite grüßt. Ihr Mann ist im Ort bekannt und beliebt, wird gern um Rat gefragt, ist hilfsbereit, freundlich – und so langweilig. Aber sie selbst ist ja genauso. Sie passen zusammen wie zwei alte Latschen. Auch sie wird von allen freundlich gegrüßt. Man kennt sie, man schätzt sie, inzwischen wird sie schon von den meisten »Tante Betty« genannt. Wahrscheinlich hat sie mehr als die Hälfte der Bansiner im Kindergarten betreut, in dem sie seit fast vierzig Jahren arbeitet. Und sie geht immer noch gern dorthin. Sie liebt die Kinder, auch wenn die Eltern ihr inzwischen oft auf die Nerven gehen. Manchmal würde sie ihnen gern sagen, was sie von ihren Erziehungsmethoden hält. Aber sie tut es nicht, ist immer freundlich, ausgeglichen, lustig. Das kann sie gut: zuhören, verständnisvoll nicken, lächeln – und an etwas ganz anderes denken.

Sie räumt die Lebensmittel weg, automatisch legt sie das Huhn in ein Tiefkühlfach. Das gibt es am Sonntag. Was wollte sie eigentlich morgen kochen?

Plötzlich fällt es ihr ein. Morgen ist doch das Klassentreffen! Sie nimmt das Huhn wieder heraus, packt es aus und legt es auf einem Teller in den Kühlschrank zum Auftauen. Sie wird es morgen zubereiten, am Sonntag kocht sie gar nicht. Sie wird den ganzen Tag mit ihren ehemaligen Klassenkameraden verbringen.

Betty summt vor sich hin, während sie den Rest aufräumt. Seit Wochen fiebert sie dem Treffen entgegen. Und sie ist ein bisschen aufgeregt. Sie haben sich alle schon so lange nicht gesehen. Wie mögen alle jetzt wohl aussehen? Sie selbst fühlt sich plötzlich nicht mehr wohl in ihrer Haut. In den letzten Jahren hat sie sich ziemlich gehenlassen, kaum mehr auf ihre Figur geachtet. Hat ja auch niemanden interessiert. Den Kindern ist es egal, ob sie schlank oder eher dick ist. Und Wolfgang vermutlich auch.

Lydia ist jedenfalls noch immer schlank und sieht viel jünger aus, als sie ist. Sie hat aber auch keine Kinder bekommen und überhaupt – arbeitet sie eigentlich? Ach ja, sie ist wohl immer noch in der Apotheke, da hat sie schon gelernt. Da gibt es ja auch genügend Mittelchen – ach Quatsch, Lydia war schon immer schön und schlank. Betty will nicht gehässig sein. Sie seufzt. Fast ihr ganzes Leben lang hat sie Lydia beneidet. Um ihr Aussehen und um Mattis.

Mattis war Bettys erste große Liebe. Und eigentlich die einzige, wenn sie ehrlich ist. Wolfgang hat sie aus Bequemlichkeit geheiratet. Er war nett, er sah gut aus und er hat sie geliebt. Es war kein Fehler, sie führen eine harmonische Ehe. Ohne besondere Höhen, aber auch ohne Tiefen. Sie haben zwei Kinder großgezogen, haben immer gut gelebt. Und nun? War das nun alles?

Betty setzt sich auf einen Stuhl und sieht durch das Küchenfenster in den grauen Himmel. Was kommt jetzt noch? Ein paar Jahre Arbeit, ein paar Urlaubsreisen vielleicht, dann die Rente, Betty mag gar nicht darüber nachdenken. Den ganzen Tag hier in der Wohnung, mit Wolfgang zusammen, als Höhepunkt mal ein Besuch der Enkelkinder …

Sie schüttelt über sich selbst den Kopf. Woher kommt diese niedergeschlagene Stimmung plötzlich? Weil sie an Mattis und Lydia gedacht hat, wahrscheinlich. Weil sie glaubt, etwas versäumt zu haben. Aber wer weiß denn, ob Lydia glücklich ist? Ob die Ehe wirklich so gut ist, wie sie beide tun?

Es gab immer mal wieder Gerüchte, dass Mattis alles andere als treu sei. Er soll sogar irgendwo ein Kind haben, von dem Lydia angeblich nichts weiß. Und ihr wurde ein Verhältnis mit ihrem Chef nachgesagt. Wenn Betty so etwas zugetragen wurde, hat sie die beiden immer verteidigt. »Alles nur Tratsch und Klatsch. Die beiden sind so glücklich miteinander, die passen einfach zusammen. Und Mattis flirtet nun mal gern, aber er ist bestimmt treu.«

Dabei weiß sie definitiv, dass er genau das nicht ist. Jedenfalls nicht immer war. Er war damals schon verheiratet, Betty noch nicht. Sie haben sich beim Karneval getroffen, am Meeresstrand – zwei Säle, fünf Bars – viele Paare haben sich da für einige Stunden aus den Augen verloren. Niemand hatte bemerkt, dass sie beide in einem Gästezimmer verschwunden waren. Woher hatte Mattis eigentlich den Schlüssel? Betty hat nicht danach gefragt, auch nicht, ob er geplant hat, sie mit dorthin zu nehmen. Oder Irgendeine. Eine Gelegenheit zu nutzen, die sich beim Karneval immer ergibt.

Egal. Sie wollte es gar nicht wissen. Es war so schön. Die schönste Nacht ihres Lebens. Und ihr größtes Geheimnis. Sie hatte es eigentlich Anne und Ramona erzählen wollen. Die beiden hätten es bestimmt verstanden. Aber dann hat es sich nicht ergeben, jede hatte zu der Zeit mit sich selbst zu tun. Später hat Anne sich dann scheiden lassen, weil ihr Mann sie betrogen hatte, da konnte sie mit ihr nicht darüber reden. Und Ramona ist weggezogen. Und Solveig? Mit der konnte sie schon gar nicht darüber sprechen, nicht nach dem sie ihr das Techtelmechtel mit dem Musiker verdorben hatte.

Die Wohnungstür klappt und Betty zuckt zusammen. Dann muss sie über sich selbst lachen. Sitzt hier und träumt wie ein verliebter Teenager vor sich hin. Und ist genauso todunglücklich.

Wolfgang stellt ein Sixpack Bier auf den Küchentisch. »Für morgen Abend, wenn ich sturmfreie Bude habe. Das muss ich doch ausnutzen. Fußball und Bier, wie *Mann* das so macht.«

Er lacht und gibt seiner Frau einen flüchtigen Kuss. Dann setzt er sich zu ihr. »Freust du dich? Mir gefällt es, dass du mal wieder rauskommst. Das machst du viel zu selten. Du warst doch früher so gesellig.«

»Stimmt, ich bin ein richtiger Trauerkloß geworden.« Sie seufzt theatralisch. »Also: traurig und Kloß. Findest du mich eigentlich zu dick?«

»Also, Mausi, bitte!«

»Ja, ja, schon gut. Ich weiß schon, dass ich albern klinge. Aber die anderen sehen bestimmt alle viel besser aus.«

Wolfgang lacht sie aus. »Die sind inzwischen auch nicht jünger geworden. Du bist genau richtig, so wie du bist. Und du wirst zwei wunderbare Tage haben, das weiß ich mit Sicherheit. Freu dich einfach darauf.«

Samstag, 16. Oktober

»Tolle Stimmung, oder?«, Anne strahlt, während sie sich auf den Barhocker schiebt. »Ich glaube, das war die beste Idee, die ich jemals hatte.«

»Na ja, eine deiner besseren jedenfalls«, schränkt Sophie ein. »Aber ohne Bruno hättest du das nicht geschafft.«

»Stimmt!« Anne sieht zum Stammtisch hinüber, an dem außer Bruno auch die beiden Fischer Paul Plötz und Arno Potenberg sitzen. Und natürlich Tante Berta. »Die Einladung war wirklich spitze, sie hat allen gefallen, außer Dora natürlich. Aber die hat eben keinen Sinn für Humor.«

»Obwohl sie sich gerade ungeniert an Arno ranschmeißt, direkt vor meinen Augen.«

»Das ist kein Humor, das ist eine Frechheit. Aber da besteht ja wohl keine Gefahr.«

Anne blickt in den Saal. Es ist laut geworden. Einige Paare tanzen, an allen Tischen wird gelacht und laut gesprochen, um sich gegenseitig und die Musik zu übertönen.

»Hast du eigentlich alle wiedererkannt?«, fragt Sophie.

»Ja, tatsächlich. Obwohl ich viele jahrzehntelang nicht gesehen habe. Bei manchen musste ich allerdings zweimal hinsehen. Guck mal, das Modeopfer da«, sie weist auf eine sehr vollschlanke Frau, der ihre Kleidung mindestens eine Größe zu klein ist, »die war früher dürr wie eine Zaunlatte, hatte in der achten Klasse noch nicht einmal den Ansatz von Busen. Aber sie war eine Sportskanone. Stimmt's Harald? Genau wie du«, wendet sie sich an einen Mann, der gerade an die Bar kommt.

Er ist groß und muskulös, die Anzugjacke spannt über einem Nacken, dem man ansieht, dass er Kraftsport treibt.

»Na ja, eine Kanone war ich wohl nie, in keiner Hinsicht.« Er grinst und betrachtet Anne ein bisschen herausfordernd. »Aber tatsächlich treibe ich immer noch gern Sport. In unserem Alter muss man eben ein bisschen was tun, um sich knackig und attraktiv zu fühlen.«

»Genau. Ich trinke Sekt. Je mehr ich trinke, desto knackiger und attraktiver fühle ich mich.«

Er lacht und wendet sich an Sophie. »Na, dann gib mir doch bitte auch ein Glas. Oder nein, ich möchte lieber ein Bier und für euch beide Sekt. Du trinkst doch ein Glas mit?« Er sieht ihr in die Augen und die Wirtin gerät leicht ins Stottern. »Ja, ja gern. Ich muss nur … « Sie hat vergessen, was sie wollte und wendet sich schnell dem Zapfhahn zu.

Anne beobachtet die beiden erstaunt. Die sonst so kühle Sophie glüht direkt. Flirtet allerdings etwas unbeholfen, anscheinend ist sie aus der Übung. Und Harald? Sie sieht ihn jetzt mit anderen Augen, aus dem netten, aber eher unscheinbaren und sehr schüchternen Schulkameraden ist tatsächlich ein attraktiver, selbstbewusster Mann geworden. Die beiden haben gerade nur Augen für einander. Anne rutscht vom Barhocker und geht zum Stammtisch hinüber. Sie wird sich ein bisschen mit Bruno unterhalten und vor allem Arno ablenken, damit Sophies Freund nicht so genau auf das Geschehen an der Bar achtet.

Nicht nur die Stimmung, sondern auch die Temperatur ist inzwischen gestiegen und Paul Plötz wird es zu warm in seinem Pullover. Den hat ihm seine Frau gestrickt und letztes Jahr zu Weihnachten geschenkt, irgendwann muss er ihn ja mal anziehen. Aber heute ist kein guter Tag dafür.

»Geh mir bloß von der Pelle, du strahlst mehr Hitze aus wie mein Ofen«, meckert er Berta an, die gerade etwas näher an ihn herangerückt ist, um Platz für Ramona zu machen und ihn gar nicht beachtet.

Das verbessert seine Laune auch nicht gerade. Mit niemandem kann er heute reden, nicht mal mit Arno. Der starrt mit gesenktem Kopf zu Sophie hinüber und Paul hat den sicheren Eindruck, dass ihm nicht gefällt, was er da sieht. Ist er etwa eifersüchtig? Wäre mal ganz was Neues, zumindest, dass er es sich anmerken lässt. Gerade will Paul seinen Kollegen damit aufziehen, als Anne zum Tisch kommt. Endlich ein vernünftiger Mensch, mit dem man ein paar Worte reden kann.

Aber Anne sieht ihn gar nicht an, sie fällt Ramona um den Hals. »Mensch, ist das schön, dass du mal wieder da bist. Warum haben wir uns eigentlich so lange nicht gesehen?«

»Ich weiß auch nicht. Jetzt merke ich erst, wie sehr ich dich vermisst habe. Aber die Zeit ist auch so schnell vergangen.«

»Du warst damals plötzlich weg, deine Schwester hat mir erzählt, dass du geheiratet hast, aber dann hast du dich überhaupt nicht mehr gemeldet. Ich fand das alles sehr mysteriös.«

Ramona lacht. »Mysteriös war das überhaupt nicht. Mir war es nur ein bisschen peinlich. Karl-Heinz war dreißig

Jahre älter als ich und alle Bansiner dachten, dass ich ihn nur des Geldes wegen geheiratet habe.«

»Und – hast du?«

»Ja klar. Aber es war das Beste, was ich damals tun konnte.«

»Okay, du musst mir alles in Ruhe erzählen. Du bleibst doch noch eine Weile hier?«

»Ja, so lange wie Sascha es aushält. Aber ich bin da ganz optimistisch, ihm gefällt es hier.«

»Schön. Und von dem musst du mir alles erzählen. Da hast du ja einen richtig guten Fang gemacht.«

»Das kannst du glauben. Ich weiß selbst nicht, wie ich zu dem gekommen bin. Und das Beste ist, er ist nicht des Geldes wegen mit mir zusammen, er hat selbst genug und noch nie was von mir verlangt. Stell dir vor, er meint es wirklich ernst, wir …«

»Na, ihr beiden? Steckt ihr wieder die Köpfe zusammen, so wie früher? Habt ihr Geheimnisse oder darf man sich am Gespräch beteiligen?«

Anne sieht Ramona an und schüttelt direkt den Kopf, als diese den Mund aufmacht, um Dora eine passende Antwort zu geben. Sie ist heute Abend sehr friedlich gestimmt und möchte sogar zu Dora freundlich sein – so lange die den Bogen nicht überspannt.

Was sie bereits in der nächsten Sekunde tut, als sie plötzlich eine Leidensmiene aufsetzt und laut seufzt: »Wie schade, dass Solveig das nicht mehr miterleben konnte. Es hätte ihr sicher gefallen. Ob heute Abend überhaupt jemand an sie denkt?«

»Ich glaube schon, dass die meisten an sie gedacht haben«, beschwichtigt Berta, »aber es ist jetzt nicht der passende Zeitpunkt, über ihren Tod zu sprechen.«

Dora schüttelt stumm den Kopf und gibt sich zerknirscht. »Entschuldigung, das war gedankenlos von mir.« Wie sie das hasst, diese Vertrautheit zwischen Anne und Ramona, von der sie ausgeschlossen ist. »Über Tote redet man eben nicht gern, besonders wenn sie jung und durch einen Unfall sterben«, fügt sie in ihrem Ärger hinzu.

Da sie Ramona dabei herausfordernd ansieht, diese aber merkwürdigerweise gar nichts erwidert, schrillen bei Berta die Alarmglocken. Auch Anne sieht etwas erstaunt von einer zur anderen.

Ramona ist klar, dass sie Anne unbedingt von Madita erzählen muss. Sie hätte es schon längst tun sollen. Das Letzte, was sie will, ist, mit Dora ein Geheimnis zu teilen, von dem ihre beste Freundin nichts weiß. »Anne weiß Bescheid über Madita«, sagt sie daher mit fester Stimme, »du brauchst nicht so geheimnisvoll zu tun. Und über deinen dämlichen Erpressungsversuch reden wir auch noch mal. Das ist noch lange nicht vergessen. Und übrigens können es ruhig alle wissen.«

Anne sieht Dora verächtlich an, nickt nachdrücklich und hat keine Ahnung wovon die Rede ist. Wer zum Teufel ist Madita?

Berta weiß, wer Madita war und ahnt plötzlich die Zusammenhänge. Sie blickt zu Paul, aber der geht gerade zu Sophie, um zu zahlen. Er hat die Nase endgültig voll von der Hitze, dem Lärm und dem Geschwätz der Frauen am Tisch. Arno schließt sich ihm an.

Als Dora nun auch aufsteht, sieht Anne Ramona fragend an. »Was war das denn?«

»Ich erzähle es dir, aber nicht jetzt. Es ist eine längere Geschichte, wir müssen in Ruhe darüber reden.«

»Schlimm?«

»Sehr schlimm!«

Berta nickt. Sie weiß es. ›Zum Glück‹, denkt sie, ›waren Sophie und Anne nicht dabei. Die waren in Berlin, das weiß ich genau. Außerdem hätten sie es mir erzählt. Aber was war das mit Erpressung?‹

Hat sie zu auffällig mit Harald geflirtet? Wenn sogar Arno es bemerkt hat … Dass der gerade wortlos das Lokal verlassen hat, stört Sophie weniger, als die Sorge, sich lächerlich gemacht zu haben. Besonders vor diesem Mann, durch den sie plötzlich ihre sonstige Souveränität zu verlieren scheint. Der wäre ein Abenteuer wert. Ob er verheiratet ist? Mit der Frau, die ihn gerade vom Barhocker auf die Tanzfläche gezerrt hat, jedenfalls nicht.

Inzwischen sind einige schon ziemlich angetrunken.

Während Sophie weiter Bier zapft, beobachtet sie einen hageren Mann in einer schmutzigen Jeansjacke, der gerade an die Bar kommt. Gehört der wirklich zu dem Klassentreffen? Er scheint um einiges älter zu sein. Sieht aus wie ein psychisch kranker Fuchs. Rötlich-graue, ungepflegte Haare hängen ihm ins Gesicht, er hat eine spitze Nase, über das fliehende Kinn läuft ein Speichelfaden. Mühsam hält er sich an der Bar fest und betrachtet dabei den hohen Hocker. Offensichtlich prüft er seine Chance, diesen zu erklimmen.

»Lass es«, rät Anne nachdrücklich und beugt sich etwas zurück. »Abgesehen davon, dass du da sowieso bald runterfällst, will ich nicht, dass du so dicht neben mir sitzt.«

»Das wolltest du schon in der Schule nicht.«

Das klingt so böse, dass Sophie erschrickt, zumal sie den Hass in den kleinen tückischen Augen erkennt, die zwischen den fettigen Haarsträhnen hindurchblitzen. Niemand sollte ihre Freundin so ansehen.

»Mag sein«, erwidert die unbekümmert. »Du warst ja auch nicht gerade ein kleiner Sonnenschein. Hast allen Streiche gespielt, wo du nur konntest. Dich haben die Jungs verprügelt und du die Mädchen.«

»Genau. Niemand konnte mich leiden. Das ist übrigens immer noch so. Mich wundert, dass ihr mich eingeladen habt.«

»Ja, mich eigentlich auch, ich weiß gar nicht, wie das passieren konnte. Wahrscheinlich war es Bruno, der kennt dich ja nicht. Warum bist du denn gekommen?«

»Weiß ich auch nicht. Ich wollte erst nicht. Aber dann dachte ich, vielleicht gibt es umsonst was zu trinken. Könnte ja sein, dass ein oder zwei von meinen ehemaligen Schulfreunden zu Geld gekommen sind und einen ausgeben.«

»Ja, klar. Klappt aber nicht, oder? Liegt vielleicht daran, dass du gar keine Schulfreunde hattest.«

»Genau so ist das. Und deshalb gehe ich jetzt nach Hause. Da ist das Bier billiger. Und die Gesellschaft angenehmer.«

Er wendet sich ab, hält sich noch einen Moment am Barhocker fest und dreht sich dann wieder zu Anne. »Übrigens haben mich nicht nur die Jungs verprügelt. Ihr auch. Du und deine Scheißfreundinnen.« Er sieht sich langsam um. »Die da.« Er weist auf Dora. »Und die schöne Ramona.«

Plötzlich klingt seine Stimme nicht mehr aggressiv, sondern tief traurig. Er beugt sich vertraulich zu Anne und bemerkt gar nicht, wie sie angeekelt zurückweicht. »Ich war immer der Außenseiter, das weißt du. Meine Eltern waren Alkoholiker. Ich war dreckig, ich hatte keine vernünftigen Klamotten, manchmal nicht mal genug zu essen. Dass die Jungs mich geschlagen haben, war mir egal, das habe ich ihnen heimgezahlt. Ich hab sie beklaut und ihre Sachen kaputt gemacht. Aber weißt du was? Ich war in Ramona verliebt, für sie hätte ich alles getan. Ich wollte mich wirklich ändern. Wenn sie zufällig mal was Nettes zu mir gesagt oder mich angelächelt hat, war ich tagelang glücklich.«

Er überlegt einen Moment, dann grinst er böse. »Und dann habt ihr mir aufgelauert und mich verprügelt. Weißt du was? Das war das Schlimmste, was mir passieren konnte. Ich hab mir dabei in die Hose gepinkelt und ihr habt euch fast kaputtgelacht. Ich sehe Ramonas Gesicht noch heute vor mir. Amüsiert, aber auch angewidert. An dem Tag habe ich zum ersten Mal Schnaps getrunken, zu Hause gab es ja genug davon. Und habe damit nie wieder aufgehört.«

Er sieht Anne herausfordernd an. »So, nun weißt du es. Vielen Dank dafür.«

Anne ist erschrocken. »Das tut mir ehrlich leid. Ich war damals aber gar nicht dabei, ich war in den Ferien in Berlin. Aber ich wusste davon, die anderen haben es mir erzählt. Es war eine Vergeltungsmaßnahme haben sie gesagt. Du hattest Betty einen bösen Streich gespielt, glaube ich.«

»Ich hatte mir Solveigs Fahrrad geschnappt. Ich wollte es aber nur ausleihen, doch dann bin ich gestürzt und es war kaputt.«

»Na ja, wie gesagt, es tut mir leid. Den anderen bestimmt auch. Aber wir waren Kinder, da denkt man nicht über die Folgen nach.«

»Nein, wir waren keine Kinder mehr. Ich bin es eigentlich nie gewesen, glaube ich.«

Er starrt noch eine Weile vor sich hin, dann lässt er vorsichtig den Barhocker los und schwankt zur Tür.

Sophie, die das Gespräch verfolgt hat, sieht ihm nach. »Kinder sind manchmal sehr grausam«, sagt sie leise.

Anne nickt. »Ja. Ich habe eigentlich nie über Martin Mendel nachgedacht. Er war einfach der Assi, dann der Alkoholiker. Meinst du wirklich, dass dieser Vorfall in der achten Klasse das ausgelöst hat? Dass das sein ganzes Leben zerstört hat?«

Sophie schüttelt energisch den Kopf. »Das war mit Sicherheit ein traumatisches Erlebnis, wenn er sich heute noch so genau daran erinnert. Und er hatte wirklich eine traurige Kindheit. Aber dafür könnt ihr nichts. Er hat sein Leben nicht in den Griff bekommen und versucht nun, anderen die Schuld daran zu geben.«

Anne nickt nachdenklich und Sophie ermuntert sie. »Nun komm schon, lass dir von dem doch nicht das Fest verderben. Du hast doch gar nichts damit zu tun.«

»Nee, schon gut. Der hat mich nur gerade wieder an Solveig erinnert.« Sie schüttelt den Kopf. »Ach was, gib mir mal noch ein Glas Sekt.«

Sie dreht sich zum Saal, wo inzwischen einige Paare tanzen. »Ist doch trotzdem ganz schön, oder?«, fragt sie Sophie. »Die meisten freuen sich wirklich über das Wiedersehen. Ich hatte ernsthaft überlegt, das Treffen abzusagen, wegen Solveig, aber …«

»Nein, das wäre falsch gewesen«, mischt sich Dora in ihrer nervigen, überheblichen Art ein. »Solveig hätte das nicht gewollt, sie …«

»Woher willst du das denn wissen? Vielleicht hätte sie nicht gewollt, dass wir hier fröhlich feiern, dass wir sie einfach vergessen? Ach, ver…, hau einfach ab.«

Dora schwebt beleidigt davon. Sophie schüttelt den Kopf. »Sie kann aber auch sagen, was sie will, du blaffst sie immer an. War das in der Schule auch schon so?«

»Ja, daran sie ist gewöhnt. Sie redet eben einfach nur Mist.«

»Und du kannst sie einfach nicht leiden.«

»Richtig. Guck mal, da ist Susanne. Im Minirock, ich glaub es nicht. In der Schule war sie so ein Mauerblümchen. Und sie durfte nie kurze Röcke tragen, ihre Eltern waren saustreng.«

Anne lacht. »Die haben sie auch nie aufgeklärt. Das haben wir dann übernommen. Ich glaube, wir waren schon in der achten Klasse und sie hatte keine Ahnung. Na ja, wir haben ihr dann sehr deutlich erklärt, wie die Kinder entstehen, also, was wohin gehört.«

»Das kann ich mir vorstellen. Du warst schon immer sehr direkt.«

»Na, und Ramona erst. Susi war entsetzt, aber sie hat uns nicht geglaubt. ›Solche Schweinereien machen meine Eltern nicht‹, hat sie gesagt. Ich sollte sie vielleicht mal fragen, ob sie das immer noch denkt.«

»Lass es lieber. Wer ist denn der Gutaussehende dort drüben, der mit der Glatze?«

»Ach, das ist Reiner. Den müsstest du kennen. Ich habe mal einen ganzen Sommer hindurch von ihm geschwärmt. Da hatte er allerdings noch blonde Locken. Aber du hast recht, er sieht immer noch gut aus.«

»Du hattest eben schon immer Geschmack. Die Frau, mit der er tanzt, sieht aber auch nicht schlecht aus. Kenne ich die auch?«

»Das ist Hannelore. Eine ganz Nette. War Klassenbeste, aber keine Streberin. Ich glaube, sie ist jetzt Ärztin.«

Anne sieht zum Stammtisch hinüber und lässt sich vom Barhocker gleiten. »Ich glaube, ich muss da hin und Dora mal wieder vors Schienbein treten. Bruno sieht aus, als wollte er gleich aufspringen und wegrennen.«

Sophie stöhnt und will etwas sagen, aber ihre Freundin hat schon ihr Sektglas genommen und entfernt sich leicht schwankend. Wenn das nur gut geht! Anne wird durch Alkohol eigentlich immer freundlicher, volltrunken neigt sie dazu, sich mit ihren ärgsten Feinden zu verbrüdern, aber Dora ist wirklich ein rotes Tuch für sie. Die Frau nervt aber auch! Offensichtlich fühlt sie sich im *Kehr wieder* zugehörig, woran Tante Berta nicht ganz unschuldig ist, die ihr interessiert zuhört und Fragen stellt, so wie sie es bei allen tut. Nur ist Dora so viel Aufmerksamkeit seit Jahren nicht mehr gewohnt und fühlt sich endlich wieder interessant und wichtig und genießt das.

Ramonas Angriff von vorhin hat sie zwar erst einmal ziemlich getroffen, aber inzwischen ist sie darüber hinweg. Das war bestimmt nicht so ernst gemeint, Ramona ist eben aggressiv und kann sie nicht leiden. Aber die bleibt ja zum Glück nicht ewig in Bansin. Und Anne hat heute Abend noch ganz freundlich mit ihr gesprochen, obwohl sie doch alles wusste. Also nimmt die ihr das jedenfalls nicht übel. Oder sie glaubt nicht, dass Dora Ramona erpressen wollte. Das kann ja auch niemand beweisen, sie wird es einfach abstreiten …

Als Anne an den Stammtisch kommt, spricht eine Frau gerade über ihre Kinder. »Sie sind beide Studenten«, erzählt sie und wird von Dora unterbrochen. »Studierende heißt das«, belehrt sie. »Deine Tochter ist ja wohl kein Student. Das nennt man gendergerechte Sprache.«

»Das ist doch egal …«

»Nein, ist es nicht, alles andere ist diskriminierend und frauenfeindlich.«

»Was für ein Unsinn«, mischt sich Anne ein. »Wenn einer über die Touristenführer auf Usedom spricht, fühle ich mich ebenso angesprochen und kein bisschen diskriminiert. Soviel Selbstbewusstsein hat man doch wohl. Man sieht ja schließlich, dass ich eine Frau bin, oder?«

»Man kann ja auch ›Studenten und Studentinnen‹ sagen«, versucht die andere Frau zu vermitteln.

Aber Dora ist in ihrem Element, sie kann endlich wieder einmal andere belehren. »Es gibt ja auch noch ein drittes Geschlecht«, verkündet sie weiter. »Wie sollte man diese Menschen anreden?«

»Am besten gar nicht«, brummt Bruno.

»Seht ihr! Das ist es, was ich meine! Das ist diskriminierend!«

»Ach, spiel dich nicht so auf!« Anne ist die ganze Debatte jetzt zu blöd. »99,9 % der Menschen wissen, ob sie Mann oder Frau sind oder sein wollen. Und die anderen haben sicher andere Probleme als die Anrede.«

»Ihr seid so rückständig! Du ja sowieso, Anne, du kümmerst dich um gar nichts, machst nur blöde Witze über alles.«

»Natürlich. Ich bin mir sicher, dass das eine Anspielung sein sollte, aber ich weiß nicht, worauf und es interessiert mich auch nicht.« Sie will eigentlich noch etwas hinzufügen, in der Hoffnung, dass Dora danach nicht nur den Tisch, sondern auch die Pension verlässt, aber Tante Berta, deren warnende Blicke sie bislang ignoriert hat, tritt ihr jetzt ans Schienbein.

»Aua! Ja, ist ja gut.« Sie atmet tief durch und beginnt dann ein freundliches Geplänkel mit Bruno.

Dora fühlt sich bestätigt und lehnt sich selbstzufrieden zurück. »Ach Karla, komm, setz dich doch ein bisschen zu uns«, lädt sie eine Frau ein, die gerade am Tisch vorbei gehen will.

Anne will gerade sagen, dass es am Tisch sowieso schon sehr eng ist und Dora lieber aufstehen soll, wenn sie sich mit anderen unterhalten will, aber dann sieht sie die Frau an und rückt schweigend noch näher an Bruno heran. Sie will Karla nicht noch mehr einschüchtern, die wie ein ängstliches Kaninchen aussieht. Schüchtern war sie schon immer, aber das Leben hat es wohl auch nicht immer gut mit ihr gemeint. Neben Ramona wirkt sie noch schmaler und farbloser, als sie ohnehin ist, die offensichtlich billige Kleidung hängt formlos an ihr herab, die grauen Haare und tiefe Falten im Gesicht lassen sie deutlich älter erscheinen, als sie ist. Aber ihr Lächeln ist hübsch und wird noch freundlicher, als sie Berta ansieht. »Sie haben mir mal sehr geholfen«, erinnert sie sich.

»Ach was«, Berta winkt ein wenig verlegen ab, »das war doch ...«

»Wie geht es dir denn?«, unterbricht Dora betont mitfühlend, als würde sie mit einer Schwerkranken reden.

»Oh, mir geht es jetzt gut, wirklich. Ich wohne bei meinem Sohn und seiner Familie.«

»Aber dein Sohn ist doch auch schon Rentner, oder? Ist er nicht schwerbehindert nach dem Unfall damals?«

»Ja, schon. Viel Geld haben wir auch nicht. Aber ich habe alles, was ich brauche und noch ein bisschen mehr.«

»Na, das ist doch schön.« Doras Stimme trieft vor Herzlichkeit.

Bruno wechselt einen Blick mit Anne und grinst ein bisschen. Karla unterhält sich jetzt mit Berta, dann kommt Annes ehemaliger Schwarm Reiner an den Tisch und es wird endlich lustig.

Ramona gelingt es, Dora vom Tisch zu vertreiben. »Du solltest mal zu Gerdchen rübergehen und ihn ein bisschen trösten«, fordert sie sie auf. »Das kannst du doch gut. Der hat gerade seinen Moralischen. Seine Frau hat ihn wohl verlassen oder verprügelt oder so was.«

Anne lacht etwas verwundert. »Was hat dir denn Gerdchen getan, dass du ihm Dora auf den Hals schickst, wenn es ihm sowieso schon schlecht geht?«

»Ach was, der soll sich nicht so anstellen. Ich kann diese Jammerei nicht ausstehen. Aber Dora hört sowas doch gern.«

»Stimmt – jetzt, wo du es sagst – die redet am liebsten mit Leuten, denen es schlecht geht. Seltsam. Ich gehe denen lieber aus dem Weg, wenn ich sowieso nicht helfen kann oder will.«

»Wohnt Dora jetzt dauerhaft hier? Wie konnte denn das passieren?«

»Na, du kennst sie doch. Die hat sich schon damals bei unserer Clique dauernd eingezeckt.«

»Stimmt. Keiner konnte sie leiden und sie war trotzdem immer mal wieder dabei.«

»Ja. Wie Herpes. Den wird man auch nie wirklich los.«

Während die anderen lachen, schüttelt Berta etwas besorgt den Kopf. ›Die hat auch ihre Sorgen‹, denkt sie. ›Aber sie kann sich ganz gut verstellen, was nicht gesund ist. Gut, dass sie noch eine Weile hierbleiben wird, vielleicht vertraut sie sich Anne doch noch an.‹

Betty setzt sich auf den Barhocker, wischt sich den Schweiß von der Stirn und strahlt Sophie an. »Gibst du mir ein Glas Weißwein?«

»Klar.« Sophie holt ein Glas aus dem Rückbüfett.

»Nein, nimm das andere, daneben das.«

»Das ist ein Rotweinglas.«

»Macht nix. Da passt mehr rein.«

»Okay«, gibt die Wirtin nach. »Ich seh schon, du bist eine echte Weinkennerin.«

Sie beobachtet etwas besorgt, wie eine sehr kleine Frau auf den Barhocker klettert, so mühselig und verbissen, als würde sie den Mount Everest besteigen. Aber nach einiger Zeit schafft sie es tatsächlich und strahlt Sophie zufrieden an. »Gibst du mir was zu trinken?«

»Ja, dazu bin ich hier. Was willst du denn?«

»Egal, irgendwas. Hauptsache, es dreht. Am besten was Süßes, Buntes.«

»Aha.« Genau das, was du am wenigsten brauchst, denkt Sophie und sieht Betty fragend an.

»Das ist Saskia, die war schon immer anders«, erklärt die unbekümmert.

Saskia lächelt freundlich. Sie hat keinen Hals und eine flache Stirn, was sie durch ihre Frisur, lange, glatte Haare, die eng an den Kopf geklatscht sind, unvorteilhaft betont.

Sophie mischt Orangen- mit Kirschsaft und gibt ein paar Eiswürfel dazu. »Hier, trink langsam, das dreht ganz schön.«

»Okay, danke. Was kriegst du?«

»Lass mal. Geht aufs Haus.«

»Oh, danke, du bist nett. Bist du Annes Freundin?«

»Ja.«

»Hast du eigentlich auch zu der Clique gehört?«

»Nein, ich ging gar nicht in eure Schule.«

»Ach so. Deshalb weiß ich nicht, wie du heißt.«

»Ich heiße Sophie.«

»Ja? Ich hätte gern zu eurer Clique gehört. Aber ihr habt mich nur verarscht. Manchmal wart ihr ganz schön fies.«

Sie plappert immer weiter, aber die wohl ohnehin lockere Verbindung zwischen ihrem Mund und ihrem Hirn ist anscheinend endgültig abgerissen.

Sophie hört nicht mehr zu. Sie beobachtet Betty, die wie ein Teenager kichert und etwas unbeholfen mit dem Mann flirtet, der sich neben sie gesetzt hat. Mattis Steinhagen ist groß und schlank, hat ein markantes Gesicht und trägt die langen grauen Haare zu einem Zopf gebunden.

Sophie stellt ihm das gewünschte Bier hin und bleibt vor den beiden stehen. Sie dreht ihnen den Rücken zu und tut sehr beschäftigt, während sie zuhört.

Sie tauschen leise Erinnerungen aus, die wohl ihr gemeinsames Geheimnis sind.

»Das war so schön mit dir«, säuselt er. »Lässt sich das nicht wiederholen?«

Betty murmelt irgendwas von Lydia, er seufzt. »Ach, weißt du, sie ist so anstrengend. Dieser Ehrgeiz, alles muss immer nach ihrem Kopf gehen und perfekt sein. Und sie ist eifersüchtig, noch immer. Dabei hat sie gar keinen Grund, du warst die Einzige, mit der ich jemals – doch, wirklich, ich schwöre. Ich war total verliebt in dich. Du bist so anders als Lydia. Ich beneide deinen Mann. Bist du denn glücklich?«

»Na ja, schon. Ich kann mich nicht beklagen«, sagt sie, tut es aber doch. »Wenn er nur nicht so langweilig wäre, ein richtiges Gewohnheitstier. Bei uns passiert nie etwas.«

Er beugt sich noch näher an sie heran und sieht ihr tief in die Augen. »Vielleicht haben wir uns doch falsch entschieden – meinst du, das kann man noch ändern?«

Betty kommt nicht zu einer Antwort. Plötzlich steht Lydia neben ihr. Schön, schlank und elegant, aber auch ziemlich betrunken.

»Schatz, da bist du ja. Wo warst du denn die ganze Zeit, wir haben dich vermisst«, behauptet Mattis unbekümmert.

Sophie hätte jetzt gern Bettys Gesicht gesehen, aber sie wagt es nicht, sich umzudrehen. Was für ein Filou!

Lydia geht nicht auf die Frage ein. Wie viel von dem Gespräch zwischen ihrem Mann und Betty mag sie gehört haben?

»Weißt du was, Schatz? Wenn du mich eines Tages verlässt, komme ich einfach mit«, erklärt sie scheinbar zusammenhanglos. Sie bemüht sich um einen scherzhaften Ton, aber für Sophie klingt die Ansage eher drohend.

Und als sie sich nun doch umdreht, sieht sie, dass auch Betty nicht darüber lachen kann. Und noch etwas: Dora steht direkt neben Betty und hört sehr interessiert zu.

Für einen Moment ist es ganz still an der Bar. Sogar Saskia hat aufgehört zu plappern, sieht Lydia erstaunt an und versucht, über deren Ausspruch nachzudenken.

Dann kommt eine Gruppe Männer dazu. Sie bestellen Bier und Whisky, lachen laut und überbieten sich gegenseitig in Prahlereien über ihre Jugendstreiche, ihre Eroberungen und ihren jetzigen Lebensstandard. Sophie hört amüsiert zu. So soll ein Klassentreffen sein. Laut und lustig und prahlerisch. Nicht dieses hinterhältige Getuschel.

Sie blickt zu Dora. Die scheint noch von allen am nüchternsten zu sein. Entweder verträgt sie mehr oder sie hat weniger getrunken. Aber gerade als Sophie sie anblickt, wird sie plötzlich ganz blass und reißt erschrocken die Augen auf. Es ist nur ein kurzer Moment. Was war das? Die Männer lachen jetzt laut über einen Witz, aber gerade hat einer etwas von einem toten Fischersohn gesagt und dass er nicht vergessen ist. Das klang sehr ernst und passte gar nicht zu der Stimmung. Sophie hatte sich gerade abgewendet und nicht mitbekommen, wer das gesagt hat. Aber ihrer Reaktion nach war es wohl an Dora gerichtet.

Hat denn keiner von den anderen es gehört? Seltsam. Das Ganze ging so schnell, dass Sophie sich nicht sicher ist, ob sie sich diesen Vorfall nur eingebildet hat. Dora ist plötzlich verschwunden.

Ramona ist der strahlende Mittelpunkt der Feier, obwohl, oder gerade weil sie es gar nicht bemerkt. Es ist so selbstverständlich für sie, dass die meisten Männer mit ihr flirten und die Frauen sich mit ihr unterhalten wollen. Dabei ist sie wirklich nicht zu allen freundlich. Dass sie sich durch ihre direkte Art auch Feinde macht, scheint sie aber überhaupt nicht zu stören.

Sophie jedenfalls mag sie, das war schon immer so. Seltsamerweise hat es nie Eifersüchteleien gegeben. Ramona war Annes Schulfreundin und Sophie ihre Ferienfreundin.

Jetzt stehen sie alle drei an der Bar, Sophie dahinter und die anderen beiden davor und stoßen mit Sekt an. Auf die gelungene Feier und auf das Wiedersehen.

»Ich habe eine tolle Idee«, verkündet Ramona. »Sascha will unbedingt nach Italien. Er hat da einen alten Freund, den er besuchen will. Und ich habe das Gefühl, er will mich nicht unbedingt dabeihaben. Bei den Männerabenden störe ich doch nur, ich habe auch keine Lust auf Saufgelage mit Gesprächen über frühere Eroberungen, Autos und Fußball.«

Sie trinkt einen Schluck und Anne und Sophie sehen sie erwartungsvoll an.

»Also werde ich ihm vorschlagen, er soll nächste Woche nach Italien fliegen und ich bleibe hier. Vielleicht zwei Wochen oder so. Na, was haltet ihr davon?«

»Super!« Sophie ist begeistert. »Dann hörst du aber damit auf, meinem Nachbarn das Geld in den Rachen zu schmeißen, indem du in seinem versnobten Hotel wohnst und ziehst zu mir um.«

»Natürlich mach ich das. Dafür musst du aber Dora rausschmeißen.«

»Habe ich gerade meinen Namen gehört? Ich hoffe doch, dass ihr nur gut über mich redet.«

Es sollte scherzhaft klingen, aber Doras lauernder Blick passt nicht ganz dazu.

»Jedenfalls nicht schlecht«, antwortet Sophie schnell, bevor sich die beiden anderen dazu äußern können. »Ramonas Mann muss früher weg und sie möchte sich bei mir einmieten. Ich habe nur gesagt, dass du allerdings zurzeit auch hier im Haus wohnst.«

»Na ja, wir bleiben schon noch ein paar Tage in der *Residenz*. Und bis dahin bist du dann sicher schon wieder zu Hause«, vermutet Ramona und lächelt Dora süffisant an.

»Weißt du eigentlich, dass in dem Zimmer, in dem du wohnst, schon mal jemand ermordet wurde?« Anne hat die Stimme gesenkt und sieht Dora verschwörerisch an. Sophie verdreht die Augen und Ramona grinst. Sie hält die Frage für einen Jux.

»Nein, wirklich«, fährt Anne weiterhin leise, aber mit ihrer normalen Stimme fort. »Kim war hier kurze Zeit Kellnerin. Das Zimmer, in dem Dora schläft, ist mit dem Nachbarzimmer durch einen Balkon verbunden«, erklärt sie, an Ramona gewandt. »Nachts ist jemand durch das leerstehende Nebenzimmer über den Balkon zu Kim gegangen. Die war total besoffen und …«

»Ja, nun ist gut«, unterbricht Sophie etwas ärgerlich. »Das war jetzt aber wirklich nicht nötig.«

»Ich wollte ja nur empfehlen, dass Dora ihre Tür zum Balkon schließen sollte«, verteidigt sich Anne.

Dora sieht wütend von einer zur anderen. »Ihr wollt mich nur wieder aufziehen, oder?«

»Nein«, gibt Sophie zu. »Die Geschichte stimmt. Doch jetzt ist das Nebenzimmer ja verschlossen, sodass niemand reinkommen kann. Und übrigens wäre ich dir dankbar, wenn du wenigstens heute Abend nicht darüber reden würdest. Es passt nicht so richtig hierher, verstehst du?«

Dora dreht sich wortlos um und rauscht ab.

»Das war jetzt blöd«, bemerkt Anne. »Du hättest nichts Besseres sagen können, wenn du willst, dass es in einer halben Stunde alle wissen.«

»Ach was«, Ramona lacht unbekümmert. »Der glaubt doch sowieso niemand. Und du hättest einen Grund sie rauszuwerfen. Wegen Rufschädigung und übler Nachrede. Die Geschichte habt ihr euch doch ausgedacht, oder?«

Anne und Sophie sehen sich an. »Leider nicht«, gibt die Wirtin zu. »Aber das ist eine lange Geschichte. Können wir dir später mal erzählen.«

Anne sieht sich um und wechselt das Thema. Sie weist auf eine attraktive Frau, die gerade an ihnen vorbei tanzt. »Wieso sieht Hannelore eigentlich zehn Jahre jünger aus als ich?«, empört sie sich. »Sie ist sogar ein halbes Jahr älter.«

»Na ja, sie lebt vielleicht vorsichtiger«, vermutet Sophie, »auf Sparflamme sozusagen. «

»Was soll das denn heißen?«

»Weniger essen, weniger trinken, Sport treiben …«

»Also weniger Spaß.«

»Genau.«

»Na danke. Dann sehe ich lieber alt aus.«

»Du siehst toll aus«, stellt Ramona nachdrücklich fest.

Ein volltrunkener, schwitzender Mann kommt hinzu. Er schüttelt sich langsam, wie ein großes, altes, zahmes Tier eine Fliege abschüttelt, und glotzt Ramona an.

»Du bist Anne oder Ramona«, vermutet er. »Egal, ich mag euch beide nicht.«

Nach einer Weile findet sein suchender Blick Sophie hinter der Bar. »Gib mir was zu trinken!«

»Du kannst ein Glas Wasser haben. Von allem anderen hast du genug, glaub ich.«

»Bah! Dich mag ich auch nicht. Weiber!« Vor sich hin murmelnd schwankt er davon.

Anne sieht ihm grinsend nach. »Das war unser Klausi«, erklärt sie Sophie. »Der mochte schon in der Schule keine Mädchen.«

»Aha. Hat er eine Frau?«

»Der hat wirkliches einiges, manches davon vermutlich ansteckend, aber eine Frau hat er jedenfalls nicht.«

»Aber bei einem Klassenfest in der Achten wollte er mich mal küssen«, wirft Ramona ein.

»Im Ernst? Was hast du gemacht?«

»Ich hab gesagt: ›Hau ab, mir ist sowieso schon schlecht‹. Du weißt doch, wir haben damals oft diese Bowle gemacht.«

»O ja. Trotzdem – du konntest manchmal ein richtiges Biest sein.«

»Das kann ich nach wie vor, wenn es sein muss.«

Sie sehen beide zu einem Tisch hinüber, an dem alle die Köpfe zusammenstecken und Dora zuhören, die eindringlich, aber leise redet. Das kann sie gut und diesmal hat sie wirklich etwas zu erzählen. Hin und wieder huscht ein Blick zur Bar und schnell wieder zurück, ungläubig, zweifelnd, aber Dora wird sie schon überzeugen.

»War ja klar, sie versaut uns die ganze Stimmung«, befürchtet Ramona. »Dabei war es gerade so lustig.«

Sie sieht sich im Saal um. »Wo ist eigentlich Betty?«

»Hat sich schon vor einer ganzen Weile verabschiedet. Lydia und Mattis sind auch schon nach Hause gegangen.«

»Zusammen?«

»Das denke ich doch.« Sophie sieht Anne fragend an. »Weißt du mehr als ich?«

»Ach wo. Die sind alle viel zu anständig. Wenn nicht, können sie es jedenfalls gut verbergen.«

»Das wird es wohl sein.« Plötzlich ist Harald wieder da. »Es hat doch jeder seine kleinen Geheimnisse, oder?« Er zwinkert Sophie zu.

»Sonst wäre das Leben ja auch langweilig«, stimmt Ramona zu.

»Stellt euch doch mal vor«, spinnt Anne, »wir hätten eine Wahrheitsdroge. Und davon hätten wir heute Abend jedem etwas ins Getränk gemischt. Das wäre mal eine interessante Nacht geworden.«

»Die mit Sicherheit mit Mord und Totschlag geendet hätte«, vermutet Ramona.

»Durchaus wahrscheinlich«, stimmt Harald nachdenklich zu, »meist ist es für alle besser, wenn Geheimnisse, vor allem sehr alte, auch geheim bleiben.«

Sophie gefällt die Stimmung gar nicht. Sie hat plötzlich ein sehr ungutes Gefühl, so etwas wie eine Vorahnung. Dass sich ihr Blick mit dem von Tante Berta trifft, macht die Sache nicht besser.

Sonntag, 17. Oktober

»Das sieht richtig lecker aus, danke«, flüstert Sophie ihrer Köchin zu, die gerade eine neue Platte auf das Frühstücksbüfett stellt.

Renate nickt zufrieden. »Ist wohl auch ein bisschen teurer als sonst«, gibt sie mit Blick auf die Räucherfischplatte zu, »aber es wird sich im Ort herumsprechen, dass man hier immer noch gut isst, auch wenn Berta nicht mehr kocht. Die meisten hier sind doch ehemalige Bansiner.«

»Ja, das wissen die sowieso. Aber es sind Annes Freunde, da kommt es mir auf ein paar Euro mehr nicht an.«

»Wie war denn die Feier?«

»Schön, wirklich. Allerdings auch sehr feuchtfröhlich. Die letzten sind erst gegen vier Uhr in der Früh gegangen.«

»Dann hattest du ja auch nur eine kurze Nacht. Wo ist denn Anne? Ich denke, sie wollte heute einen Ausflug machen?«

»Ja, aber erst um elf.« Sophie sieht auf die Uhr. »Es sind noch fast zwei Stunden Zeit. Bis dahin werden noch einige eintrudeln.«

Jetzt sind erst zwei Tische besetzt. Sophie unterhält sich mit Hannelore, die erzählt, dass sie in Berlin wohnt. »Ich habe leider keine Verwandten mehr hier«, bedauert sie. »Aber ich werde jetzt öfter herkommen. Eine ehemalige Schulfreundin hat einige Ferienwohnungen, da kann ich mich etwas günstiger einmieten. Ich bin Anne so dankbar, dass sie das Treffen organisiert hat.«

Sie beißt von ihrem Brötchen ab und sieht Sophie freundlich an. »Und dir natürlich auch. Ihr habt das wirklich toll gemacht, es war ein richtig schöner Abend.«

Bevor Sophie antworten kann, mischt sich Anne ein. Sie hat den letzten Satz gehört und strahlt zufrieden. »Haben wir gern gemacht, wir fanden es auch schön.« Sie sieht sich um. »Die meisten schlafen wohl noch, oder? Ich hab jedenfalls einen Bärenhunger.«

Sie geht zum Büfett. »Igitt, Fisch zum Frühstück, wer braucht das denn?«

»Dann iss Joghurt mit Müsli, das ist gut gegen Kater«, versetzt ihr Renate und zieht sich beleidigt in die Küche zurück.

»Ja sicher«, murmelt Anne. »Und außerdem habe ich gar keinen Kater«, erklärt sie der Schinkenplatte, von der sie sich reichlich bedient.

Nach und nach trudeln die anderen Hausgäste ein. Zu Renates Enttäuschung sind die meisten aber mehr am Kaffee als am Essen interessiert.

Ramona hat mit Sascha in ihrem Hotel gefrühstückt. »Das ist im Preis mit drin, warum soll ich denen das schenken«, entschuldigt sie sich bei Sophie. »Aber euer Büfett sieht viel besser aus, vielleicht esse ich gleich noch mal.«

»Wo hast du denn Sascha gelassen?«

»Der isst zum Frühstück nur Müsli. Zu Hause hat er sein eigenes, das lässt er sich immer schicken. Supergesund, nehme ich jedenfalls an. Jetzt rennt er schon wieder am Strand rum. Danach ist er ganz verrückt. Heute will er bis nach Swinemünde laufen, der Irre. Vielleicht kommt er vorher noch mal hier vorbei.«

»Was soll er hier, wir reden ja doch nur von früher, das wird ihn kaum interessieren.«

»Und er muss auch nicht alles wissen, was ich früher so gemacht habe.«

»Apropos – du wolltest mir noch was erzählen«, fällt Anne ein.

»Ja, das muss ich unbedingt.« Ramona wird plötzlich ernst. »Heute Abend, ja?«

»Na gut.« Anne ist neugierig, aber sie sieht ein, dass sie jetzt keine Ruhe haben, um etwas Ernstes zu besprechen.

Der Raum hat sich inzwischen gefüllt. Sophie versucht vergeblich, das Stimmengewirr zu übertönen, das gelingt erst Anne, vermutlich auch deshalb, weil sie die meisten überragt. »Hallo! Alle mal herhören! Sophie lädt uns alle zum Frühstück ein, also bedient euch. Guten Appetit!«

Der Wirtin ist inzwischen aufgefallen, dass sie den morgendlichen Hunger ihrer Gäste überschätzt hat. Und bevor sie das Essen wegwirft, wird sie es als Werbekosten von der Steuer absetzen.

Mattis und Lydia kommen, zieren sich ein bisschen, lassen sich dann aber doch zum Frühstücken überreden. Während sie in einem Joghurtbecher herumstochert, hat ihr Mann seinen Teller üppig beladen.

Betty sitzt am Nebentisch und knabbert an einem trockenen Brötchen. »Mein Magen ist noch ein bisschen empfindlich«, erklärt sie.

»Kaffee?«, fragt Sophie mitleidig.

»Nein, danke.« Sie holt eine Thermoskanne aus ihrer Tasche. »Ich hab meinen Tee dabei. Blasentee. Ich habe da Probleme, weißt du …«

»Ja, verstehe.« Sophie will es gar nicht so genau wissen.

»Was ist, kommst du mit?«, unterbricht Anne das Gespräch. »Wenn Tante Berta ein bisschen hilft, kommen Renate und die Kellnerin bestimmt klar. So viele Urlauber sind gar nicht mehr da. Du kannst ruhig mal einen Tag frei machen. Man muss auch delegieren können.«

»Ja, ich weiß. Aber ich muss erst mal die Bar aufräumen, Gläser polieren, Getränke auffüllen, na, du weißt schon. Wenn ihr allerdings eine Schifffahrt gemacht hättet – da wäre ich mitgekommen«, zieht sie Anne auf.

Die wirft ihr einen finsteren Blick zu. Gestern Nachmittag hatten sie von der Gaststätte aus beobachtet, wie ein Schiff an der Seebrücke anlegte und bei leichtem Wellengang hinausfuhr. Alles hat gestrahlt – das Schiff, das Meer, die Sonne – nur Anne nicht. Alle waren sich einig, dass eine Schifffahrt am Sonntag eine gute Idee gewesen wäre. Anne, die diese gute Idee aus Vernunftgründen, aber schweren Herzens aufgegeben hatte, ärgerte sich. Zu ihrer Entscheidung hatte sie auch gestern noch gestanden, und heute Morgen um drei dann doch versucht, die Reederei anzurufen, um eine Fahrt zu buchen. Zum Glück hatte sie niemanden erreicht.

»Ich hab dir schon mal gesagt, du sollst mir das Telefon wegnehmen, wenn ich besoffen bin«, mault sie Sophie an. »Da ist doch noch nie was Gutes bei rausgekommen. Au-

ßerdem hätten die wahrscheinlich das ganze Schiff vollge-
kotzt. Guck sie dir doch an.«

»So schlimm finde ich das gar nicht, alle sehen doch ganz
munter aus. Na ja, die meisten zumindest.«

Sie blickt zu Betty, die ziemlich blass und leidend an ihrem Tee nippt. Dora, die sich zu ihr setzt, sieht auch nicht
viel besser aus und ist ungewohnt schweigsam.

»Warte mal ab, bis die anderen kommen, die heute Morgen zuletzt gegangen sind. Wenn sie überhaupt kommen.«

Kurz nach elf Uhr hat sich dann doch eine Gruppe von
etwa zwanzig Leuten zusammengefunden. Darunter viele
der ehemaligen Klassenkameraden, einige Ehepartner
und Ehepartnerinnen sind dabei und Sabine. Ramona
hatte sie eingeladen. »So hat sie mal ein wenig Spaß und
Abwechslung, sie kommt ja sonst kaum raus und unter
Leute.«

Dass sie sich lieber mit Sascha gezeigt hätte, ihrem jungen,
schönen, eleganten Mann, würde sie höchstens vor Anne
zugeben. Aber die weiß das sowieso.

Sascha aber anscheinend auch. Er kennt doch seine Ramona. Während sie vor dem Haus stehen und sich in Grup-
pen aufteilen, kommt er dazu, begrüßt alle freundlich, stellt
sich als Ramonas Mann vor, scherzt mit Anne und Sabine,
küsst Ramona zärtlich und wünscht ihr einen schönen Tag.
Den wird sie jetzt haben.

»Zinnowitz hat die schönste Strandpromenade auf der Insel«, sagt Anne überzeugt.

»Ich finde die Bansiner schöner. Vor allem die Anlagen hinter dem Pavillon. Habt ihr die Dahlien gesehen? Und man kann immer die Ostsee sehen«, widerspricht Betty.

»Nein, die schönste Promenade auf der Insel ist natürlich in Heringsdorf.« Harald, der seit dreißig Jahren in Heringsdorf wohnt, ist beinahe empört, wie man etwas anderes denken kann. Vor allem Anne, die als Gästeführerin die Insel doch kennen sollte.

»Was zeigst du den Leuten denn? Worüber kannst du am meisten erzählen? Das sind die Villen an der östlichen Promenade. Jedes Haus dort hat seine eigene Geschichte. Die Grundstücke sind viel größer und schöner, die Gebäude auch. Die Promenade ist länger und breiter. Und der Rosengarten vor dem Hotel *Kaiserhof* ist doch einmalig.«

»Ja, ja, nun krieg dich mal wieder ein. Ihr habt ja nicht unrecht. Aber ich mag nun mal die schönen alten Bäume hier und die Holzskulpturen.«

»Was ist das eigentlich da hinten an der Seebrücke?«, unterbricht Hannelore die Diskussion.

»Das ist die Tauchglocke.« Anne zuckt mit den Schultern. »Deren Sinn hat sich mir noch nicht erschlossen. Da geht man rein und dann taucht die so halb unter Wasser. Was man da sieht, könnt ihr euch vorstellen – nämlich gar nichts. Wenn man Glück hat, schwimmt mal ein Hering vorbei. Und weil man nichts sieht, zeigen die da drin 3-D-Filme. Aber warum soll man unter Wasser tauchen, um sich einen Film anzusehen?«

»Keine Ahnung.« Sie stehen jetzt auf dem Seebrückenvorplatz und sehen sich um.

»Und das da?«, fragt Sabine. »Sieht fast genauso aus wie die Tauchgondel.«

»Das ist ein Lift-Café. Das macht schon mehr Sinn. Mit den Gästen fährt es 25 Meter nach oben und offenbart einen einmaligen Blick über Zinnowitz.«

Betty sieht sich suchend um und tritt von einem Bein auf das andere. »Dort drüben ist das *Haus des Gaste*s«, zeigt Anne, »da findest du ein Klo.«

»Wartet ihr hier?«

»Wir gehen inzwischen kurz in den Buchladen gegenüber. Der hat auch schöne Bilder im Sortiment. Ich finde die Grafiken von Mario Hennings einfach toll. Ich werde eins seiner Bilder für Sophie kaufen, das kann sie an die Wand überm Stammtisch hängen. Als kleines Dankeschön für die Ausrichtung des Treffens.«

»Macht, was ihr wollt, ich kaufe ihr das hier »Fischerboot im Winter«. Das ist wirklich schön. Ich nehme zwei, eins für mich und eins für Sophie«, beschließt Harald.

»Ich kaufe mir den Blick von der Bansiner Seebrücke auf die Promenade, als Andenken an unser Klassentreffen.« Auch Ramona ist von den Bildern begeistert. »Und nehme für Sophie auch eins. Vielleicht den »Bansiner Fischerstrand«?«

Nur Dora rümpft die Nase und erklärt, sie würde sich nie billige Drucke in die Wohnung hängen.

Schließlich legen sie zusammen und kaufen drei Bilder für Sophie.

»So, jetzt könnte ich ein Fischbrötchen vertragen«, verkündet Anne, als sie wieder auf der Straße stehen. »Die besten kriegen wir da hinten an der Ecke, in der *Fischkiste.* Und dann fahren wir nach Koserow.«

»Oder wir fahren gleich nach Koserow und essen da direkt beim Fischer«, schlägt Harald vor.

»Ja klar, noch besser«, stimmt Anne zu.

Der große Parkplatz in Koserow ist fast voll, Harald muss eine Weile suchen, ehe er eine Lücke findet. Anne, Ramona und Sabine sind mit ihm gefahren. Als neben ihnen ein Auto wegfährt, winkt Anne Lydia heran. In ihrem Wagen sitzen außer Mattis noch Betty und eine weitere Schulfreundin.

Auch die anderen drei Autos finden schließlich einen Platz.

An der Straße fällt Betty ein, dass sie ihre Trinkflasche im Auto vergessen hat. »Brauchst du die denn jetzt unbedingt?«, murrt Anne.

»Ja, ich kann nichts anderes trinken. Mir geht es sowieso nicht so gut.«

»Ich geh schnell zurück und hole sie«, bietet Lydia an. »Ich komme gleich nach.«

›Wieso ist die eigentlich so freundlich zu Betty?‹, denkt Anne, die sich schon gewundert hat, dass Lydia ausgerechnet ihre Rivalin im Auto mitgenommen hat. ›Sie ist doch sonst so eifersüchtig. Will sie die Gefahr im Auge behalten oder merkt sie wirklich nichts?‹

Allerdings scheint Bettys Verliebtheit heute auch erheblich abgekühlt zu sein, sie beachtet Mattis kaum. Oder es liegt daran, dass es ihr nicht gut geht.

»Warum ist sie überhaupt mitgekommen, wenn es ihr so schlecht geht?«, flüstert Ramona Anne zu.

»Vielleicht, weil ihr etwas daran liegt, mit uns zusammen zu sein?«

»Ach nun komm – früher konnte man mit dir immer so schön lästern. Werde jetzt bitte nicht zum Gutmenschen. Korrekt und so. Das kann ich nicht ausstehen.«

Anne lacht. »Ich eigentlich auch nicht, Tante Berta muss mich angesteckt haben.«

Später bummeln sie über die Seebrücke. Sie wurde erst vor einigen Wochen eingeweiht und Anne und Harald sind die Einzigen, die sie schon kennen.

Alle sind begeistert. »Mal ganz was anderes, da hat sich jemand wirklich was einfallen lassen.«

Die Koserower Seebrücke ist kein gerader Steg über dem Meer, wie die anderen, sondern besteht aus mehreren Bögen, die an Wellen erinnern. Dadurch ergeben sich Nischen und Aussichtspunkte und eine Entschleunigung beim Bummeln. Das Geländer schließt mit einer schrägen Holzbrüstung ab, auf der man sich sehr bequem abstützen kann beim Blick auf das Meer und den Strand. Am Ende gelangt man auf eine große Plattform, mit Glockenturm, einer Metallskulptur und vielen originellen Sitzplätzen.

Anne war mit ihren Gästen in den letzten Wochen so oft es in den Zeitplan passte auf dieser Seebrücke und schwärmt immer noch. »Ich bin schon immer gern mit den Reisegruppen nach Koserow gefahren, wegen der urigen Atmosphäre und weil die vernünftige Busparkplätze haben, aber jetzt komme ich noch lieber hierher. Ich bin richtig stolz auf diese Seebrücke.«

Ramona sieht sie zweifelnd an. »Du hast sie aber nicht gebaut, oder?«

Anne lacht. »Blöde Ziege! Du bist bloß neidisch, weil du nicht mehr auf der Insel wohnst. Und nur sag nicht, Bayern ist auch schön«, fügt sie schnell hinzu, als Ramona antworten will.

»Du kannst mich ja mal besuchen, dann wirst du schon sehen.«

»Vielleicht mache ich das. Darf ich Sophie mitbringen?«

»Ja klar, gern. Meinetwegen auch Tante Berta. Ich habe Platz. Ehrlich, ich würde mich freuen.«

Während des Gesprächs sind sie langsam wieder zurückgegangen.

»Was jetzt?«, Harald sieht auf die Uhr. »Wollt ihr schon zurückfahren?«

»Vielleicht zum Kaffeetrinken nach Swinemünde«, schlägt jemand vor.

»Gute Idee.« Zustimmendes Gemurmel, einige stöhnen. »Schon wieder essen!«

»Wollen wir nicht erst einen Spaziergang machen? Hier ist so ein schöner Wald, die Luft ist herrlich.«

»Wir können auch in Swinemünde auf der Promenade spazieren.«

»Aber da kannst du vor lauter Menschen kaum treten.«

»Ich würde lieber hier an der Steilküste entlanggehen.«

»Ich auch.«

»Ja, gute Idee.«

»Okay«, entscheidet Anne. »Gehen wir doch hoch auf den Streckelberg. Das ist die höchste Erhebung an der Außenküste der Insel. Von da oben haben wir einen traumhaften Blick über die Ostsee.«

Betty ist ein wenig hinter den anderen zurückgeblieben und sich unschlüssig, ob sie den Spaziergang mitmachen sollte. Wahrscheinlich wäre es besser, hier unten, in der Nähe der öffentlichen Toilette zu bleiben. Dabei hatte sie sich so sehr auf das Treffen mit ihren ehemaligen Freundinnen gefreut, wollte mal wieder richtig Spaß haben. Und nun hat ihr diese schmerzhafte Blasenentzündung alles verdorben. Warum muss immer ihr so etwas passieren? So eine äußerst lästige und ein wenig peinliche Krankheit. Vor allem vor Mattis, aber das ist nun auch egal. Er ist ein Idiot, was hat sie nur all die Jahre in ihm gesehen? Feige und verlogen, das ist er. Lydia muss wirklich nicht befürchten, dass ihr den jemand wegnimmt.

Ramona und Anne legen ein flottes Tempo vor, sie lachen und reden sogar noch dabei, obwohl sie beide nicht gerade sportlich schlank sind. Na, mal sehen, wie lange sie durchhalten. Wahrscheinlich wollen sie sich gegenseitig etwas beweisen, oder vielleicht Harald, der mit ihnen an der Spitze geht. Die beiden waren schon immer ehrgeizig, keine will vermutlich als Erste zugeben, dass sie nicht mehr jung und fit ist. Aber Betty kennt ihre Freundinnen schlecht. Anne und Ramona tun selten das, was man erwartet. Anne bleibt plötzlich stehen, fasst sich in die Taille und ringt nach Luft.

»Wollt ihr mich umbringen? Ich bin nicht mehr die Jüngste und dazu übergewichtig. Ich könnte bei diesem Tempo einen Herzinfarkt erleiden.«

»Du rennst doch wie eine Irre hier durch die Gegend.«, empört sich Ramona. »Die Rede war von einem Spaziergang, keinem Wettlauf!«

Sie bleiben lachend stehen und einigen sich, dass Harald Schuld hat. »Ja, ja, du hast ja nun bewiesen, wie sportlich du noch bist. Wir werden es Sophie erzählen, voller Respekt und Bewunderung«, foppt Anne ihn.

Die anderen haben aufgeholt, stehen jetzt alle zusammen am Rand der Steilküste und blicken über das Meer. »Die Insel da, das ist die Greifswalder Oie«, erklärt Anne. »Man sieht den Leuchtturm blinken. Und dahinter ist die Südostspitze von Rügen. Wir haben heute wirklich eine großartige Sicht.«

Betty genießt die Aussicht nur kurz, dann drückt ihre Blase erneut zu sehr. Sie sieht sich um. Hinter ihr ist der hohe Buchenwald, aber ein Stück weiter entdeckt sie ein Gebüsch. Sie will etwas sagen, aber dann ist es ihr lieber, dass niemand bemerkt, was sie für ein Problem hat. Die anderen können inzwischen weitergehen, sie wird sich auf dem Rückweg wieder anschließen.

Erleichtert hockt sie sich ein paar Minuten später hinter einen Strauch, ein Stück vom Weg entfernt. Sie legt ihre Trinkflasche neben sich ins Gras. ›Es muss schon mindestens fünfzig Jahre her sein, dass ich das letzte Mal in einen Wald gepinkelt habe‹, überlegt sie amüsiert, während sie in gebückter Haltung ihre Hose hochzieht. Plötzlich spürt sie einen festen Schlag auf den Kopf und dann gar nichts mehr.

Der Rückweg fällt allen leichter als der Aufstieg. Es ist etwas kühler geworden und über dem Wasser zieht ein leichter Nebel auf. Sie fühlen sich erfrischt, wenn auch ein bisschen ausgepowert, doch der Spaziergang hat ihnen gutgetan. Ramona unterhält sich mit Lydia und Mattis, die sie nach ihrem Leben in München ausfragen, Anne redet jetzt ernsthaft mit Harald, erzählt ihm, dass Sophie in Arno einen sehr guten Partner hat, von dem sie sich auch nicht trennen wird. Dora erzählt zwei ehemaligen Klassenkameradinnen, die nicht mehr auf der Insel leben, und ihren Partnern von ihrer überaus wichtigen Tätigkeit beim Arbeitsamt. Auch die anderen bilden Grüppchen oder Paare und sprechen laut durcheinander.

Erst auf dem Parkplatz bemerken sie, dass Betty nicht da ist. Sie überlegen, wer sie wann zuletzt gesehen hat. Petra fällt ein, dass sie sich von der Gruppe entfernt hat, als sie auf dem Weg nach oben waren.

»Sie ist in den Wald gegangen, ich dachte, dass sie wohl schon wieder pinkeln musste ...«

»Oh Gott, hoffentlich ist ihr nichts passiert. Warum hat denn nur keiner gemerkt, dass sie nicht zurückgekommen ist?«

Anne ist bei ihren letzten Worten schon auf dem Weg und die anderen folgen ihr.

Es dauert nur ein paar Minuten, bis sie Betty finden. Sie hat eine große Wunde am Hinterkopf und kommt mühsam zu Bewusstsein, als sie angesprochen wird.

Hannelore untersucht sie schnell und geschickt und gibt Entwarnung. »Es ist nicht so schlimm, wie es aussieht. Die Wunde ist nicht tief, aber vermutlich hast du eine Gehirnerschütterung.«

»Soll ich einen Krankenwagen rufen?« Anne hat schon ihr Telefon in der Hand.

»Nein, ich glaube, das ist nicht nötig. Wir fahren am besten gleich in die Pension und da sehe ich mir die Verletzung genauer an. Ich frage mich nur, wie du dazu gekommen bist.«

Alle sehen sich suchend um, nach einem großen Ast oder etwas Ähnlichem, das Betty auf den Kopf gefallen sein könnte, oder auf den sie gefallen ist, aber es bleibt ein Rätsel.

»Hier wird ja wohl niemand herumlaufen und Leute erschlagen«, scherzt Ramona etwas unbehaglich. Niemand lacht. Sie helfen Betty beim Aufstehen. »Kannst du gehen, wenn wir dich stützen?«

Sie nickt und verzieht dabei schmerzhaft das Gesicht. »Ja, geht schon. Mir ist nur so schwindlig.«

Dora hebt die Trinkflasche auf, die etwas an die Seite gerollt ist.

Es dauert eine Weile, bis sie auf dem Parkplatz sind. Dort beteuert Betty, dass sie wirklich nicht in die Notaufnahme zum Röntgen will, es ginge ihr schon viel besser. Allerdings weiß sie überhaupt nicht, was passiert ist.

Niemand verspürt mehr Lust, in Swinemünde Kaffee zu trinken. Die meisten verabschieden sich und fahren nach Hause, die anderen in die Pension.

Sophie ist überrascht, als die Truppe so früh eintrifft und noch mehr, als sie hört, was Betty passiert ist.

»Nur gut, dass Hannelore dabei war«, sagt sie zu Tante Berta, während sie beobachten, wie die Ärztin vorsichtig die Wunde reinigt und desinfiziert.

»Ist dir immer noch schwindlig?«, fragt die.

»Ja. Ein bisschen schlecht ist mir und ich habe ziemliche Kopfschmerzen.«

»Ja, natürlich. Ich gebe dir ein paar Tabletten für die Nacht, dann können wir dich erst mal nach Hause bringen, denke ich. Und Morgen gehst du dann zu deinem Hausarzt.«

Tante Berta sitzt mit finsterer Miene am Stammtisch, als Anne und Hannelore zurückkommen.

»So, wir haben sie ins Bett gebracht. Ihr Mann war ganz schön erschrocken. Aber es ist wirklich nicht so schlimm, die Wunde ist nicht tief«, versichert Hannelore.

»Ja, mag ja sein. Aber die Frage ist doch, wie das passiert ist. Wer hat ihr den Kopf eingeschlagen? Und warum?« Berta versteht nicht, dass die anderen nach diesem Vorfall so ruhig sind.

»Also ich denke, dass es ein Unfall war«, vermutet die Ärztin. »Sie ist wohl gefallen und auf einen Ast oder Stein aufgetroffen. Oder sie ist rückwärts gegen einen großen Ast oder Baum gestolpert.«

»Das glaube ich auch.« Anne nickt. »Wer sollte denn Betty was tun und weshalb? Außerdem wusste doch niemand, dass sie da im Gebüsch hockt.«

»Jeder von uns hätte sehen können, wie sie in den Wald gegangen ist«, mischt sich Dora ein, fängt einen finsteren Blick von Ramona auf und fügt kleinlaut hinzu: »Aber so was macht ja niemand, wer hat schon was gegen Betty?«

Wolfgang Holler war beim Anblick seiner Frau ziemlich erschrocken. Jetzt liegt sie im Bett und er hat sich immer noch nicht beruhigt. Wie ein aufgescheuchtes Huhn läuft er zwischen Schlafzimmer und Küche hin und her.

»Soll ich dir was zu essen machen? Willst du erst noch eine Schmerztablette nehmen? Oder was trinken? Ich koche dir einen Tee.«

»Ist ja gut.« Betty stöhnt. Sie hat Kopfschmerzen und ihre Blase meldet sich auch schon wieder.

»Ist da noch Blasentee?«

Er sieht im Küchenschrank nach. »Ja, ein Beutel. Ich könnte schnell gehen und dir neuen holen. Kann ich dich einen Moment allein lassen? Ach Mist, die haben schon zu, heute ist ja Sonntag.«

»Lass mal, ist nicht so wichtig. Ich trinke erst mal den Rest aus der Flasche, dann brühst du mir nachher frischen auf.«

Er bringt die Trinkflasche, die Anne zusammen mit Bettys Tasche auf der Flurgarderobe abgestellt hat und eine Tasse. »Willst du das Zeug wirklich noch trinken? Du hast die Flasche doch den ganzen Tag mit dir herumgeschleppt.«

»Macht nichts.« Sie gießt den Tee in die Tasse. »Da ist sogar noch mehr drin, als ich dachte.«

Essen mag Betty nichts, sie will auch keine Schmerztablette mehr. Nachdem sie ihren Tee ausgetrunken hat, legt sie sich bequem hin und schließt die Augen.

»Weck mich bitte, bevor du schlafen gehst«, bittet sie ihren Mann. »Ich will vor der Nacht noch eine Tablette gegen meine Blasenentzündung nehmen und einen Tee trinken. Dann halte ich vielleicht durch bis morgen früh. Ich weiß noch nicht, ob ich dann zum Arzt …«

Der Rest geht in Gemurmel über, Betty ist eingeschlafen.

»Schade, dass unser Ausflug so zu Ende ging«, bedauert Anne, »bis dahin war es wirklich schön.«

»Wo wart ihr denn eigentlich?«, will Sophie wissen.

Ramona berichtet und Anne fallen plötzlich die Bilder ein, die noch bei Harald im Kofferraum liegen. »Wir haben eine Überraschung für dich«, verkündet sie. »Wir sagen dir aber nicht, was es ist, denn wir müssen sowieso erst mal Bilderrahmen dafür besorgen.«

Berta lacht nicht mit. »Mir gefällt die Sache mit Betty nicht«, wirft sie ein. »Ich habe ein ganz schlechtes Gefühl.«

Sophie und Anne sehen sich erschrocken an. Entgegen jahrelanger Erfahrung hoffen sie, dass Tante Berta sich diesmal irrt und alles nicht so schlimm ist. Allerdings kam es nach so einer Ankündigung dann meist noch um einiges schlimmer.

Ramona überlegt derweil ernsthaft, ob sie Dora etwas in ihr Mineralwasser mischen könnte, damit diese müde wird und sich zurückzieht. Aber was? Sie hat keine Schlaftabletten in der Handtasche.

Sie will endlich mit Anne über Maditas Tod reden. Dieses Geheimnis belastet sie nun schon so lange und die Schuldgefühle verschwinden nicht, so wie sie seinerzeit gehofft hatte. Zeit heilt eben doch nicht alle Wunden. Im Gegenteil. Diese Wunde wird immer schmerzhafter.

Berta und Sophie können ruhig dabei sein, Anne würde es ihnen sowieso erzählen. Jetzt kommt auch noch Bruno an den Stammtisch. Was soll's, er gehört halt zur Familie, außerdem mag Ramona den knurrigen Kerl.

»Weiß Sascha eigentlich, dass wir wieder hier sind?«, unterbricht Anne ihre Gedanken.

»Ach Gott, nee, ich glaube nicht.« Den hat sie ja ganz vergessen. Sie ruft ihn an, während sie Dora betrachtet. »Du siehst ziemlich beschissen aus«, stellt sie dann fest. »Willst du nicht schlafen gehen?«

Wenn Berta nicht mit am Tisch sitzen würde, wäre sie noch deutlicher geworden, aber die blickt sie auch so schon missbilligend an.

»Ja, ja, ich merke schon, dass ich überflüssig bin. Ich bezahle morgen.«

Sie steht auf und geht, ohne sich zu verabschieden. Ihr scheint es wirklich nicht gut zu gehen, zumindest nicht gut genug, um sich mit Ramona anzulegen.

Ramona grinst zufrieden, aber dann fällt ihr der Grund ein, weshalb sie Dora loswerden wollte und plötzlich ist sie aufgeregt. Sie blickt Anne beinahe ängstlich an.

»Also, ich wollte dir ja etwas erzählen«, beginnt sie zögernd. Dann kommt Sascha und verschafft ihr einen Aufschub. Nachdem er mit Bratkartoffeln, Zanderfilet und einem großen Bier versorgt wurde, nickt er Ramona aufmunternd zu. ›Wird schon nicht so schlimm werden‹, soll das heißen und vor allem ›ich bin ja bei dir‹.

Sie atmet noch einmal tief ein und aus, dann beginnt sie. »Ihr erinnert euch sicher alle an das kleine Mädchen, das beim Schollenfahren im Winter 1979 ertrunken ist. Wir waren dabei.«

Während sie leise erzählt, sieht sie die ganze Zeit ihre Freundin Anne um Verständnis bittend an. Aber deren Blick wird immer entsetzter und richtet sich dann auf die Tischdecke.

Als Ramona fertig ist, schweigen alle. Dann steht Sophie auf, nimmt Saschas leeren Teller mit und geht in die Küche. Bruno blickt ungewohnt ernst in sein Bierglas. Berta scheint am wenigsten überrascht. Sie seufzt leise und sieht zu Anne. Die müsste nun endlich etwas sagen, aber sie schweigt und betrachtet ihre Hand, die vor ihr auf dem Tisch liegt.

Ramona wischt sich eine Träne aus dem Augenwinkel. Dann nimmt Sascha sie in den Arm und drückt ihren Kopf an seine Schulter, während er ihren Rücken streichelt.

Endlich sieht Anne hoch. »Weißt du, was mir wirklich wehtut?«, fragt sie leise und etwas heiser.

»Dass du mir das nie erzählt hast. In all den Jahren. Und ich dachte, du bist meine Freundin. Ich habe dir alles gesagt. Von meiner Ehe und so – du weißt schon. Ich hatte überhaupt kein Geheimnis vor dir. Und du? Sogar Dora hat davon gewusst. Warum?«

»Anne – es hat niemand gewusst, außer denen, die dabei waren. Ich konnte nicht darüber reden. Es war einfach zu schlimm. Als ich in München war, habe ich lange Zeit nicht mehr daran gedacht, aber es war immer in meinem Hinterkopf. Vielleicht bin ich auch deswegen so lange nicht hier gewesen. Ich wollte es vergessen. Aber das geht nicht.«

»Es ist gut, dass du jetzt darüber gesprochen hast«, mischt sich Berta ein. »Das wird dir helfen.«

Sie sieht Anne an. »Du hattest Glück, dass du nicht dabei warst. Weißt du, wie du reagiert hättest?«

Die alte Wirtin schluckt, als sie sich vorstellt, Anne und vielleicht auch Sophie wären an dem Unglückstag dabei gewesen. Wie leicht hätte auch eine von ihnen unter dem Eis enden können bei dem Versuch, das kleine Mädchen zu retten.

»Ramona hat doch nur ihr Versprechen gehalten. Und erstaunlicherweise die anderen wohl auch.«

Sie sieht Bruno an. »Das ist doch wirklich ungewöhnlich, oder?«

Der Pädagoge zuckt mit den Schultern. »Erst einmal standen sie alle unter Schock. Sie hatten natürlich Angst und Schuldgefühle. Und dann wird es immer schwerer, darüber zu sprechen.«

Er sieht Ramona an, die nickt und sich die Tränen aus den Augen wischt.

»Wahrscheinlich haben es die anderen verdrängt. Aber, wir wissen doch gar nicht, ob und mit wem sie darüber geredet haben. Es hat sich vielleicht nur nicht herumgesprochen.«

»Vielleicht will euch ja wirklich jemand mit diesem alten Geheimnis erpressen«, überlegt Berta. »Oder hat Dora zugegeben, dass sie sich das ausgedacht hat?«

Ramona überlegt. »Nicht direkt. Aber abgestritten hat sie es auch nicht. Oder? Ach, ich weiß überhaupt nicht mehr, was ich denken soll. Auf einmal ist das alles wieder so präsent. Und so furchtbar. Jedenfalls bin ich froh, dass du es nun weißt«, wendet sie sich versöhnlich an Anne. »Jetzt können wir wenigstens darüber reden.«

»Na ja.« Anne blickt ihre Freundin nachdenklich an. Eigentlich hat sie ihr noch nicht verziehen, andererseits ist die gemeinsame Zeit viel zu kurz, um noch lange zu schmollen. »Also gut. Aber in Ordnung war das nicht.«

»Nein, natürlich nicht, das weiß ich doch. Kommt auch nie wieder vor.« Sie grinsen einander erleichtert an.

Dann trinken sie ein Glas Sekt darauf und noch eins, werten das Klassentreffen aus, ziehen Sophie ein bisschen mit Harald auf, reden über Lydia und Mattis und Betty, über Dora und die angebliche oder doch wirkliche Erpressung – und plötzlich fällt Anne etwas ein.

»Wisst ihr eigentlich, dass Maditas Bruder gestern Abend hier war?«

»Was?«, fragen Ramona und Berta synchron.

»Ja klar. Er ist doch der Mann oder der Lebensgefährte von Katja. Katja Holländer, die hat da oben beim Bahnhof gewohnt.«

Ramona nickt zögernd.

»Ja, ich glaube, ich weiß, wen du meinst. Und die ist mit Maditas Bruder zusammen? Wie sieht der eigentlich aus?«

»Unauffällig. Mittelgroß, schlank, dünne blonde Haare, ziemlich große Nase. Redet nicht so viel, glaube ich.«

»Heute waren die aber nicht dabei, oder?«

Anne überlegt. »Nein, ich glaub nicht. Die sind gestern Abend auch ziemlich früh gegangen.«

»Tja, ich weiß nicht.« Ramona zuckt mit den Schultern. »Meinst du, dass der uns erpresst?«

»Glaube ich eher nicht. Irgendwie ist er nicht der Typ. Ich denke, wenn der weiß, was passiert ist, wäre er gar nicht hierhergekommen.«

Berta war den ganzen Abend ziemlich still. Ihr gefällt das alles nicht. Könnte es einen Zusammenhang zwischen Solveigs Tod, an den anscheinend niemand mehr denkt, der mysteriösen Erpressung und dem heutigen Anschlag auf Betty geben? Hängt das alles mit dem Klassentreffen zusammen? Oder damit, dass Ramona und Dora nach vielen Jahren wieder im Ort sind?

›Na, warten wir mal ab. Wenn es einen Erpresser gibt, wird der sich wieder melden‹, überlegt sie.

Montag, 18. Oktober

»Betty hat recht, die Dahlien sind wirklich fantastisch«, gibt Ramona zu. »Ich wusste gar nicht, dass es so viele Sorten und Farben gibt.«

»Und ich wusste nicht, dass du dich dafür interessierst«, wundert sich Sascha und fügt, an Anne gewandt, hinzu: »Wenn du ihren Garten in München sehen könntest, würdest du denken, sie hasst Blumen.«

»Ich hasse es, mir die Finger dreckig zu machen und die Nägel abzubrechen. Und außerdem habe ich – was ist das Gegenteil von einem grünen Daumen?«

»Schwarze Zehen«, vermutet Anne und grüßt schon wieder.

»Sag mal kennst du die Leute wirklich allesamt oder grüßt du jeden, der dich ansieht?«

»Die meisten kenne ich nicht, aber die mich. Als Gästeführerin bin ich hier bekannt wie ein buntes Huhn.«

Ramona lacht, korrigiert Anne aber nicht. Die hat schon immer Redensarten durcheinandergebracht oder verdreht und sie findet diese kleine Macke herrlich.

Auch Sascha grinst. »So, du Huhn, dann gacker uns jetzt mal was vor. Warum sind denn hier, an dieser prädestinierten Stelle, kein Luxushotel, sondern ein Parkplatz und eine Brandruine?«

»Ja, du, das kann ich dir leider auch nicht erklären. Wenn du wüsstest, wie lange das schon so ist, würdest du dich noch viel mehr wundern. Vielleicht treffen wir ja einen Lokalpolitiker, dann fragen wir den. Aber guckt euch doch mal die Wagen da neben dem Musikpavillon an, wisst ihr, was das ist?«

»Die waren früher noch nicht da«, erinnert sich Ramona. »Wozu sind die?«

»Das sind Umkleidekabinen für die Künstler, die hier auftreten. Aber so sahen die Badekarren aus, mit denen die ersten Gäste ins Wasser gezogen wurden. Ich glaube, als das Badewesen hier in Bansin begann, gab es die schon nicht mehr. Aber zum Beispiel in Heringsdorf standen die am Strand und wurden von einem Pferd in die Ostsee gezogen. Der Gast stieg an der Seeseite aus, tauchte kurz ein und das war es dann mit dem Baden. Er kletterte wieder hinein, dadrin gab es Tisch, Stuhl und Stiefelknecht und wenn der Badegast vollständig bekleidet war, läutete er ein Glöckchen und der Badekarren wurde zurück ans Ufer gezogen. Wenn es längere Zeit warm war, blieb er bisweilen auch in der Ostsee stehen, aber dann mussten die Badegäste dorthin getragen werden. Dabei kam es aber auch zu Unfällen. Ein Fischer wäre bei dieser Aktion fast ertrunken, als er unter einer schwergewichtigen Dame zu liegen kam.«

»Du erzählst uns doch Blödsinn?«

»Nein, das stimmt. Noch zu Beginn des 20. Jahrhunderts durfte man nicht einfach vom Strand aus ins Wasser gehen. Da gab es dann die Badeanstalten, streng getrennt für Männer und Frauen. Und wenn die Fahne am Damenbad hochgezogen war – das hieß, es sind Damen anwesend – mussten die Herren einen Abstand von 75 Metern halten, das war durch eine Tafel gekennzeichnet. Es gab auch Bademeister, aber das waren Einheimische und die konnten gar nicht schwimmen. Sie standen im Anzug mit Weste und Hut und in Schnürschuhen oben auf der Badeanstalt und blickten auf das Wasser. Wenn einer zu weit hinausschwamm, schlugen sie Krach, indem sie in ein Horn bliesen. Und wenn jemand ernsthaft in Gefahr geriet, musste erst das große, schwere Ruderboot ins Wasser getragen werden. Der Gast hatte also wirklich Glück, wenn er gerettet wurde.«

Sascha schüttelt lachend den Kopf und Ramona sieht Anne zweifelnd an.

»Na los, gehen wir weiter.«

»Oh Mann, unser schönes *Meeresstrand*, jammert Ramona ein paar Schritte weiter. »War es wirklich nötig, das abzureißen?«

»Das fragt sich wohl jeder Bansiner. Aber ich glaube, so wie wir darin gefeiert haben – Karneval, Heimabende, Discos – das würde es heute sowieso nicht mehr geben.«

»Mag sein. Aber wenigstens haben wir gefeiert.«

»Ja, das haben wir.« Die Frauen sehen sich an und grinsen.

»Und jetzt haben wir die Erinnerung daran«, ergänzt Ramona.

Sie gehen noch ein Stück auf der Promenade entlang. Sascha bleibt immer wieder stehen und bewundert die Bäderarchitektur. »Ich habe mir gestern die Häuser in Heringsdorf und Ahlbeck angesehen und heute hier in Bansin – also, ich hätte nie vermutet, hier so schöne und interessante Villen zu finden. Ich glaube, so etwas ist einmalig. Ich muss mir unbedingt Literatur darüber besorgen. Die gibt es doch?«

»Natürlich, reichlich. Es gibt Bücher, in denen ist jedes einzelne Haus aus der Gründerzeit der Seebäder beschrieben. Wer es gebaut hat, wer darin zu Gast war und so weiter. Was denkst du, woher ich meine Weisheit habe. Also, einiges könnte ich dir auch erzählen.«

»Bitte nicht!«, unterbricht Ramona. »Lass ihn das ruhig selbst herausfinden. Ich möchte lieber über die Leute reden, die hier zu unserer Zeit gewohnt haben. Wer ist noch hier und was machen die jetzt?«

»Dazu hätten wir Tante Berta mitnehmen sollen. Die kennt wirklich jeden in Bansin und weiß, wer mit wem verwandt oder befreundet oder zerstritten ist. Von den Einheimischen sowieso und auch von den meisten Zugezogenen.«

»Ja, das war schon immer so. Warum und woher eigentlich?«

»Na, weil sie sich eben für Menschen interessiert. Irgendwie fühlt sie sich für alle verantwortlich. Sie mischt sich in fremde Ehen ein, in Kindererziehung, in alles einfach. Sie gibt Ratschläge und hilft, ob das einer will oder nicht. Dass sie sich damit nicht nur Freunde macht, ist ihr egal. Und woher? Sie fragt einfach die Leute aus. Wenn sie einkaufen geht, dauert das Stunden, weil sie mit jedem, den sie kennt, erst mal ein Schwätzchen hält. Vieles weiß sie natürlich noch von früher. Sie hat bis vor zehn Jahren die Kneipe betrieben. Du glaubst nicht, was man am Stammtisch alles erfährt. Den Stammtisch gibt es ja immer noch, aber natürlich kommen nicht mehr so viele Einheimische. Seitdem sie nicht mehr rauchen dürfen und Sophie jeden sofort rausschmeißt, der besoffen herumgrölt oder die Gäste anpöbelt, ist es viel ruhiger und gesitteter geworden.«

»Schade, irgendwie«, bedauert Ramona.

»Ja, im Geheimen wird Berta das wohl auch denken. Aber sie lässt sich nichts anmerken. Und es kommen immer noch einige, die ihr Geheimnisse anvertrauen oder sie um Rat fragen.«

Die Frauen bleiben stehen und sehen sich nach Sascha um, der auf ein Grundstück getreten ist, um die Details eines Gebäudes aus der Nähe zu fotografieren.

»Da hat übrigens Martin Mendel gewohnt«, fällt Anne ein. »Erinnerst du dich?« Sie erzählt von der Begegnung beim Klassentreffen. »Wusstest du, dass der in dich verliebt war?«

Ramona zuckt gleichmütig mit den Schultern. »Ja, kann schon sein, aber das war ziemlich unangenehm. Eine Zeitlang hat der mich und unsere Clique direkt verfolgt, heute würde man sagen, er hat uns gestalkt. Hat uns genau beobachtet, wir dachten, der will sehen, was wir so anstellen, um uns zu verpfeifen. Bis wir ihn dann verprügelt haben, dann war Ruhe. Weißt du das nicht mehr?«

»Nein, ehrlich gesagt, kann ich mich daran überhaupt nicht erinnern. Und bei der Prügelei war ich nicht dabei. Das reimt sich.«

Sie sieht ihre Freundin nachdenklich an. »Du sag mal, wann war denn das? Kann das sein, dass der euch auch am Strand mit Madita beobachtet hat?«

Ramona versteht sofort. »Du meinst, er könnte versuchen, uns zu erpressen?« Sie überlegt und schüttelt dann den Kopf. »Wenn es diesen ominösen Brief tatsächlich gegeben hat, war es von Dora richtig dumm, ihn wegzuschmeißen. Handschriftlich war er wohl nicht. Das hätte sie erwähnt. Und ich glaube nicht, dass ausgerechnet Martin Mendel professionell mit einem Computer umgehen könnte. Ich meine, du hast ihn gesehen …«

Anne nickt. »Ja, es ist wohl ziemlich unwahrscheinlich. Es sei denn, er hat es jemandem erzählt.«

»Ja, das könnte natürlich sein. Aber ich bin mir ziemlich sicher, dass Dora den Unsinn erfunden hat.«

Sie haben die Strandpromenade verlassen und gehen auf der Parallelstraße zurück. Sascha sieht sich die Häuser jetzt von der Rückseite an und fotografiert ununterbrochen.

»Ach, da ist ja der Schloonsee. Das ist aber schön geworden hier.« Ramona betrachtet die Uferpromenade, die Wasserfontäne im See und die kleine, künstliche Insel, auf der Enten sitzen.

»Hier sind wir früher Schlittschuh gelaufen, im Winter. Und im Sommer haben wir in Königs Garten Äpfel geklaut. Weißt du noch?«

»Ja klar. Einmal haben wir eine Ewigkeit oben auf dem Baum gesessen und trauten uns nicht runter, weil der Alte unten stand und uns mit dem Krückstock gedroht hat.«

»Genau«, erinnert sich Anne. »Das war in der großen Pause. Wir sind durch den Schulgarten abgehauen. Dann kamen wir natürlich zu spät zurück zum Unterricht.«

»Stimmt. Aber hier erkenne ich überhaupt nichts wieder. Diese ganzen Häuser hat es doch gar nicht gegeben, oder? Und die Straße auch nicht. Stand hier nicht mal die Kaufhalle?«

»Ja, genau. Und dahinter waren nur Kleingärten und Wiesen. Komm, lass uns weitergehen.«

Sascha murrt ein bisschen, er findet die alten Häuser viel interessanter, geht aber mit. »Wir müssen noch für ein paar weitere Tage hierbleiben«, stellt er fest. Ramona nickt und zwinkert Anne zu.

Vor dem ehemaligen Schulgebäude bleiben sie stehen. »Hier haben wir acht Jahre lang unschuldig gesessen«, erklärt Ramona andächtig. »Das Hauptgebäude, in dem unser Klassenraum war, hat sich ja kaum verändert. Aber die Baracke ist weg und das andere Haus, das zuletzt gebaut wurde. Der Schulgarten auch, oder?«

»Genau. Es ist ja keine Schule mehr. Die Kinder müssen jetzt alle nach Heringsdorf oder Ahlbeck oder nach Ückeritz.«

»Da hatten wir es doch besser.«

»Ja, finde ich auch.« Anne zeigt zu den Häusern hinüber. »Da wohnt übrigens Betty. Wollen wir mal klingeln und fragen, ob es ihr wieder gut geht?«

»Ja, unbedingt. Ich hätte sie heute sowieso angerufen.«

»Ich verstehe das nicht. Wer tut denn Betty so etwas an?« Ramona schüttelt fassungslos den Kopf. Sie sitzen in einem Einkaufsmarkt an einem kleinen Tisch und trinken Kaffee. Selbst Sascha ist das Interesse an den Häusern vergangen.

»Lydia?«, fragt Anne zaghaft.

»Das mit dem K.-o.-Tropfen in der Trinkflasche würde ja noch zu ihr passen. Aber sie rennt doch nicht durch den Wald und schlägt jemandem einen Knüppel auf den Kopf. Oder?«

»Keine Ahnung, wozu sie in ihrer Eifersuchtsmanie fähig ist.«

»Aber sie war doch mit Mattis zusammen. Dann hätte der ja beteiligt sein müssen oder es zumindest wissen.«

»Ist es denn sicher, dass sie von GHB betäubt wurde?«, fragt Sascha, der bei dem Gespräch mit Bettys Mann nicht dabei war. »Soweit ich weiß, kann man es doch nur ein paar Stunden lang feststellen.«

»Wolfgang hat gesagt, dass sie gegen acht den Rest aus ihrer Flasche getrunken hat. Und als er um zehn ins Bett gehen wollte, hat er sie nicht wach bekommen und den Notarzt angerufen. Sie war dann schon vor Mitternacht im Krankenhaus. Wenn sie ihr da gleich Blut abgenommen haben ...?«

»Wollen wir zu ihr ins Krankenhaus fahren?«

Anne schüttelt den Kopf. »Nein, Wolfgang sagt doch, dass sie morgen nach Hause kommt. Dann besuchen wir sie. Vielleicht hat sie ja eine Idee, wie das Zeug in ihre Flasche gekommen ist.«

»Aber es kann doch gar nicht anders sein. Jemand hat sie niedergeschlagen und dann, als sie bewusstlos war, die Tropfen in ihren blöden Tee getan.«

»Ja, aber warum denn nur? Doch nicht, weil sie ein bisschen mit Mattis geflirtet hat. So durchgeknallt wird selbst Lydia nicht sein, oder?«

Sie rätseln noch eine Weile, dann geben sie es auf. Sie müssen erst mit Betty reden, bevor sie weiter spekulieren. Vielleicht weiß die ja doch mehr.

Tante Berta steht vor der Apotheke, natürlich in ein Gespräch vertieft. Eine ehemalige Kollegin erzählt von ihren Krankheiten und was sie dagegen tut. Sie hört geduldig zu, nickt hin und wieder und ist erleichtert, als sie Anne und ihre Begleitung entdeckt, die vor dem *Hotel zur Post* stehengeblieben sind. Schnell verabschiedet sie sich und überquert die Straßenkreuzung.

»Ich finde das nicht schön«, nörgelt Ramona. »Das ist mir alles zu hoch und zu dicht bebaut. Wo ist denn unser altes Postgebäude? War das hier früher eigentlich auch ein Hotel? Ich kann mich gar nicht mehr daran erinnern.«

»Nein.« Anne schüttelt den Kopf. »Das waren Mietwohnungen. Aber die Gaststätte hat es schon immer gegeben, da waren wir oft essen.«

»Stimmt«, erinnert sich Ramona jetzt. »Ich glaube, wir waren da auch tanzen.«

»Ja. Früher war das auch ein Hotel. Das war vor eurer Zeit.«

»Tante Berta! Wo kommst du denn auf einmal her? Wir müssen dir was erzählen! Stell dir vor, Betty ist …«

»Ja, ich hab schon gehört, dass sie im Krankenhaus ist. Aber wir stehen hier total im Weg. Lasst uns nach Hause gehen, dann können wir in Ruhe darüber reden.«

»Warum wundert mich das nicht?«, murmelt Anne, ein wenig enttäuscht. »Einmal möchte ich etwas früher wissen als du und dir etwas Neues erzählen.«

»Ach was, ich habe nur zufällig ihre Nachbarin getroffen, die hat es mir erzählt. Aber was Genaues weiß ich gar nicht.«

Sie gehen wieder über die Straße. »Das da war doch früher ein FDGB-Heim«, zeigt Ramona herüber. »Da habe ich mal in den Ferien gearbeitet. Es hieß *Julian Marchlewski*. Wer war das eigentlich?«

»Keine Ahnung«, gibt Anne zu. »Es war jedenfalls ein Pole. Ich habe mal einen polnischen Kollegen nach ihm gefragt und der hat behauptet, Marchlewski war ein Vaterlandsverräter. »›Siehst du‹«, hab ich gesagt, »›nach euren Vaterlandsverrätern haben wir unsere Häuser benannt‹.«

»Und da unten war der Fischladen«. Ramonas Gedächtnis läuft sich langsam warm, vielleicht auch, weil sie sich hier, im Zentrum des Ortes, besonders oft aufgehalten haben. »Weißt du noch – wir haben uns immer für zwanzig Pfennig Sprotten geholt. Damit haben wir uns dann bei euch auf die Treppe gesetzt und den Fisch mit der Katze geteilt.«

»Ja, stimmt. Und an der Ecke war Bischoffs Getränkeladen.«

»*Tabakwaren und Spirituosen*«, ergänzt Ramona. »Ich wusste gar nicht, was Spirituosen sind, aber ich fand das Wort so interessant, deshalb weiß ich das noch.«

»Der hat immer so streng geguckt, ich hatte schon ein bisschen Respekt vor ihm.«

»Hattest du gar nicht. Bist du nicht auf die Idee mit der Brause gekommen?«

Anne sieht sie einen Moment fragend an, dann dämmert es ihr. »Ja, klar, ich weiß, was du meinst. Aber das war bestimmt dein Einfall. Wir haben uns Limo für einundzwanzig Pfennig gekauft«, erklärt sie Sascha. »Auf der Flasche waren dreißig Pfennig Pfand und wir haben behauptet, wir haben nur zwanzig Pfennig, aber wir würden die Flasche nachher gleich zurückbringen. Haben wir natürlich nicht. Ein paar Tage später haben wir sie dann abgegeben und uns das Pfandgeld auszahlen lassen.«

»Ja«, Ramona kichert. »Wir dachten, wir hätten ihn schön reingelegt. Aber weißt du was? Ich glaube, Herr Bischoff hat das gemerkt. Der hat nämlich nur so streng getan, eigentlich war er total nett.«

»Ja, er hat uns auch Zigarrenkisten gegeben, darin haben wir Maikäfer gesammelt.«

»Aber kein Bier und keine Zigaretten, weißt du noch?«

»Ja, er hat sogar gedroht, uns an unsere Eltern zu verpetzen.«

»Trotzdem habt ihr mit vierzehn schon heimlich unter dem Pavillon geraucht«, fällt Berta ein.

»Na ja, wir waren eben clever und in der Kaufhalle haben sie nicht so aufgepasst, wie alt wir sind. Übrigens, in dem Haus da wurde mal jemand ermordet«, fährt Anne fort und zeigt auf das Nachbargebäude. »Der Eigentümer, er wurde vom Dach gestoßen.«

»Ach du heilige …«, Ramona blickt hinauf. »Hat man ermittelt, wer das war?«

»Ja, natürlich, Tante Berta hat den Fall aufgeklärt.«

Die Alte lächelt zufrieden. »Aber Anne und Sophie haben mir dabei geholfen«, schränkt sie ein. »Und Bruno hat damals in jenem Haus gewohnt.«

»Es ist trotzdem sehr schön«, stellt Sascha fest, der schon wieder fotografiert. Es bleibt offen, ob sich ›trotzdem‹ auf den Mord oder auf Bruno bezieht.

Am Stammtisch im *Kehr wieder* werden sie schon von Dora erwartet.

»Ich wäre gern mitgekommen«, mault sie. »Warum habt ihr nichts gesagt?«

»Es war eben ein spontaner Einfall«, lügt Ramona ungerührt. »Du hast bestimmt noch geschlafen, als wir losgegangen sind.«

Während des gemeinsamen Mittagessens tauschen Anne und ihre Freundin weitere Erinnerungen an ihre Jugend in Bansin aus, doch wie eine unausgesprochene Übereinkunft spricht niemand über Betty.

Sascha schiebt seinen Teller zurück und streicht sich über den Bauch. »Ich habe schon lange nicht mehr so gut gegessen«, sagt er anerkennend. »Vor allem keinen Fisch. Der schmeckt hier ganz anders als bei uns.«

»Natürlich.« Berta nickt selbstbewusst. »Der ist ja auch frisch aus der Ostsee. Paul und Arno versorgen uns damit.«

»Ja, noch«, wirft Sophie ein. »In ein paar Jahren werden wir wohl Fisch aus Asien oder Südamerika verkaufen. Dann gibt es hier nämlich keine Küstenfischer mehr.«

»Möchte noch jemand ein Dessert?«, unterbricht Berta das leidige Thema. »Oder lieber Kaffee?«

Sie einigen sich auf Kaffee.

Sabine kommt dazu. »Habt ihr gerade erst Mittag gegessen?«, wundert sie sich und sieht auf die Uhr. »Es ist doch schon Kaffeezeit.«

»Ja, wir trinken ja jetzt auch Kaffee. Komm, setz dich hierher. Willst du ein Stück Kuchen haben? Oder ein Eis?« Berta bemuttert die Frau, die sie im Stillen bedauert. Was für ein trauriges Leben Sabine hat. Ihre gesamte Freizeit verbringt sie mit der Betreuung ihrer kranken Mutter, sie hat keinen Mann, keine Kinder und wohl auch keine Freunde. Und Ramona, ihre einzige weitere Verwandte, ist auch nicht gerade nett zu ihr.

Wenigstens Sascha lächelt sie jetzt freundlich an. »Wir haben beschlossen, unseren Aufenthalt hier noch etwas zu verlängern«, erzählt er. »Ramona wollte sowieso gern noch bleiben und ich schließe mich an. Eigentlich hatte ich eine Reise nach Italien geplant, aber die kann ich verschieben. Es ist wirklich wunderschön hier und die Luft bekommt mir ausgezeichnet. Das ist wie eine Kur. Also ich denke, wir bleiben mindestens noch eine Woche. Oder was meinst du, Schatz?«

»Von mir aus gern, natürlich. So lange du willst. Aber wir sollten im Hotel fragen, ob wir überhaupt verlängern können. Es sind doch noch eine Menge Gäste hier, nicht, dass die bereits ausgebucht sind.«

»Na, dann zieht ihr zu mir«, wirft Sophie ein. »Ich habe noch was frei in der nächsten Woche. Ich weiß nur nicht, ob es euren Ansprüchen genügt. Ich habe nämlich keine Suite und auch keinen Pool.«

Ramona tut ein bisschen beschämt, aber Sascha lacht nur. »Ach, nun komm, sei nicht sauer. Meine Frau hält mich für einen Snob, aber das bin ich gar nicht. Ich finde dein Haus herrlich. Es versprüht deutlich mehr Flair als das *Residenz*. Wir fragen gar nicht erst da drüben, sondern mieten uns gleich bei dir ein, wenn es dir recht ist.«

»Kann ich dann auch noch bleiben?«, meldet sich Dora und tut schüchtern. »Ich würde so gern noch ein paar Tage mit euch verbringen. Wer weiß, wann wir uns mal wiedersehen.«

Anne und Ramona tauschen Blicke aus.

»So viel Platz hat Sophie nun auch nicht«, behauptet Anne. »In der nächsten Woche kommt eine Reisegruppe, die haben die beiden unteren Etagen gebucht.«

»Ja, das sind ja meist ältere Leute und du hast keinen Fahrstuhl, die kannst du sowieso nicht da oben unterbringen. Und für Ramona und Sascha ist das Zimmer zu klein.«

»Stimmt.« Sophie ärgert sich über Doras penetrante Unverschämtheit. »Da schläft immer die Busfahrerin. Das ist eine junge Frau, der macht das Treppensteigen nichts aus. Außerdem braucht sie das Zimmer nicht zu bezahlen.«

»Habt ihr der auch erzählt, dass in dem Zimmer mal jemand ermordet wurde? Oder hebt ihr euch solche Horrorgeschichten nur für mich auf?«

Sophie schluckt, aber bevor sie antworten kann, fällt Sabine ihr ins Wort: »Echt? Ist das etwa das Zimmer, in dem die Kellnerin damals ermordet wurde? Ist ja krass. Also, ich könnte da nicht schlafen.«

Dora sieht sie zweifelnd an. »Also stimmt das wirklich? Ihr habt euch das nicht nur ausgedacht, um mich loszuwerden?«

»Wer sollte sich denn so etwas deiner Meinung nach ausdenken?«, faucht Sophie Dora an. »Es war genauso, wie wir es dir erzählt haben. Der Mörder ist durch das Nebenzimmer über den Balkon gekommen.«

»Und – wurde der Mord aufgeklärt?«

»Ja, natür …«

»Nein«, unterbricht Anne ihre Freundin schnell. »Der Mörder läuft immer noch frei rum. Wer weiß, wann der das nächste Mal zuschlägt. Und deshalb soll das Opfer angeblich hier im Haus herumspuken. Ich glaube ja nicht an so was, aber wer weiß das schon.«

So richtig kann über diesen Scherz niemand lachen. Berta schüttelt missbilligend den Kopf und Dora presst ärgerlich die Lippen zusammen.

Wie es aussieht, muss sie in den nächsten Tagen doch wieder zurück nach Wolgast. Dann ist ihre Chance, hier in Bansin eine Wohnung zu finden, noch geringer. Es spricht auch niemand mehr davon, nicht einmal Berta macht ihr Hoffnung. Warum sind die eigentlich alle so unfreundlich? Sie hat sich doch wirklich bemüht, wenn schon nicht Freundschaft und Bewunderung, so doch wenigstens Anerkennung und Sympathie zu bekommen. Was hat sie falsch gemacht?

Schweigend trinkt sie ihren Kaffee und hört zu. Anne und Ramona berichten jetzt abwechselnd, was sie über Betty wissen. Berta steuert die Informationen aus Bettys Nachbarschaft bei.

»Und ihr meint, das ist gestern in Koserow passiert? Da hat einer Betty bewusstlos geschlagen und dann ihren Tee vergiftet? Aber dann muss das ja einer von uns gewesen sein. Oder?«

Berta nickt nachdenklich. »Ja, wahrscheinlich. Aber es kann euch natürlich auch jemand gefolgt sein, den ihr gar nicht bemerkt habt.«

»Fragt sich nur, aus welchem Grund?«, überlegt Ramona laut. »Ich meine das Motiv. Wer kann was gegen Betty haben? Die tut doch wirklich niemandem etwas.«

»Lydia?«, wagt Dora einen Vorschlag.

»Ja, darauf sind wir auch schon gekommen«, erwidert Anne gereizt. »Aber, das ist eigentlich absurd, oder?«

»Na ja, absurd ist das Ganze«, erwidert Sophie. »Und bei irgendwelchen Tropfen denkt man natürlich als erstes an eine Apothekerin. Ich wüsste zum Beispiel gar nicht, woher ich so etwas bekommen könnte.«

»Internet«, wirft Anne ein.

»Ja, hast recht.« Sophie sieht Dora prüfend an. »Hast du Lydia von dem Gespräch erzählt, das du an der Bar belauscht hast? Du weißt schon, zwischen Betty und Mattis.«

»Gespräch ist gut – das war ja wohl so was von offensichtlich, was die beiden vorhatten. Und schon deswegen brauchte ich auch nichts zu erzählen. Lydia stand nämlich daneben, wie du ja wohl bemerkt haben dürftest. Also schieb nicht wieder mir den schwarzen Peter zu.«

»Na ja, ich weiß nicht, wie lange sie da stand und was sie mitgekriegt hat.«

»Alles«, behauptet Dora auf Verdacht. »Die ist doch nicht blöd. Und so betrunken war sie auch nicht.«

»Warum hat sie dann nichts gesagt? Betty angeschrien oder so?«

»Nee«, Ramona schüttelt den Kopf. »Der Typ ist sie einfach nicht. Dann hätten es ja alle mitgekriegt. Ich denke schon, dass sie ihren Mattis zu Hause zusammengefaltet hat. Die sind dann ja auch gleich gegangen, oder?«

Sophie nickt. »Ich glaube schon.«

»Aber wollte sie sich an Betty rächen? Und wenn, dann so brutal? Das kann ich mir nicht vorstellen.«

»Wir sollten mal mit Mattis reden«, schlägt Berta vor. »Hat jemand seine Telefonnummer?«

Anne nickt. »Er hat mich angerufen, um seine und Lydias Teilnahme am Klassentreffen zu bestätigen.«

»Gut. Dann ruf ihn doch mal an, am besten, wenn Lydia in der Apotheke ist, damit sie nichts mitbekommt. Sag ihm, dass wir allein mit ihm reden müssen. Dann sehen wir weiter.«

»Meint ihr nicht, dass er Lydia von dem Anruf erzählt?«, fragt Sophie.

»Ich glaube, der hat eine Menge Geheimnisse vor seiner Frau, deshalb wird er erst mal abwarten, was wir von ihm wollen«, vermutet Dora und ausnahmsweise geben ihr die anderen diesmal recht.

Sascha hat am Nachmittag noch einen langen Spaziergang gemacht und sich anschließend im Buchladen mit Literatur über die Geschichte und vor allem die Architektur der Kaiserbäder eingedeckt.

Nach dem Abendessen, auf Bertas Empfehlung hat er Bratkartoffeln mit sauer eingelegtem Hering gegessen, entschuldigt er sich.

»Mir tun jetzt doch die Füße weh, ich werde mich hinlegen und noch ein bisschen lesen. Du kannst aber gern noch bleiben, Schatz.«

Berta sieht ihm wohlwollend nach. »Netter Kerl. Da hast du wirklich Glück, Ramona.«

Die nickt. »Ja. Manchmal kann ich es selbst nicht glauben. Ich denke immer, die Sache muss doch einen Haken haben und das dicke Ende kommt noch. Aber ich habe beschlossen, jetzt einfach glücklich zu sein. Wer weiß schon, wie lange es dauert.«

»Sag nicht sowas.« Berta schüttelt unwillig den Kopf. Wenn Ramona selbst jetzt auch noch anfängt zu unken, fällt es ihr noch schwerer, die eigenen dunklen Ahnungen zu ignorieren. Wenn sie nur erst wüsste, wer den Anschlag auf Betty verübt hat.

»Und du willst deine Villa in München verkaufen?«, wechselt sie das Thema. »Sabine hat das erzählt. Warum denn? Ist sie euch zu groß?«

»Ja, das auch. Ich fühle mich da einfach nicht wohl, ich passe nicht in diese Gegend.«

»Blöde Nachbarschaft, was?«, vermutet Anne.

»Sowieso. Und sie beneiden mich um meine Unabhängigkeit und vor allem um Sascha. Das bereitet mir diebische Freude.«

»Und was hast du dann vor? Willst du wieder hier hoch kommen?«

Ramona seufzt. »Würde ich gern, ehrlich. Jetzt besonders. Aber ich glaube, so begeistert wie Sascha auch gerade ist, auf Dauer wäre das nichts für ihn. Nein. Ich möchte einfach in die Stadt. Ich brauche ein bisschen mehr Trubel um mich herum. Und dann will ich reisen, etwas sehen, etwas unternehmen – ich weiß gar nicht, wie ich es sagen soll. Ich habe das Gefühl, mein Leben zu versäumen. Es ist so langweilig, so nutzlos, jeder Tag verläuft gleich.«

»Ich verstehe dich«, nickt Anne. »Die letzten Jahre mit deinem Ehemann werden auch nicht gerade lustig gewesen sein. Warum hast du eigentlich nicht gleich nach seinem Tod das Haus verkauft?«

»Wollte ich ja, ging aber nicht.«

Ramona unterbricht sich, als Bruno hereinkommt. Umständlich zieht er seine Jacke aus, schnäuzt sich gründlich in ein großes, kariertes Taschentuch und setzt sich zu den Frauen an den Tisch. Sophie bringt ihm ein Bier und setzt sich dazu. In der Gaststätte sind nur noch zwei Tische besetzt, an einem kassiert die Kellnerin gerade ab.

»Warum kommst du denn so spät?«, fragt Berta ihren Stammgast. »Willst du noch was essen?«

»Nein, danke. Ich fühle mich nicht so richtig, bin ein bisschen erkältet. Deswegen komme ich auch jetzt erst. Ich habe sicherheitshalber einen Corona-Selbsttest gemacht. Ist aber alles in Ordnung, negativ.«

»Das geht mir so auf die Nerven«, jammert Sophie, »dass negativ gut ist und positiv schlecht und überhaupt. Zu dieser Zeit müsste die Gaststätte voll sein. Die Urlauber haben aber keine Lust, spontan essen zu gehen oder etwas zu trinken, die Einheimischen bleiben sowieso lieber zu Hause. Und jetzt nehmen die Infektionen schon wieder zu, wer weiß, ob im Winter nicht wieder alles dicht gemacht wird. Wie soll ich das überstehen? Ob das jetzt jedes Jahr so sein wird?«

»Ach wo«, tröstet Anne. »In zwei, drei Jahren sind alle geimpft, genesen oder gestorben.«

»Sehr beruhigend«, stellt Berta fest, hat aber keine Lust, länger über das leidige Thema zu sprechen.

»Warum konntest du das Haus denn nicht verkaufen?«, führt sie, an Ramona gewandt, das unterbrochene Gespräch fort.

»Weil mein verstorbener Mann einen Sohn hat, der Anspruch auf die Villa angemeldet hatte und sie unbedingt haben wollte. Er meinte, dass er ein Recht darauf habe, weil es sein Elternhaus war und er darin aufgewachsen sei. Außerdem hätte ich die Ehe seiner Eltern zerstört, was gar nicht stimmt. Die hatten sich schon vor meiner Zeit getrennt. Na egal, er ist damit nicht durchgekommen, aber das zog sich eben alles hin. Dann konnte ich endlich einen Makler beauftragen, aber irgendwie findet sich kein Käufer. Allerdings muss ich zugeben, im Moment lasse ich es auch etwas schleifen. Sascha möchte das Haus ganz gern behalten.«

Sie sieht in ihr Rotweinglas, dreht es eine Weile auf dem Tisch und trinkt dann einen Schluck. Anne hat den Eindruck, dass ihre Freundin noch etwas hinzufügen will, es aber hinunterschluckt. Vielleicht, weil Dora dabeisitzt und gespannt zuhört.

»Wo ist der Sohn denn jetzt?«, fragt Berta. »Auch in München?«

Ramona zieht die Schultern hoch. »Keine Ahnung. Ich glaube, der lebt noch in Italien. Da ist er damals mit seiner Mutter hingezogen. Sie war Italienerin. Vielleicht lebt sie ja noch, ich weiß gar nichts von denen. Ich habe ihn auch nie persönlich kennengelernt. Und nachdem er den Prozess verloren hat, habe ich nie wieder von ihm gehört.«

Sie sieht Berta an, die nachdenklich »mhm«, gemurmelt hat.

»Was denkst du?«

»Ach nichts Besonderes. Ich dachte nur, dass er vielleicht den Verkauf verhindert, um dir eins auszuwischen oder so, aber wie soll er das machen? Vor allem, wenn er gar nicht in Deutschland ist?«

»Daran habe ich überhaupt noch nicht gedacht. Aber was hätte er davon?«

»Keine Ahnung. War nur so eine Idee.«

Das Gespräch plätschert dahin. Plötzlich fällt Anne ein, dass sie morgen eine Usedom-Rundfahrt machen und sich darauf noch vorbereiten muss.

»Tut mir leid, aber ich muss los«, wendet sie sich an Ramona. »Wir sehen uns morgen Nachmittag. Schön, dass ihr noch bleibt. Hoffentlich kommt Betty morgen her, ich bin gespannt, was sie sagt.«

Berta erzählt Bruno, was Betty passiert ist. »Nicht schon wieder«, murmelt der und tauscht einen besorgten Blick mit seiner alten Freundin. Sie verstehen sich ohne weitere Worte.

Eine halbe Stunde später verabschiedet sich Bruno. Durch seine Erkältung schmeckt ihm das Bier heute nicht. Auch Berta geht nach Hause.

Sophie hat an der Bar zu tun, sie rechnet mit der Kellnerin ab und spült dann die Gläser. Und so sitzen Dora und Ramona schließlich allein am Stammtisch.

»Schön, dass ich endlich mal in Ruhe mit dir reden kann«, gibt Dora vertraulich vor. »Weißt du, das mit Madita – die anderen, die nicht dabei waren, verstehen das gar nicht. Ich muss immer noch daran denken, es war so furchtbar, das Schlimmste, was mir je passiert ist. Geht es dir auch so?«

Als Ramona nur schweigend in ihr Glas starrt, fährt sie vorsichtig fort: »Du denkst, das mit der Erpressung hätte ich mir nur ausgedacht, aber das stimmt nicht. Ich habe diesen Brief wirklich erhalten. Ich weiß, es war dumm, ihn wegzuwerfen. Ich weiß auch nicht, warum ich das gemacht habe, ich war einfach so durcheinander. Aber ich warte immer, dass ein weiterer Brief kommt. Oder irgendetwas anderes passiert. Denkst du auch, der Anschlag auf Betty könnte etwas damit zu tun haben? Vielleicht wurde sie auch erpresst?«

»Von dir vielleicht?«

Dora zuckt zusammen, als Ramona sie plötzlich anfährt. Ihr Gesichtsausdruck verändert sich schlagartig und auch ihre Stimme. Sie wird ganz blass vor Wut und zischt wie eine Schlange.

»Ich weiß, das passt nicht in dein perfektes Schickimicki-Leben, du glaubst, du kannst es einfach vergessen, weil du hier ja nicht mehr leben musst. Aber du hängst da genauso drin wie wir. Du wirst das schön mit ausbaden.«

»Ach ja? Und wie stellst du dir das vor?«

»Dass du zahlst! Schließlich kannst du es dir leisten.«

»Du denkst wirklich, du kannst mich erpressen?«, Ramona lacht höhnisch. »Womit denn eigentlich? Ich sag dir mal was: ich weiß viel mehr von dir, als du glaubst. Beim Klassentreffen habe ich mich mal ein bisschen umgehört, ich habe es nämlich geahnt, was du zu DDR-Zeiten so getrieben hast. Ich glaube, dass es einige Bansiner interessiert, wer sie damals verraten hat. Zum Beispiel jemanden, der einen harmlosen politischen Witz erzählt und deswegen seinen Job verloren hat. Und noch Schlimmeres. Ich werde noch ein bisschen recherchieren und glaube mir, wenn ich damit fertig bin und es sich bestätigt, was ich vermute, kriegst du in Bansin keinen Fuß mehr auf den Boden.«

Dienstag, 19. Oktober

»Gut, dass ich noch einen eigenen Wald habe«, stellt Paul Plötz zufrieden fest. Das Holz, das er jetzt in einem alten Einkaufskorb in die Hütte trägt, hat er mit seinem Bruder zusammen selbst geschlagen, sein Neffe hat es gesägt und zerhackt. Die Scheite sind dann den Sommer hindurch unter einer Plane getrocknet. Einen großen Teil des Buchenholzes haben die Fischer zum Räuchern verwendet, aber es ist noch genug da, um den alten eisernen Ofen in Pauls Hütte den ganzen Winter hindurch zu heizen.

Berta liebt diese angenehme Wärme, das Knistern des Feuers und sogar den Rauch, der sich mit dem Fischgeruch in der Bude verbindet. Plötz, der dann gern in seinem alten Sessel neben dem Ofen sitzt, mag besonders das leise Summen des verbeulten Teekessels auf der Eisenplatte, in dem das Grogwasser heiß wird.

»So richtig kalt ist es draußen ja noch nicht«, stellt Berta fest, »ich glaube, du fängst auch jedes Jahr früher an, den Ofen zu heizen.«

»Na ja, was soll ich machen? Eine Freude muss der Mensch doch haben.« Er stöhnt ein bisschen, als er sich bückt, um die Scheite auf dem Rost kunstvoll zu stapeln. »Wer weiß, wie lange wir überhaupt noch hier sind. Vielleicht reißen die nächstes Jahr schon alles hier ab.«

»Warum das denn? Hat einer was davon gesagt?« Berta lässt sich auf dem Stuhl neben ihren Freund nieder.

»Nicht direkt. Aber mit den neuen Fangquoten ist die Fischerei hier ja nun endgültig beendet. Das ist eigentlich ein Berufsverbot.«

»Ist es tatsächlich so schlimm?«

»Ja«, bestätigt Arno. Er sitzt auf einem alten Küchenstuhl neben dem kleinen Fenster und flickt lustlos an einem Netz. »Eigentlich sinnlos, was ich hier mache. Ich denke, ich werde im Frühjahr bei meinem Schwager auf dem Bau anfangen. Irgendwie muss ich ja mein Geld verdienen.«

»Wir haben jetzt die Fangquoten für das nächste Jahr bekommen. Hering ist noch mal um die Hälfte gekürzt, Dorsch nur noch als Beifang erlaubt. Von Flundern, Aal und Zander können wir nicht leben. Abgesehen von den Kormoranen und den Robben. Die vermehren sich wie die Karnickel, sind jetzt schon im Achterwasser.«

»Meint ihr nicht, ihr könntet noch ein, zwei Jahre durchhalten?«, hofft Berta. »Vielleicht erholt sich der Bestand ja, wenn eine Zeitlang so wenig gefangen wird. Und dann werden die Quoten sicher wieder erhöht.«

»Glaube ich nicht«, erwidert Arno mutlos. »Die schränken doch nur uns ein. Im Skagerrak und Kattegat, oben in Skandinavien, können die weiterhin fischen. Und das ist derselbe Bestand. Also, wie soll der sich erholen? Ich glaube sowieso nicht, dass das bisschen, was wir hier fangen, eine Rolle für den Bestand spielt. Die schieben uns doch nur vor, damit sie sagen können, sie tun was für die Umwelt. An die Großen, die Hochseefischer, gehen sie nicht ran.«

»Genau!«, ereifert sich Berta. »Ich habe das mal im Fernsehen gesehen, wie die fischen. Das ist ja grausam! Was die allein an Beifang wegschmeißen und überhaupt – diese ganze industrielle Fischerei sollte verboten werden. Die machen doch alles im Meer kaputt. Sollen sie die Fische für den Massenverbrauch doch züchten! Und dann eure Quoten erhöhen und die Tradition der Küstenfischerei bewahren. Ich meine, das gehört doch hierher. Die Seebäder sind alle aus Fischerdörfern entstanden.«

»Ja, wem sagst du das?« Arno legt das Netz und die Kleische, eine große Nadel, mit der er gearbeitet hat, beiseite. »Ich habe übrigens auch schon daran gedacht, zur Hochseefischerei zu gehen. Aber ich finde das genau wie du ziemlich abartig. Das hat nichts mehr mit unserem Handwerk zu tun.«

»Du willst doch wohl nicht weg aus Bansin?«, fragt Berta misstrauisch. Ihr fällt ein, dass der junge Fischer am Abend des Klassentreffens ziemlich abrupt aufgebrochen ist. Gestern und vorgestern war er gar nicht in der Gaststätte. »Hast du dich mit Sophie verkracht?«, fragt sie direkt.

»Würde ich nicht so sagen.« Arno hat sich einen Tee aufgebrüht und schwenkt jetzt den Teebeutel im Becher hin und her. »Nur, dass ich ihr anscheinend zu langweilig bin und sie sich anderweitig umsieht.«

»Was? Na, das wüsste ich aber«, ist Berta überzeugt.

»Du hast ja am Sonnabend auch mit dem Rücken zur Bar gesessen«, erinnert sich Arno. »Da konntest du nicht sehen, wie gut sie sich amüsiert hat.«

»Das mag ja sein, aber das hat doch nichts zu sagen. Also wirklich, Arno. Du kennst sie doch. Sie ist nett zu den Gästen und flirtet vielleicht mal ein bisschen, das gehört nun mal dazu, wenn man hinter der Bar steht. Das bedeutet überhaupt nichts. Komm doch heute Abend vorbei, dann sagst du ihr, was dir nicht passt und ihr vertragt euch wieder.«

Berta ist ein bisschen besorgt. Sie mag den Fischer sehr und ist überzeugt, dass er das Beste ist, was ihrer Nichte passieren kann. Obwohl Arno zehn Jahre jünger ist, passen die beiden hervorragend zusammen und verstehen sich normalerweise sehr gut. Wenn Sophie das nur nicht leichtfertig aufs Spiel setzt. Wegen so eines Schönlings, der mit seinen Muskeln protzt. Berta kann nämlich ruhig mit dem Rücken zum Geschehen sitzen, sie weiß trotzdem sehr genau, was in ihrer Umgebung vor sich geht.

Sie wirft auf Arno, der trotzig schweigt, noch einen prüfenden Blick und beschließt im Stillen, heute Abend ein ernstes Wort mit Sophie zu reden. Dann wendet sie sich wieder Paul zu. Als sie vom Klassentreffen gesprochen haben, ist ihr etwas eingefallen.

»Du sag mal, du kennst doch den Jungen von Pohl, nicht? Den Bruder von Madita.«

»Ja, sicher, Malte. Der wohnt jetzt irgendwo auf dem Dorf, bei Anklam, glaub ich. Aber die sind oft hier, seine Frau stammt ja auch aus Bansin. Er war doch am Sonnabend bei der Feier. Sie ist mit Anne zur Schule gegangen. Ich hab noch kurz mit ihm gesprochen.«

»Tatsächlich? Ich hab den gar nicht erkannt, er ist mir auch nicht aufgefallen.«

»Nee, warum auch? Er fällt nirgendwo auf. Ist so ein ganz Ruhiger. Warum fragst du nach ihm?«

»Nur so, nichts Besonderes.«

»Hm«, knurrt Plötz unzufrieden und sieht Berta misstrauisch an. Natürlich hat sie einen Grund, wenn sie sich nach jemandem erkundigt und meist steckt nichts Gutes dahinter. Das gefällt dem Fischer gar nicht, er mag Malte Pohl nämlich. Aus Erfahrung weiß er, dass jetzt alle Fragerei nichts nützt, wenn sie nicht darüber reden will. Aber er wird es schon erfahren.

Berta nutzt die kurze Zeit am Abend, die sie mit Sophie und Anne allein ist. »Sag mal was läuft da zwischen dir und diesem – du weißt schon, dem Casanova vom Klassentreffen?«, wendet sie sich an ihre Nichte.

»Oh Mann!« Sophie verdreht die Augen, tut aber gar nicht erst so, als würde sie nicht wissen, wovon Tante Berta spricht.

»Von Privatssphäre hältst du wohl gar nichts? Da läuft nichts. Ich habe ein bisschen geflirtet, das ist alles.«

»Mag ja sein, aber du hast Arno ziemlich verletzt. Besser, du klärst das.«

»Ach, der soll sich nicht so anstellen.«

»Sophie, sei nicht so egoistisch. Er ist nun mal sensibel. Zu einer Beziehung gehört nicht nur Treue, sondern auch Rücksichtnahme, Nachsicht und Anpassungsvermögen.«

Anne grinst. »Alles das, was man nicht braucht, wenn man allein bleibt.«

Berta will ihre Erziehungsversuche gerade bei Anne fortsetzen, da kommen Ramona und Sascha und sie beschließt, es auf später zu verschieben. Kritik an Anne und Sophie übt sie grundsätzlich nur, wenn niemand anderes dabei ist. Außer Bruno, aber der gehört praktisch zur Familie, außerdem ist er nicht nur ein ausgezeichneter Pädagoge, sondern auch Alkoholiker, was ihn in vielen Dingen toleranter macht.

Im Gegensatz zu Anne, die eigentlich immer Jeans und Pullover trägt, kleidet Ramona sich eleganter. Damit hat sie sich sicher ihrer Umgebung in Bayern angepasst, vielleicht liegt es auch an dem Mann, dem sie gefallen will. Heute hat sie eine weite schwarze Hose mit einer weinroten Seidenbluse und High Heels in der gleichen Farbe kombiniert. Sie ist dezent geschminkt, aber ihre schwere goldene Kette und die passenden Ohrstecker sind etwas zu viel an einem Kneipenstammtisch. Auch Sascha in seinem schwarzen Kaschmirpullover passt nicht so richtig hierher, aber beider Humor und Herzlichkeit machen alles wett. Hier legt ohnehin niemand viel Wert auf Aussehen und Kleidung, entscheidend ist, wie sich jemand verhält, was er sagt. Und Sascha hat mit seiner Begeisterung für den Ort, den Strand und Bertas Essen jede Menge Sympathiepunkte gesammelt.

Sophie hat gerade die Teller vom Tisch geräumt, als Betty endlich kommt. Eine Einladung zum Essen lehnt sie ab, möchte auch keinen Wein, sondern lieber einen Tee.

»So richtig habe ich mich noch nicht erholt von dem Wochenende«, gibt sie zu, »es war alles ein bisschen viel.«

»Das ist aber harmlos ausgedrückt«, sagt Anne. »Wir konnten es erst gar nicht glauben, was dir passiert ist. Hast du denn einen Verdacht?«

Betty zuckt hilflos mit den Schultern. »Ich habe keine Ahnung. Wer macht denn sowas? Ich habe doch niemandem was getan.«

»Wir haben an Lydia Steinhagen gedacht«, kommt Berta auf den Punkt. »Traust du ihr das zu?«

»Nein!« Betty klingt empört, gibt dann aber kleinlaut zu: »Natürlich war sie auch die Erste, die mir eingefallen ist. Sonst wüsste ich wirklich niemanden, der sauer auf mich sein könnte.«

»Und? Hatte Lydia einen Grund, so sauer auf dich zu sein? Ich meine jetzt nicht den Flirt hier am Sonnabend. War da noch mehr? Uns kannst du es ruhig erzählen.«

»Ja, ich weiß. Ich würde es auch niemand anderem erzählen. Aber von euch erfährt es ja keiner, oder? Vor allem Wolfgang nicht.«

Anne zieht nur etwas beleidigt die Augenbrauen hoch, auch die anderen schweigen. Betty sieht sie der Reihe nach an, dann nickt sie beruhigt.

»Ich hatte mal was mit Mattis«, beichtet sie, »aber das ist schon ewig her. Allerdings war er zu dieser Zeit schon verheiratet. Ich nicht, ich habe Wolfgang nie betrogen.« ›Eigentlich nur aus Mangel an Gelegenheit‹, denkt sie, spricht es aber nicht aus.

»Wir haben uns am Sonnabend, kurz bevor Lydia ihn nach Hause geschleppt hat, verabredet. Für den Sonntagabend. Ich weiß selbst nicht, was ich mir dabei gedacht habe, ich war vom Alkohol total benebelt.«

»Wie wollte er denn zu Hause weg, ohne dass sie es merkt?«

»Er wollte sagen, dass er zu einem Kumpel geht, Fußball gucken oder so. Das macht er wohl öfter.«

»Fußball gucken oder seine Frau betrügen?«

»Hast ja recht.« Betty rührt beschämt in ihrem Tee und zuckt mit den Achseln. »Es war blöd von mir. Aber wie gesagt, ich hatte zu viel getrunken und dann die ganze Atmosphäre – es war so ein schöner Abend, ich habe mich wieder wie mit sechzehn gefühlt.«

Sie überlegt. »Ich wäre sowieso nicht hingegangen und Mattis bestimmt auch nicht. Er hat es bei unserem Ausflug am Sonntag sorgfältig vermieden, mich anzusehen. Ich wüsste nur zu gern, ob Lydia davon wusste.«

»Ja, genau das ist die Frage.« Anne nickt. »Meinst du, er hat es ihr gebeichtet?«

»Das glaube ich nicht, das wäre überhaupt nicht seine Art. Aber sie könnte es gehört haben.«

»Würde sie wirklich so irrational reagieren?« Tante Berta zweifelt. »Ich kenne Lydia Steinhagen zu wenig, um sie einschätzen zu können. In der Apotheke wirkt sie jedoch immer kühl und souverän. Könnte sie aus Verlustangst eine solche Attacke begehen?«

»Ja, wer weiß das schon«, überlegt Anne. »Eigentlich würde er bei einer Trennung verlieren. Das Haus, in dem sie wohnen, wird ihr gehören, es war jedenfalls ihr Elternhaus. Sie wird auch ganz gut verdienen, vermute ich. Und sie bemuttert ihn, der hat noch nie was im Haushalt gemacht. Sie behauptet, er würde ohne sie verhungern, der kann sich allein nicht mal ein Ei kochen. Da rühmt sie sich auch noch mit, die dumme Gans.«

»Dann wollte er vielleicht die Verabredung verhindern«, erwägt Sophie eine andere Möglichkeit.

»Das hätte er aber einfacher haben können«, empört sich Betty.

Berta beschwichtigt. »Das ist wohl eher unwahrscheinlich, aber wir müssen über alles nachdenken. Vielleicht haben wir uns auch zu sehr auf die Steinhagens eingeschossen. Betty, denk doch noch einmal nach. Hast du dir sonst mal irgendwann Feinde gemacht? Vielleicht durch den Kindergarten? Obwohl – ich kann es mir nicht vorstellen.«

»Ich auch nicht.« Betty schüttelt den Kopf. »Da ist nie irgendetwas passiert. Ich hatte weder Ärger mit Eltern noch mit Kollegen. Das hat die Polizei übrigens auch schon gefragt.«

»Die Polizei?« Anne wundert sich. »Davon hast du ja noch gar nichts gesagt.«

»Was soll ich auch sagen?« Betty zuckt mit den Schultern. »Das Krankenhaus hat die natürlich informiert. Schon wegen der Tropfen, die sie im Blut nachgewiesen haben. GHB heißt das, glaube ich. Das mit dem Kopf hätte auch ein Unfall sein können – aber beides im Zusammenhang? Ob die nun noch weiter ermitteln, weiß ich nicht. Es gibt ja keine

Anhaltspunkte. Allerdings habe ich natürlich nichts von Mattis und Lydia erzählt. Ich will auf keinen Fall, dass die das erfahren«, fügt sie hinzu.

Berta nickt. Diese Einstellung liegt genau auf ihrer Linie. »Bisher haben wir noch immer selbst herausbekommen, was hier in Bansin passiert«, erklärt sie selbstbewusst, verdrängt die böse Ahnung, die sie gerade wieder befällt und hofft, dass es bei dem Anschlag wirklich nur um Betty ging.

»Eine seltsame Sache ist das schon mit der Betty«, überlegt Sascha, als sie am späten Abend im Hotelzimmer sind. »Hältst du es für möglich, dass ihr Ehemann den Tee vergiftet hat? Vielleicht hat er von der Verabredung erfahren und wollte sie verhindern.«

»Auf den bin ich noch gar nicht gekommen.« Ramona legt ihren Schmuck ab und packt ihn sorgfältig in ein Kästchen. »Der wirkt so harmlos. Aber woher sollte er wissen ...«

»Von Lydia?«, unterbricht Sascha sie. »Sie könnte ihn angerufen haben.«

»Ja, theoretisch wäre es möglich. Aber ich glaube es nicht.«

»War nur so eine Idee. Kann ich ins Bad?«

»Ja, geh nur. Ich räume erst mal ein bisschen auf. Hier sieht es aus!«

Ramona legt eine Zeitschrift zusammen, stapelt Saschas Bücher auf seinem Nachttisch und hängt ein paar Kleidungsstücke in den Einbauschrank. Seine Steppjacke hat Sascha über eine Sessellehne geworfen. Als Ramona sie auf einen Bügel hängen will, fällt seine Brieftasche heraus und öffnet sich dabei. Sie hebt sie auf und will sie gerade zuklappen, da fällt ihr Blick auf Saschas Führerschein.

Ramona stutzt, sieht zur geschlossenen Badezimmertür und blättert schnell weiter. Da ist sein Pass – sie reißt die Augen auf, atmet scharf ein und versteht.

Schnell steckt sie die Brieftasche zurück in die Jacke und holt ihr Smartphone aus ihrer Handtasche.

»Anne? Hast du schon geschlafen? Entschuldige, tut mir leid, aber hör doch mal zu! Ich muss dir was erzählen. Das glaubst du nicht«, flüstert sie hastig. »Ich habe etwas gefunden – versehentlich …«

Die Badezimmertür öffnet sich. »Ich dachte, du wolltest duschen«, wundert sich Ramona, als Sascha vollständig bekleidet ins Zimmer kommt. Dann, ins Telefon: »Wir reden später, ja? Na gut, dann komme ich morgen Vormittag rüber. Was? Na, dann morgen Nachmittag. Ja, ich weiß, es ist ja schon spät, geh wieder schlafen.«

Sascha sieht auf die Uhr. »Wirklich, es ist noch nicht einmal elf Uhr. Ich bin noch gar nicht müde.«

Er geht zum Fenster und öffnet es. »Hier kann ich sowieso nicht schlafen, das Zimmer ist völlig überheizt. Und draußen ist so eine schöne Luft.« Er lehnt sich hinaus und blickt nach rechts. »Sieh mal, da blinkt ein Leuchtturm. Und die Lichter da auf der Ostsee – das sind alles Schiffe. Und sieh dir nur den Mond an! Was meinst du, machen wir noch einen Spaziergang? Wir könnten auf die Seebrücke gehen. Nur einmal bis ganz vor und wieder zurück. Die Seeluft richtig genießen, dann schlafen wir viel besser.«

»Ach Sascha, ich mag nicht mehr laufen. Geh du allein, ich nehme inzwischen ein Bad, okay?«

Er schmollt. »Mit dir zusammen wäre es schöner. Ein Spaziergang im Mondschein ganz allein ist nicht sehr romantisch. Was hältst du von einem Rendezvous? Ich mache einen Strandspaziergang, du nimmst dein Bad, dann ziehst du dir bequeme Sachen an und wir treffen uns um Mitternacht auf der Seebrücke. Wie ein junges Liebespaar. Wie klingt das?«

»Sehr romantisch, wirklich. Aber ...«

Er nimmt sie in den Arm und küsst sie zärtlich. »Überlege es dir, ja? Ich warte auf dich.«

Dann zieht er seine Jacke an. An der Tür dreht er sich noch einmal um und lacht.

»Ich weiß, ich bin ein Spinner. Aber ein romantischer. Also, wenn du zu müde bist, geh ruhig ins Bett. Dann machen wir morgen einen Mondscheinspaziergang. Oder – vielleicht treffe ich ja auch eine andere ...«

Ramona lacht auch und tut, als wolle sie mit ihrem Schuh nach ihm werfen. Er schließt schnell die Tür hinter sich und sie lässt sich in einen Sessel fallen.

Eine halbe Stunde später liegt sie im warmen, duftenden Wasser und überlegt, was sie nun tun kann. Oder muss. Oder will. Sollte sie überhaupt mit Anne darüber reden? Ramona ahnt, was ihre Freundin ihr raten wird und das möchte sie nicht. Egal, sie muss sich mit jemandem austauschen und das kann nur Anne sein. Aber erst einmal wird sie darüber schlafen.

Als ihr Telefon klingelt, liegt sie bereits im Bett. »Ach, du bist das. Nein, ich habe noch nicht geschlafen.« Sie lauscht. »Was? Das glaube ich nicht! Ich komme!«

Seufzend hebt sie die Füße aus dem Bett, bleibt noch einen Moment auf der Bettkante sitzen und denkt nach, dann schüttelt sie resigniert den Kopf und zieht sich an. »So ein Unsinn«, murmelt sie dabei, »ich sollte lieber im Bett bleiben.«

Mittwoch, 20. Oktober

Sophie ist gerade dabei, das Frühstücksbüfett aufzubauen, als Sascha zur Tür hereinkommt, genauer gesagt, hereinstürzt. Sie sieht ihn erschrocken an. »Ist was passiert?«

Er trägt die gleiche Kleidung wie gestern Abend, vermutlich war es das Erste, was ihm unter die Finger kam, er ist ungekämmt und sieht zehn Jahre älter aus als gestern.

»Ich weiß nicht«, stammelt er verwirrt. »Ist Ramona hier?«

»Ramona?« Sophie sieht sich um, als könne die Frau hier irgendwo sein, ohne dass sie sie gesehen hätte. »Nein, was sollte sie hier so früh? Ihr wolltet doch im Laufe des Vormittags hierher umziehen. Was ist denn los?«

»Sie ist nicht da!«

»Wie – nicht da? Nicht im Hotel?«

»Nein. Nicht im Zimmer, nicht im Frühstücksraum, nicht am Pool. Einfach weg. Sie geht auch nicht an ihr Telefon.«

Sophie schüttelt den Kopf. »Na, sie wird sich ja nicht in Luft aufgelöst haben. Nun setz dich erst mal und beruhige dich.«

Sie öffnet die Tür zur Küche und ruft hinein: »Renate, kannst du das hier mal schnell fertig machen?«

Ohne auf eine Antwort zu warten, holt sie zwei Tassen Kaffee, stellt Milch und Zucker vor Sascha auf den Stammtisch und setzt sich zu ihm.

Wie aufs Stichwort kommt Berta hinein. Als sie Sascha sieht, stellt sie fast die gleiche Frage wie ihre Nichte vor zwei Minuten: »Was ist passiert?«

»Ramona ist weg.«

»Seit wann?«

Er trinkt einen Schluck Kaffee, überlegt und zuckt mit den Schultern. »Ich weiß nicht so genau. Ich habe gestern Abend noch einen Spaziergang gemacht. Sie wollte eigentlich baden – hat sie auch, glaube ich – und dann schlafen gehen. Aber als ich zurückkam, war sie nicht da. Ich dachte, sie ist doch noch raus gegangen und wir haben uns verfehlt. Ich war aber zu müde, um noch einmal loszugehen. Ich bin ins Bett gegangen und ziemlich schnell eingeschlafen. Heute Morgen habe ich dann gemerkt, dass sie nicht da ist.«

»War ihr Bett benutzt?«

»Ja – ja, doch, sie hat jedenfalls drin gelegen.«

»Schon bevor du selbst ins Bett gegangen bist?«

»Ach so. Ja, ich weiß es gar nicht genau. Ich glaube schon. Oder? Ich weiß es wirklich nicht.«

»Und was hat sie an? Welche Kleidung?«

Sascha blickt die alte Frau hilflos an. »Ich weiß nicht – keine Ahnung. Ich hab sie doch nicht gesehen.«

Berta seufzt. »Na gut. Ich denke, sie macht einen Morgenspaziergang, hat vielleicht jemanden getroffen, mit dem sie redet oder irgendwo einen Kaffee trinkt. Sie taucht wieder auf, bestimmt.«

»Meinst du?« Er klingt schon ruhiger.

»Sicher. Wir sind doch hier nicht in der Wildnis, hier verschwindet niemand spurlos.«

»Ja, natürlich.« Er trinkt seinen Kaffee aus und lächelt verlegen. »Ich habe wohl überreagiert. Ramona ist sicher schon wieder im Hotel und wundert sich, wo ich bin. Sie wird mich auslachen.«

An der Tür dreht er sich noch einmal um: »Wir checken nachher da drüben aus und bringen unsere Sachen her, ist das okay?«

»Ja sicher«, erwidert Sophie. »Das Zimmer ist fertig.«

Dora, die gerade die Treppe herunterkommt, sieht Sascha erstaunt nach. »Was wollte der denn so früh schon hier?«

»Kaffee trinken«, erwidert Sophie und kümmert sich wieder um ihr Büfett.

Am frühen Nachmittag ist Sascha bereits ein paar Mal durch den Ort und am Strand entlanggelaufen, wohl wissend, dass es sinnlos ist. Jetzt sitzt er blass und erschöpft im *Kehr wieder*.

»Du solltest etwas essen«, rät Berta. »Es nützt ja niemandem, wenn du uns hier umkippst.«

Er schüttelt nur den Kopf. Auf Doras Frage »Hast du versucht, sie anzurufen?« antwortet er gar nicht und Sophie wirft ihr nur einen verächtlichen Blick zu.

Alle Hoffnungen ruhen jetzt auf Anne. Sie hat heute eine Fahrt, ist mit einer Reisegruppe in Polen unterwegs und wird spätestens um vier Uhr nachmittags zurück sein, vielleicht schon früher.

»Ich glaube, Ramona hat gestern Abend mit ihr telefoniert«, ist Sascha eingefallen. »Ich habe gar nichts gehört, als ich ins Zimmer kam, war das Gespräch schon beendet. Aber irgendwie hatte ich den Eindruck, dass es Anne war. Mit wem sollte sie sonst so spät noch telefonieren?«

»Kann es auch sein, dass sie angerufen wurde?«, fragt Berta.

»Ja, kann sein. Ich weiß es nicht. Sie hat jedenfalls nichts gesagt, deshalb dachte ich, es wird nichts Wichtiges sein.«

Zum x-ten Mal holt er sein Smartphone aus der Tasche, blickt darauf und steckt es wieder weg. Dann springt er auf. »Ich kann hier nicht sitzen, ich muss irgendetwas tun. Wann, denkt ihr, kommt Anne?«

Sophie sieht zur Uhr. »In einer halben Stunde vielleicht. Frühestens.«

»Okay, dann bin ich wieder hier. Ich gehe noch einmal zum Strand, auf die Seebrücke – oder so.«

Er setzt sich wieder, auf die Stuhlkante und sieht Berta verzweifelt an. »Ich habe Angst. Sie tut mir so etwas nicht an. Sie würde sich melden, wenn sie könnte.«

Berta weiß nicht, was sie sagen soll, denn sie denkt genau dasselbe. Aber er erwartet auch gar keine Antwort, sondern läuft hinaus.

Sophie sucht nach einer harmlosen Erklärung. Sie glaubt einfach nicht, dass Ramona etwas passiert ist. »Sie könnte mit Anne mitgefahren sein. Deshalb hat Anne sie gestern Abend angerufen, sie haben sich verabredet und Ramona ist heute früh los, als Sascha noch geschlafen hat. Sie sind in Polen unterwegs, da haben sie wahrscheinlich kein Netz.«

»Und sie hat Sascha keine Nachricht hinterlassen?«, zweifelt ihre Tante.

»Da gibt es viele Möglichkeiten. Sie könnte einen Zettel geschrieben haben, den er nicht gefunden hat. Oder sie hat es ihm gestern Abend gesagt und er hat nicht zugehört. Oder heute Morgen. Sie dachte vielleicht, er ist schon wach, aber er hat noch geschlafen und nichts mitgekriegt.«

»Ja, möglich ist alles.« Berta glaubt eigentlich nicht mehr an einen guten Ausgang, aber sie klammert sich an diese schwache Hoffnung.

Die schwindet allerdings, als Anne hereinkommt. Früher, als erwartet, deshalb ist Sascha auch noch nicht wieder da.

Anne hat sich noch gar nicht hingesetzt, da überfällt Dora sie schon mit der Mitteilung: »Stell dir vor, Ramona ist weg. Seit gestern Abend. Keiner weiß, wo sie ist, Sascha sucht sie überall.«

Sie glüht vor Begeisterung. Schlechte Nachrichten zu überbringen, gehört zu ihren Lieblingsbeschäftigungen, sie liebt die Spannung, das ungläubige Erschrecken des anderen, die Aufmerksamkeit, die sie bekommt. Ramona ist ihr ziemlich egal, sie macht sich um deren Verbleib nicht die geringsten Sorgen, im Gegenteil.

Langsam und schweigend setzt sich Anne, sieht Sophie an, die hilflos mit den Schultern zuckt, und dann in Tante Bertas besorgtes Gesicht. »Du weißt nicht, wo sie ist, oder?«

Die Frage war eigentlich überflüssig. Sie wartet auch gar nicht auf eine Antwort, sondern berichtet, was Sascha ihnen erzählt hat. »Hast du denn gestern Abend noch mit ihr telefoniert?«

Anne nickt. »Ich war ziemlich sauer, weil sie mich geweckt hat. Ich wusste schon, dass ich nicht wieder einschlafen kann und heute Morgen musste ich früh aufstehen. Ich hab sie ganz schön angeschnauzt. Ob sie deshalb einfach abgereist ist?«

Die anderen sind verblüfft. Auf die Idee sind sie noch gar nicht gekommen. »Du meinst, sie fährt einfach zurück nach München, ohne sich zu verabschieden? Nur weil du sie angezickt hast? Traust du ihr das zu?«, fragt Sophie.

»Na ja, Ramona war schon immer schnell eingeschnappt. Sie hatte es auch gern dramatisch. Also, diese verzweifelte Suche nach ihr würde ihr echt gefallen, glaube ich.«

»Aber hätte sie dann nicht Sascha mitgenommen? Oder ihm wenigstens Bescheid gesagt?«, zweifelt Berta. Obwohl ihr diese Erklärung sehr gefällt und sie gern daran glauben möchte.

»Vielleicht war sie auf den auch sauer.«

Auch Sascha, der zunächst tief enttäuscht wirkt, als er Anne begrüßt, schöpft wieder Hoffnung.

»Ich glaube, das Letzte, was ich zu Ramona gesagt habe, war so eine blöde Bemerkung, dass ich vielleicht eine andere Frau treffen würde oder so. Ein Scherz natürlich, aber – Anne hat recht. Sie hat gern mal etwas falsch verstanden und war tagelang harb.«

»Was war sie?«, wundert sich Sophie, während Berta auffällt, dass er plötzlich in der Vergangenheit von Ramona spricht.

»Na, böse halt, beleidigt.«

»Und was machen wir jetzt?«, überlegt Anne. »Ich brauche sie ja wohl nicht anzurufen. Wenn sie bei dir nicht rangeht, wird sie mit mir auch nicht sprechen wollen. Warten wir einfach ab, bis sie sich meldet? Oder soll Tante Berta mal versuchen, sie anzurufen? Deren Nummer kennt sie nicht.«

»Ihr Telefon ist ausgeschaltet«, sagt Sascha. »Schon seit heute Mittag.«

»Ich werde mal Sabine anrufen«, beschließt Berta. »Vielleicht weiß die ja was. Wenn Ramona wirklich nach Hause gefahren ist, hat sie sich doch sicher von ihrer kranken Schwester verabschiedet.«

»Das glaube ich nicht.« Anne schüttelt energisch den Kopf. »Wenn, dann war das eine Kurzschlussreaktion, dann ist sie wutentbrannt abgerauscht und hat überhaupt nicht weiter darüber nachgedacht.«

»Ich rufe trotzdem an.« Sabine weiß auch nichts, kommt aber zehn Minuten später ins *Kehr wieder*.

»Sie hat sich sowieso nicht wohlgefühlt«, sagt Sascha, »war müde und so – da hat sie vielleicht einfach überreagiert.«

»Erst hat Sascha sie verärgert, dann habe ich sie auch noch angeschnauzt, das war ihr einfach zu viel.« Anne versucht, sich und den anderen eine harmlose Erklärung für Ramonas Verschwinden glaubhaft zu machen.

›Nein, es war genau umgekehrt‹, denkt Berta, ›erst du, dann Sascha. Und jemand, der müde ist und sich nicht wohlfühlt, setzt sich nicht ins Auto und fährt nach München. Der geht ins Bett. Was sie ja wohl auch getan hat, Sascha sagte, das Bett war benutzt. Das stimmt doch alles hinten und vorn nicht‹.

Aber sie sagt nichts und Anne redet immer weiter, als hätte sie Angst, nachzudenken.

Sascha hat sich inzwischen von Sophie überreden lassen, wenigstens eine heiße Suppe zu essen.

»Oh Gott, ich muss doch unsere Sachen herüberholen«, fällt ihm plötzlich ein. »Aber ausgecheckt habe ich noch nicht. Dann bleibe ich halt für eine weitere Nacht da.«

»Sind Ramonas Koffer und ihre Kleidung noch da?«, fragt Berta.

»Ja«, erwidert Sascha nach kurzer Überlegung. »Auch ihre Kosmetik und ihre Zahnbürste sind noch im Bad. Ich rufe jetzt die Polizei an«, fügt er mutlos hinzu.

»Das hat keinen Sinn«, weiß Berta. »Sie ist ja noch nicht einmal einen Tag weg. Hast du überhaupt schon nachgesehen, ob das Auto noch da ist?«

Er schüttelt stumm den Kopf. ›Warum auch?‹, denkt Berta. ›Du weißt ganz genau, dass sie nicht weggefahren ist. Aber was weißt du sonst noch? Ist deine Angst echt oder bist du ein sehr guter Schauspieler?‹ Sie sieht den jungen Mann nachdenklich an, aber sie kennt ihn zu wenig.

Nachdem Berta ihn überredet hat, mit einem Anruf bei der Polizei bis zum Morgen zu warten, verabschiedet sich Sascha und geht in sein Hotel.

Die anderen bleiben schweigend sitzen. Anne bemerkt, dass sie Hunger hat, sie hat seit dem Morgen nichts gegessen, findet es aber irgendwie pietätlos, das jetzt zu sagen. Außerdem hat sie keinen Appetit. Sophie stellt ihr wortlos eine Rotweinschorle hin.

»Habt ihr schon mal an Selbstmord gedacht«, unterbricht Dora das Schweigen. Anne fährt hoch und will sie anschnauzen, aber Sabine sagt plötzlich ganz ruhig: »Ich schon.«

Verblüfft sehen die anderen sie an. »Früher schon einmal, kurz bevor sie geheiratet hat und aus Bansin weggegangen ist. Das hat mir meine Mutter erzählt. Und als ich bei ihr in München war, hat sie auch damit gedroht. Ich glaube, Sascha wollte sich von ihr trennen. Ich habe versprochen, es nicht zu erzählen, aber jetzt …?«

»Nein, das ist schon richtig«, beschwichtigt Berta, »jetzt musst du darüber reden. Aber was soll sie für einen Grund haben? Ich hatte den Eindruck, dass sie mit ihrem Leben zufrieden und sogar glücklich ist.«

»Auf jeden Fall hatte sie Geldprobleme«, sagt Sabine zögernd. »Ich denke, das war der Grund, dass sie die Villa so dringend verkaufen wollte. Und sie war sicher, dass Sascha sie verlässt, wenn sie kein Geld mehr hat. Andererseits wollte er auch nicht, dass sie das Haus verkauft.«

Dora gefällt diese These. »Das wäre dann ja eine Erklärung dafür, dass ihre Sachen allesamt noch da sind. Vielleicht hat Sascha gestern Abend mit ihr Schluss gemacht und dann ist sie einfach ins Wasser gegangen.«

»So einfach ist das nicht.« Berta sieht die blonde Frau wütend an. »Und ich glaube es auch nicht!«, fügt sie entschlossen hinzu. »Dazu war sie nicht der Typ. Vielleicht hat sie es mal versucht, als sie einsam war und verzweifelt, aber jetzt hat sie ja uns. Und das weiß sie. Es gab keinen Grund. Nicht einmal, wenn er Schluss gemacht hätte. Und den Eindruck hatte ich auch nicht.«

»Ich glaube es auch nicht«, sagt Anne. »Aber Ramona hat schon immer zu extremen Aktionen geneigt, wenn sie Aufmerksamkeit haben wollte. Ich denke, sie ist irgendwo in einem anderen Hotel oder in einer Ferienwohnung, bei jemandem, den sie kennt, vielleicht, mit dem sie beim Klassentreffen gesprochen hat. Sie meldet sich nicht, weil sie will, dass wir uns Sorgen machen. Das würde zu ihr passen.«

»Ja, das ist die wahrscheinlichste Erklärung«, stimmt Berta erleichtert zu. »Vor allem wird sie wollen, dass Sascha sich um sie sorgt. Über uns wird sie nicht allzu viel nachdenken.«

»Wenn das stimmt, denkt sie überhaupt nicht viel nach«, murrt Sophie ärgerlich.

»Ich werde ihr schon den Magen rein machen, warte mal ab«, droht Anne und atmet einmal tief ein und aus. »Und jetzt bitte doch mal Renate, dass sie mir ein schönes großes Schnitzel brät.«

»Für mich bitte einen Salat«, bestellt Dora und wirft einen missbilligenden Blick auf ihre Tischnachbarin. »Man muss ja wirklich nicht jeden Tag Fleisch essen. In Hinblick auf die Umwelt …«

»Ach halt die Klappe, Greta«, grätscht Anne in die Belehrungen, »es hat schon einen Sinn, dass es ›dahinvegetieren‹ heißt und nicht ›dahinschnitzeln‹.« Nachdem sie glaubt, Ramona durchschaut zu haben, hat sich ihre gute Laune wiedereingestellt.

Donnerstag, 21. Oktober

Um die Mittagszeit hat Berta ihre Zeitungslektüre beendet und will gerade aufstehen, um in die Küche zu gehen und Renate von den Neuigkeiten berichten, als der Kriminalhauptkommissar Schneider ins *Kehr wieder* kommt. Erschrocken lässt sie sich auf ihren Platz zurückfallen und spürt, wie ihr die Farbe aus dem Gesicht weicht. Ihr wird plötzlich klar, dass sie es die ganze Zeit gewusst und erfolgreich verdrängt hat.

Der mittelgroße, schlanke Mann nimmt die Mütze ab, streicht sich über seine dünnen, dunklen Haare und öffnet umständlich seine Jacke, dann setzt er sich zu der alten Frau. Sie ist ganz allein in der Gaststätte, Sophie holt gerade Getränke aus dem Keller und Anne ist auch heute mit einer Reisegruppe unterwegs.

»Ramona?«, fragt sie, »Ist sie …?«

Er nickt. »Spaziergänger haben sie am Strand gefunden.« Er sieht die alte Frau mitleidig an. »Stand sie Ihnen nahe?«

»Ja, ich mochte sie jedenfalls. Sie war eine gute Freundin von Anne.«

»Aha.«

Der Kriminalhauptkommissar kennt Anne gut, ebenso wie Berta, Sophie, Bruno und die beiden Fischer. Bei mehreren Mordfällen im Ort hat die *Kehr wieder-Familie* wie er sie im Stillen nennt, entscheidend zur Aufklärung beigetragen.

»Woher wissen Sie, dass sie zu uns gehört?«, fragt Berta.

»Sie hatte eine Zimmerkarte vom Hotel *Residenz* bei sich. Dort hat man uns gesagt, dass sie oft hier war und dass ihr – ja was? Ehemann? Lebensgefährte? – heute Morgen hierher umgezogen ist.«

»Ja, Sascha. Mein Gott.« Berta seufzt. »Er schläft, glaube ich. Er sagte, er wäre die halbe Nacht herumgelaufen und konnte überhaupt keine Ruhe finden. Vorhin hat er eine Tablette genommen und ist hoch ins Zimmer gegangen.«

»Sie sind sicher, dass er da ist? Ich meine …«

»Ja, ich weiß schon, was Sie meinen. Aber ich glaube, er hat sich wirklich Sorgen gemacht. Außerdem, wenn er das Haus verlassen will, muss er hier vorbeikommen. Ich hätte ihn gesehen.«

»Gut.« Er überlegt. »Dann lassen wir ihn erst mal schlafen. Er erfährt es noch früh genug.«

Außerdem will er erst einmal mit Berta reden. Er kennt und schätzt die Beobachtungsgabe der alten Frau und vor allem ihre Menschenkenntnis. Von ihr erfährt er mehr als von allen anderen.

»Dann erzählen Sie mir doch mal, was Sie über Ramona Rosmann wissen.«

»Ja.« Berta nickt nachdenklich. »Kaffee?«, fragt sie dann und sieht zur Bar hinüber. »Ach so. Sophie kommt gleich. Wissen Sie schon, wann Ramona gestorben ist und woran? Halten Sie es für einen Unfall?«

»Nein.« Er schüttelt den Kopf. »Sie ist ertrunken, aber sie hatte eine Kopfverletzung, ist also vermutlich vorher niedergeschlagen worden. Ich muss natürlich die Ergebnisse der Gerichtsmedizin abwarten, aber ich vermute, dass sie bewusstlos ins Wasser geworfen wurde. Bis gestern hatten wir ablandigen Wind, wenn er nicht über Nacht gedreht hätte, wäre sie wahrscheinlich hinausgetrieben und wer weiß wann und wo gefunden worden.«

»Dann hätte man vielleicht die Kopfwunde auch nicht mehr erkannt.«

»Möglich.« Er wartet geduldig, während Berta nachdenkt.

»Na ja, wie gesagt, sie war eine gute Freundin von Anne. Schon seit der Schulzeit, obwohl sie in der letzten Zeit nicht so viel Kontakt hatten. Ramona hat in München gelebt und ist zu einem Klassentreffen hergekommen.«

»Hatte sie noch Verwandte hier?«

»Ja, eine Schwester und eine Nichte.«

Sophie kommt herein, sieht den Polizisten und ahnt auch gleich, dass etwas Schlimmes passiert ist. Sie weint schon, als sie sich zu den beiden setzt. »Oh Gott, arme Anne.«

Es dauert noch eine Weile, bis Schneider seinen Kaffee bekommt. Inzwischen erzählt Berta alles, was sie über Ramona weiß und über Sascha.

»Er wollte sie schon gestern Abend als vermisst melden«, erinnert sie sich. »Und ich war dagegen.«

»Das hätte auch nichts genützt. Sie ist auf jeden Fall länger als 24 Stunden tot.« Er sieht auf die Uhr. »Ich müsste den jungen Mann nun aber doch mal sprechen.«

»Ja, natürlich.« Sophie nickt. »Soll ich ihn holen?«

»Nein, mir wäre es lieber, erst einmal allein in seinem Zimmer mit ihm zu sprechen.«

Während Sophie die Getränke einräumt und sich auf das Mittagsgeschäft vorbereitet, sitzt Berta wieder allein am Tisch. Sie überlegt, ob sie dem Kriminalhauptkommissar von dem Anschlag auf Betty erzählen soll. Ja, natürlich, fällt ihr ein, er wird es sowieso erfahren, es gab doch eine Anzeige. Aber wird er einen Zusammenhang erkennen? Sicher, er ist ja nicht blöd.

Natürlich will sie der Polizei helfen, einen Mord aufzuklären. Und sie gibt es nicht einmal vor sich selbst zu, dass sie ganz gern einen Wissensvorsprung hat. Nicht, um sich besonders hervorzutun oder den Ruhm am Ende für sich einzuheimsen. Es macht ihr eben einfach Spaß, dieses Detektivspiel. Und es gibt Dinge, die sollten nicht an die Öffentlichkeit gelangen, ganz private Angelegenheiten, die bei Berta bestens aufgehoben sind. Genau deshalb wird sie Solveig Marten nicht erwähnen und ihre Ahnung, dass es einen Zusammenhang zwischen dem Autounfall im September und den jüngsten Geschehnissen gibt. Vielleicht irrt sie sich ja auch. Aber das wäre dann was Neues.

Als Anne kommt, hat Schneider das Haus bereits verlassen. Sascha sitzt blass und verweint am Stammtisch. Er hält es allein in seinem Zimmer nicht aus. Am liebsten würde er sofort nach Hause fahren, aber der Kriminalhauptkommissar hat ihn nachdrücklich gebeten, im Ort zu bleiben.

Anne versucht, ihn zu trösten, ist aber selbst tief erschüttert.

»Nur gut, dass ich morgen frei habe«, sagt sie, »ich könnte gar nicht arbeiten.«

»Schneider kommt morgen noch mal her, um mit dir zu reden«, fällt Berta ein. »Viel Neues wirst du ihm ja nicht sagen können, aber du kanntest Ramona doch besser als wir. Außerdem will er alles vom Klassentreffen wissen.«

»Ja, verstehe. Natürlich ist Ramona angeeckt, wie immer. Aber bestimmt hat sie niemandem einen Grund gegeben, sie zu ermorden. Wo ist Dora denn eigentlich?«, fällt ihr plötzlich ein.

Berta muss beinahe lachen bei diesem Gedankensprung. »Die ist wohl noch in Wolgast. Sie wollte zum Arzt und dann in ihre Wohnung, Wäsche waschen und so. Sie kommt bestimmt erst heute Abend zurück.«

»Ja, gut. Besser wäre, sie käme gar nicht wieder her, die geht mir so dermaßen auf den Zeiger …«

Anne muss irgendwo hin mit ihrem Frust, aber es nützt nichts. Sie fängt wieder an zu weinen.

»Wer macht denn nur sowas? Was ist hier los? Erst Betty, dann Ramona, das hängt doch zusammen, oder? Tante Berta?«

»Ja, sicher.« Es sieht etwas kurios, aber auch unendlich rührend aus, wie die kleine alte Frau die viel größere Anne in den Arm nimmt und ihr beruhigend über den Rücken streicht.

»Wein ruhig, meine Kleine. Und dann denken wir gemeinsam nach. Wir kriegen den schon, egal, wer dahintersteckt, das weißt du doch. Haben wir doch immer.«

»Ja, aber das sollten wir möglichst bald«, betont Sophie. »Bevor noch mehr passiert. Mir macht das alles Angst.«

›Mir auch‹, denkt Berta, nickt aber zuversichtlich. »Das werden wir.«

Freitag, 22. Oktober

Früher, vor Corona, war der Stammtisch im *Kehr wieder* ein beliebter Treffpunkt der Bansiner. Nachdem Sophie die Pension übernommen, auch die Gaststätte umgebaut und die Preise angepasst hatte, kamen nicht mehr ganz so viele wie zu Tante Bertas Zeiten, auch das Rauchverbot vertrieb einige Stammgäste. Aber zumindest freitagabends mussten immer einige zusätzliche Stühle an den großen runden Tisch gestellt werden. In den letzten Monaten wurde es selten eng. Berta, Anne und Bruno sitzen immer hier, sehr oft auch die beiden Fischer Paul Plötz und Arno Potenberg. Zwei, drei Leute kommen hin und wieder vorbei, um etwas Neues zu erfahren oder sich von Berta einen Rat zu holen. Zu wenig für Berta, die nun auch nicht mehr viel Neues aus dem Ort erfährt.

Deshalb freut sie sich über jeden neuen Gast, der an ihrem Tisch Platz nimmt. Harald tut das schon zum dritten Mal seit dem Klassentreffen, er scheint sich zum Stammgast zu entwickeln. Außer Arno, der ihn nicht ausstehen kann, hat auch niemand etwas dagegen. Er ist ruhig und freundlich, hört mehr zu als er redet und was er sagt, ist vernünftig.

Berta hat ihn und Sophie genau beobachtet, aber sie konnte nicht feststellen, dass zwischen den beiden etwas läuft, was über einen harmlosen Flirt hinausgeht. Wenn sie Arnos misstrauischen Blick auffängt, zwinkert sie ihm zu und lächelt beruhigend. *Keine Gefahr* bedeutet das. *Ich habe alles unter Kontrolle.*

»Hast du Schneider eigentlich von Betty erzählt?«, fragt Anne jetzt.

»Ja, hab ich. Er wusste das nicht, die Anzeige ist nur hier im Ort erfolgt. Fred Müller hat ihm auch nichts erzählt.« Fred Müller ist der Ortspolizist und ein guter Freund und Vertrauter von Tante Berta. »Der hat keinen Zusammenhang zu dem Tod von Ramona gesehen. Er wusste ja nichts von dem Klassentreffen und dass Betty und Ramona sich so gut kannten. Aber Schneider will den Zusammenhang auch nicht sehen. Er meint, das sind zwei völlig verschiedene Vorfälle. Na ja.«

Das klingt zufrieden. Niemand kann sagen, sie hätte Informationen zurückgehalten. Aber sie ist der Polizei mal wieder einen Schritt voraus, denn dass es einen Zusammenhang gibt, hält sie für absolut sicher. »Zwei Freundinnen, ein Mordanschlag und ein Mord, beide hatten eine Kopfverletzung – also ehrlich, merken die denn gar nichts mehr?«

»Und wenn es doch ein Zufall war?«, erwägt Anne. »Bettys Kopfverletzung kann ein Unfall gewesen sein, das hat doch sogar Hannelore gedacht. Na ja und die Tropfen – kann es nicht sein, dass ihr Mann, Wolfgang, ihr die in den Tee getan hat? Er könnte von dem geplanten Rendezvous erfahren haben – vielleicht hat Lydia ihn angerufen – und er wollte es verhindern.«

Tante Berta überlegt einen Moment, dann schüttelt sie den Kopf. »Das glaube ich nicht. Die K.-o.-Tropfen passen nicht zu Wolfgang. Wo hätte er die herhaben sollen? Und wozu? Er hätte ihr doch einfach eine oder zwei Schlaftabletten geben können. Dann hätte er sie nicht so gefährdet und niemand hätte etwas gemerkt.«

Anne nickt. »Ja, das stimmt. Aber ich kann mir auch nicht vorstellen, dass irgendjemand Betty ermorden wollte. Ramona, ja das ist eine andere Sache, die hat es gut verstanden, sich Feinde zu machen.« Sie schluckt und wischt sich energisch eine Träne aus dem Augenwinkel. »Aber Betty?«

Sophie fällt etwas ein. »Beim Klassentreffen haben sich an der Bar zwei Frauen über Betty unterhalten. Die waren ziemlich gehässig, fand ich. Erst haben sie sich amüsiert, weil Betty ziemlich betrunken war, dann, weil sie immer noch in Mattis verliebt sei. Also, die wussten schon ziemlich gut Bescheid. Oder sie haben es jedenfalls geahnt. Aber was ich im Nachhinein interessant finde: sie meinten, dass Betty ja früher eine überzeugte Genossin gewesen sei und haben angedeutet, dass sie bei der Stasi war. Ich weiß nicht mehr genau, was sie gesagt haben, aber es klang ziemlich böse.«

Sie versucht, sich zu erinnern. »Also, die eine hat gesagt, so nett und harmlos, wie sie tut, wäre Betty jedenfalls nicht.«

Harald hat interessiert zugehört. Jetzt nickt er nachdenklich und sieht Berta an. »Ich wollte ja nichts sagen, aber genau das denke ich auch. Mein Sohn war bei ihr im Kindergarten, noch zu DDR-Zeiten. Er hat erzählt, dass Tante Betty gefragt hat, was wir im Fernsehen gucken und was seine Oma – meine Schwiegermutter aus Hamburg war manch-

mal zu Besuch – denn mitgebracht hätte. Muss ja nichts be-
deuten, aber ich habe ihr nie so richtig getraut.«

Anne ist überrascht. »Ehrlich gesagt, auf die Idee bin ich
noch nie gekommen. Bei »Stasi« denke ich eher an Dora.«

»Die war auf jeden Fall dabei«, brummt Plötz. »Habt ihr
die nun endlich rausgeschmissen? Das wurde aber Zeit.«

»Eigentlich nicht«, gibt Sophie zu. »Sie wird wohl wieder-
auftauchen. Blöd, dass die Reisegruppe abgesagt hat. Nun
kann ich nicht behaupten, dass ich das Zimmer für die Busfahrerin brauche.«

»Aber blöd nicht nur wegen Dora, oder?«, fragt Bruno.
»Das ist doch auch ein ziemlicher Verlust für dich.«

»Ja, aber nicht dramatisch. Es sind noch einige Anfragen
von Individualgästen reingekommen. Und für November
habe ich auch Buchungen von Busunternehmen. Eigentlich bin ich zufrieden.«

»Ich auch«, bestätigt Anne. »Ich bin sogar froh, dass die
Gruppe in dieser Woche nicht kommt. Ich kann mich im
Moment vor Aufträgen nicht retten. Ich glaube, den Verlust vom Frühjahr und Sommer habe ich fast wieder rein-
geholt.«

»Es ist auch alles nicht so streng wie im letzten Jahr,
oder?«, fragt Plötz.

»Nein«, sagt Sophie. »Aber wer weiß, was noch kommt.
Die Ansteckungszahlen steigen ja schon wieder.«

»Nicht schon wieder«, stöhnt Anne, und meint damit sowohl die schlechten Nachrichten als auch die Diskussion
darüber.

Die Haustür klappt, Sascha kommt herein, grüßt kurz zum Stammtisch hinüber und geht zur Treppe. ›Er hat keine Lust, sich zu unterhalten‹, denkt Berta, ›es sind ihm wohl auch zu viele Leute hier.‹

Dann kommt sie auf das wichtigste Thema des Abends zurück. »Ich kenne übrigens eine ehemalige Kollegin von Betty. Die ist schon lange in Rente. Aber zu DDR-Zeiten und ich glaube, auch noch nach der Wende, hat sie im Kindergarten gearbeitet. Ich werde sie mal besuchen.«

Sonnabend, 23. Oktober

Berta hat sich die Fragen zurechtgelegt, die sie Sascha beim Frühstück ganz beiläufig stellen will. Morgens im Bett, direkt nach dem Aufwachen, hat sie immer die besten Ideen. Nichts und niemand drängt sie zum Aufstehen und so kann sie ganz in Ruhe nachdenken.

Heute Morgen ist ihr eingefallen, dass sie einmal den Verdacht hatte, die beiden wären verheiratet. Es war nur ein kurzer Moment – war das am ersten Abend, als Ramona und Sascha am Stammtisch saßen? Mehr ein Gefühl als eine Ahnung, ein kurzer Blickwechsel zwischen den beiden, ein flüchtiges Lächeln, eine sehr vage Andeutung. Aber warum hätten sie ein Geheimnis daraus machen sollen? Sollte ihre Schwester es nicht wissen? Ging es um das Erbe? Gibt es ein Familiengeheimnis? So etwas liebt Berta, aber selbst sie findet das dann doch sehr weit hergeholt.

Hätte Ramona es dann nicht wenigstens Anne erzählt? Doch, sicher. Wen kennt sie eigentlich im Hotel *Residenz* gut genug, um ein paar Fragen loszuwerden? Leider arbeiten dort kaum Einheimische, die meisten sind polnische Angestellte, zu denen Berta keinen Kontakt hat. Sie könnte Brinkmann, den Besitzer, selbst fragen, unter welchem Namen sich Ramona angemeldet hat. Er ist nicht gerade ihr Freund, aber inzwischen tolerieren und respektieren sie einander. Meistens. Manchmal helfen sie sich sogar gegenseitig.

Aber natürlich hätte Ramona ihren Namen behalten können. Oder sie hätten gerade erst geheiratet, vielleicht bei ihrem kurzen Zwischenaufenthalt in Hamburg und Ramona hätte ihren Ausweis noch gar nicht geändert.

Spielt es überhaupt eine Rolle? Ja, natürlich würde es alles verändern. Sascha wäre der Erbe der Villa und von Ramonas Vermögen. Sofern eines da ist. Sabine hat es bezweifelt.

Aber Ramona hätte ja gar nicht heiraten, sondern nur ein Testament machen müssen. Hat sie das? Würde Sascha das einer neugierigen alten Frau erzählen? ›Schau'n wir mal‹, wie die Bayern sagen.

Selbst wenn er gar nichts dazu sagt oder sie belügt – was sie sicher merkt, glaubt Berta – dann ist sie doch schlauer als jetzt.

Was die Polizei denn von ihm wissen wollte, wird sie fragen. Natürlich hat er kein Alibi, aber wie denn auch? Oder war vielleicht jemand da, ein Nachtportier zum Beispiel, der gesehen hat, wann Ramona das Haus verlassen hatte und wann er selbst gekommen war?

Und dann, bei der zweiten Tasse Kaffee, ganz nebenbei, nicht besonders interessiert, vielleicht ein bisschen mitleidig, ob er denn in der Villa wohnen bleibt. Ist ja sicher ein bisschen groß und dann die ganzen Erinnerungen …? Wo hat er denn eigentlich gewohnt, bevor er zu Ramona gezogen ist? Das ist auch eine sehr interessante Frage, beglückwünscht sich Berta. Daraus kann man auf seine Vermögensverhältnisse schließen. Mit viel Glück sogar auf seine Familienverhältnisse. Gibt es eine geschiedene Frau? Kinder? Würde er darüber reden? Wenn ja, was bringt es ihr? Was hat das mit dem Mord zu tun? Egal. Solange sie noch gar nichts weiß, kann sie nur Informationen sammeln. Und zwar alle, die sie kriegen kann.

Bei diesem Gedanken öffnet Berta die Tür zur Pension und sieht erst einmal um die Ecke. Am Stammtisch sitzt noch niemand. Überhaupt sitzen nur wenige Gäste an den Tischen, Sascha ist nicht dabei. Na ja, es ist noch früh, gerade erst halb neun.

Sophie kommt mit einer Käseplatte aus der Küche. »Du bist ja heute früh dran«, stellt sie fest. »Senile Bettflucht? Oder hast du was vor?«

»Sei nicht so frech zu deiner alten Tante.« Berta zieht sich die Jacke aus und setzt sich auf ihren Stammplatz. »Ich hab Hunger, das ist alles. Und ich brauche dringend Kaffee. Bringst du mir was?«

»Na klar.«

Sophie weiß, was ihre Tante mag, es ist jeden Morgen das Gleiche. Sie legt zwei Brötchen, Butter, Käse, Leberwurst und ein gekochtes Ei im Eierbecher auf zwei Teller, stellt alles auf den Tisch, holt noch Besteck und zwei Becher Kaffee und setzt sich dazu.

Tante Berta trinkt erst einmal einen Schluck Kaffee, schneidet ihr Brötchen auf und fragt im Plauderton: »Sascha schläft wohl noch? Er hat sicher wieder eine Tablette genommen, der arme Kerl.«

»Du, der ist schon weg. Als ich heute Morgen kam, hat er schon auf mich gewartet. Ich wollte ihm noch etwas Proviant mitgeben, aber den wollte er gar nicht. Er hatte es eilig, will heute Abend in München sein.«

»Was?!« Berta hat das Messer weggelegt und sieht ihre Nichte ungläubig an. »Der ist nach Hause gefahren? Einfach so?«

»Ja, warum denn nicht? Ich soll dich grüßen und ›vielen Dank für alles‹ sagen. Er meldet sich, vielleicht kommt er auch noch mal wieder. Hat er gesagt. Glaube ich aber eher nicht. Es hat ihm ja gut gefallen bei uns, aber nach dem Erlebnis …?«

Berta ist schwer enttäuscht. Wo soll sie denn nun mit ihren ganzen Fragen hin? Ärgerlich ruft sie Kriminalhauptkommissar Schneider an.

»Ich hätte noch einiges aus ihm herausbekommen«, beschwert sie sich. »Aber ich hatte ja überhaupt keine Gelegenheit. Warum haben sie ihn jetzt schon fahren lassen? Sind Sie sicher, dass er es nicht war?«

Während sie zuhört, schneidet sie eine Grimasse in Sophies Richtung und verdreht die Augen.

»Ja, ja – und haben Sie was Nützliches erfahren? Überhaupt irgendwas? In Richtung Motiv oder so? Nein, natürlich nicht. Ach übrigens«, fällt ihr gerade noch ein, »könnte es sein, dass die beiden verheiratet waren? – Nein, war nur so eine Idee. Vielleicht haken Sie doch noch mal nach. Die Polizei sollte nicht glauben, sondern wissen.«

»Und du solltest dich nicht mit dem netten Kommissar anlegen, sonst erfährst du gar nichts mehr«, rät Sophie, als ihre Tante das Gespräch beendet hat.

»Ach was, der ist nicht nachtragend. Außerdem erfahre ich von dem doch sowieso nichts. Ich frage Fred Müller, wenn ich was wissen will. Das werde ich gleich …«

»Nun frühstücke doch erst mal. Dein Ei wird kalt, der Kaffee auch. Übrigens ist heute Sonnabend, Fred hat frei, denke ich.«

»Umso besser. Aber auf eine halbe Stunde kommt es jetzt wirklich nicht an.«

Zum Ei isst sie zwei Brötchenhälften, die mit Käse belegt sind, dann schmiert sie auf die anderen beiden fingerdick Leberwurst. Sophie sagt nichts mehr dazu, seitdem sie einmal festgestellt haben, dass die Cholesterinwerte ihrer Tante besser als ihre eigenen sind.

Während sie ihre zweite Tasse Kaffee trinkt, liest Tante Berta die Ostseezeitung. Sophie kümmert sich um die Gäste, die jetzt allmählich herunterkommen. Flüchtig überlegt sie, ob Dora wohl immer noch in Wolgast ist. Sonst nervt sie um diese Zeit doch schon mit klugen Ratschlägen und Sonderwünschen für das Frühstück.

Gegen halb elf sieht Berta auf die Uhr und ruft dann Fred Müller an. Den Ortspolizisten kennt sie schon seit seiner Kindheit. Seine Mutter war eine Kollegin von ihr. Beide haben sie in diesem Haus gearbeitet, das damals ein FDGB-Ferienheim war und *Fortschritt* hieß. Er liebte Tante Bertas Eierkuchen und sie hatte den schüchternen Jungen in ihr Herz geschlossen.

Aus dem kleinen, schmalen Jungen ist ein ziemlich großer, kräftiger und selbstbewusster Mann geworden, die damalige Küchenleiterin ist schon lange Rentnerin, aber die Sympathie zwischen den beiden ist geblieben.

»Hallo, mein Junge. Hast du Lust, mit uns einen Kaffee zu trinken? – Ach so, na dann geht es nicht. – Ich wollte auch nur wissen, warum Sascha, du weißt schon, der Lebensgefährte der Toten, warum der nach Hause fahren durfte. Ist er nicht mehr verdächtig? – Aha. Na gut. Komm doch trotzdem mal vorbei, wenn du Zeit hast. Schön, bis dann.«

»Seine Frau arbeitet und er muss für seinen kleinen Sohn Mittag kochen«, erklärt sie Sophie. »Ich denke, er wird ihm Eierkuchen machen, ich hätte mal fragen sollen.« Sie lacht. »Aber er kommt in den nächsten Tagen mal rein.«

»Meinst du, es fällt ihm nicht auf, dass du ihn immer dann zum Kaffee einlädst, wenn die gerade einen Mord aufzuklären haben?«

»Ja, natürlich merkt er das. Und sein Chef, der Kriminalhauptkommissar, weiß das auch. Aber die brauchen mich – uns«, korrigiert sie schnell, »mehr als wir sie. Wer liefert ihnen denn immer den Täter?«

»Ja, stimmt auch wieder«, gibt Sophie zu.

Am Nachmittag hört es auf zu regnen und Berta beschließt, heute mal wieder durch den Wald zu gehen. Das macht sie im Herbst besonders gern, obwohl sie schon lange keine Pilze mehr sammelt. Ihre Augen sind zwar noch gut, aber das Bücken fällt ihr inzwischen schwer.

Aber sie liebt den würzigen Geruch in dieser Jahreszeit und die kräftigen Farben. Außerdem stören sie im Sommer die Mücken und im Winter ist es für sie zu glatt.

Sie geht fast immer die gleichen Wege entlang. Aus Gewohnheit und weil sie sich da nicht verlaufen kann, was ihr sonst gern mal passiert, besonders, wenn sie tief in Gedanken versunken ist. Aber ihr fällt auf, dass sie inzwischen viel länger für den Waldspaziergang braucht, als noch vor ein paar Jahren. Ihr Alter macht sich nun doch bemerkbar. Aber wenigstens ist sie im Kopf noch fit und nimmt es mit den Jüngeren locker auf.

Als sie in die Pension zurückkommt, sitzt Sabine am Stammtisch. »Ich musste zu Hause mal raus«, erklärt sie, »meine Mutter hat die ganze Zeit geweint, ihr geht es richtig schlecht. Ich musste mich krankschreiben lassen, um sie zu pflegen. Aber heute Morgen habe ich den Arzt gerufen und der hat sie ins Krankenhaus überwiesen. Nur für ein paar Tage, eine Woche oder so hat er gesagt. Ich glaube, davon erholt sie sich nicht mehr.«

»Das tut mir leid.« Berta weiß, dass Sabine selbst unter dem Verlust leidet, sie und Ramona standen sich sehr nahe, auch wenn sie sich nicht so oft gesehen haben. Und nun muss sie auch noch den Kummer der Mutter mitansehen.

Kann sie jetzt nach dem Erbe fragen? Sie tut es einfach. Sabine ist auch überhaupt nicht gekränkt.

»Ich weiß es gar nicht«, sagt sie verwundert. »Darüber habe ich noch nicht nachgedacht. Meinst du nicht, wir als einzige Verwandte …?«

Berta zuckt mit den Schultern »Und Sascha?«

»Ja, Sascha.« Sabine überlegt. »Meinst du, sie hat ein Testament gemacht, in dem sie ihm alles vererbt?«

»Na, alles sicher nicht. Ich weiß ja auch nicht, was da ist. Aber vielleicht das Haus?«

»Meinst du? Wann erfahren wir das denn?«

»Das weiß ich nicht. Wo wird sie eigentlich beigesetzt?«

»Hier in Bansin. In der Grabstelle der Familie. Die Bestatterin war bei uns zu Hause und wir haben alles organisiert. Sie wird verbrannt und in zwei Wochen ist die Beerdigung.«

»Kommt Sascha dann her?«

»Nein, er meint nicht. Er hat mir Geld gegeben für einen Kranz und so. Und dann hat er gesagt, wir bleiben in Verbindung, er muss erst mal zur Ruhe kommen und dann klären wir alles. Was auch immer er damit gemeint hat.«

»Na ja, das Erbe vermutlich.«

Eine Weile denken sie beide schweigend nach. Dann rät Berta: »Du solltest ihn anrufen.«

»Ja?«

»Ja. Jetzt.«

»Was soll ich denn sagen?«

»Pass auf. Erst mal fragst du, ob es ein Testament gibt. Und dann sagst du, deine Tante hat dir ihren Schmuck versprochen …«

»Hat sie aber gar nicht.«

»Hätte sie, wenn sie daran gedacht hätte. Und wenn sie geahnt hätte – ach, ist egal. Du sagst es einfach. Und ob du ihre Kleider haben kannst, da kann er ja wohl doch nichts mit anfangen. Und dann erzählst du ihm, wie schlecht es deiner Mutter geht, dass du sie nicht mehr allein lassen kannst und dass sie in der nächsten Woche im Krankenhaus ist. Für dich also die Gelegenheit, nach München zu fahren.«

»Ja. Aber ich komme mir so schlecht dabei vor. So – wie soll ich sagen – so gierig.«

»Quatsch. Es war deine Tante, du hast jedes Recht auf das Erbe. Nun mach!«

Sabine sieht man ihr Unbehagen an, aber sie holt gehorsam ihr Telefon aus der Handtasche, tippt die Nummer ein und sieht dabei aus wie ein Kaninchen im Scheinwerferlicht.

Und dann läuft alles viel besser, als sie gedacht hat. Berta lehnt sich schon während des Gesprächs entspannt zurück und lächelt zufrieden.

Sascha hat gesagt, er wüsste nichts von einem Testament und glaube auch nicht, dass Ramona eins aufgesetzt hat. Außerdem wolle er gar nichts haben. Außer dem Haus vielleicht. Wenn sie sich einigen können, würde er es ihr gern abkaufen. Darüber wollen sie reden, wenn Sabine in München ist. Sie soll kommen, wann es ihr passt und könne gern alle persönlichen Dinge und alles, was sie aus dem Haus haben möchte, mitnehmen.«

»Na also, das war doch gar nicht so schwer, oder? Und nun pass auf: Du siehst alle Papiere durch, die du finden kannst. Am besten wäre es, wenn Sascha das gar nicht mitkriegt.«

»Ja. Aber was soll ich denn suchen?«

»Hol dir mal einen Stift und einen Zettel von Sophie.«

Sabine geht gehorsam zur Theke und Berta überlegt mit leicht zusammengekniffenen Augen. Ihrem Detektivblick, wie Sophie sagt.

»Also, schreib auf: das Testament ihres verstorbenen Mannes, die Adresse des Maklers oder der Makler, die das Haus verkaufen sollten, überhaupt alles über das Haus, also Gutachten oder sowas. Schreiben vom Gericht, was die Klage des Stiefsohnes betrifft. Am besten ist, du fotografierst das alles ab.«

Misstrauisch betrachtet Berta Sabines Telefon. »Hast du einen Fotoapparat? Dann nimm den mit. Mach auch ein paar Bilder vom Haus, außen und innen.«

»Okay. Soll ich gleich morgen fahren?«

»Ja, das wäre wohl am besten. Aber du solltest nicht die ganze Strecke an einem Tag fahren. Weißt du was, nutze die Fahrt, um dich mal ein bisschen abzulenken. Bleib mal zwei oder drei Tage irgendwo, wo es schön ist. Anne kann dir helfen. Ihr sucht euch einen Ort aus, oder eine Stadt, was du willst. Anne bucht und ich bezahle es. Na, was meinst du?«

»Das wäre schön. Ich möchte so gern mal raus, mal an was anderes denken, als an Ramonas Tod und die Krankheit meiner Mutter. Und ich war schon ewig nicht mehr im Urlaub. Aber ich könnte ja auch ein paar Tage in München bleiben.«

»Oder so. Wie du willst. Du erholst dich ein bisschen und tankst wieder Kraft.«

›Eigentlich braucht sie mal einen richtigen Urlaub, das arme Ding‹, denkt Berta, ›aber dazu ist jetzt keine Zeit. Na, die Klamotten und der Schmuck ihrer Tante werden sie ein bisschen aufmuntern. Hoffentlich vergisst sie dabei nicht die Informationen, die wir brauchen. Das heißt, die wir hoffentlich gebrauchen können. Es ist ja nur ein Strohhalm. Wenn Ramonas Tod mit dem Anschlag auf Betty und Solveigs Unfall zusammenhängt, finden wir das Motiv nicht in München.‹

Für einen Moment erlebt Sophie ein Déjà-vu: Schon einmal war die Tür von innen verschlossen und in diesem Bett lag eine tote Frau. Damals hielt man das Mordopfer zunächst für eine Selbstmörderin. Diesmal ist sofort klar, was geschehen ist. Das Kissen, mit dem Dora Stocking erstickt wurde, liegt noch neben ihr. Wie damals ist der Mörder auch diesmal durch das Nebenzimmer und über den Balkon, der die beiden Räume miteinander verbindet, gekommen.

»Warum hat sie nicht kontrolliert, ob das Zimmer nebenan abgeschlossen ist, wir haben ihr doch gesagt, dass da schon einmal ein Mörder eingedrungen ist«, jammert Sophie, als sie wieder unten an ihrem Tisch sitzen, während oben die Spurensicherung beschäftigt ist.

»Die wird uns nicht geglaubt haben«, vermutet Anne düster. »Wahrscheinlich hat sie gedacht, wir verarschen sie, wie sonst auch.«

»Ja, sehr nett waren wir wohl nicht zu ihr. Ich glaube, wir haben den ganzen Tag nicht ein freundliches Wort über sie gesagt.«

Anne zuckt mit den Schultern.

»Na ja, aber da hatte sie auch selbst Schuld. Außerdem haben wir sie verdächtigt, Ramona ermordet zu haben.«

»Ja, und nun haben wir noch einen Mord und eine Verdächtige weniger.«

Sie sehen beide Tante Berta an, die schweigend, mit zusammengepressten Lippen und gekrauster Stirn vor sich hinstarrt. Die beiden Jüngeren hoffen, dass sie schon einen Verdacht hat, aber ihre Gedanken gehen in eine andere Richtung. »Wenigstens ist da niemand, der wirklich um sie trauert«, überlegt sie. »Was aber wiederum auch sehr traurig ist.«

Sie hören schwere Schritte auf der Treppe, doch niemand sieht hin, als Doras Leiche aus dem Haus getragen wird.

Kriminalhauptkommissar Schneider setzt sich zu ihnen. Was sie ihm über die Tote erzählen können – oder wollen – wird gerade für eine Tasse Kaffee reichen, denkt Berta und stellt ihm eine hin. Sie brennt darauf, dass sie am Stammtisch unter sich sind und sich offen austauschen können. Bruno müsste auch jeden Moment kommen.

»Was sie in Wolgast gemacht hat, wissen wir eigentlich gar nicht«, sagt Anne. »Nur dass sie beim Arbeitsamt angestellt, aber wohl schon längere Zeit krankgeschrieben war. Wenn das stimmt«, fügt sie nachdenklich hinzu. »Wir wissen ja nur, was sie uns erzählt hat. Und dass sie in einem Plattenbau gewohnt hat. Aber sie hat nach einer Wohnung in Bansin gesucht.«

»Wissen Sie denn schon, wann sie ermordet wurde?«, fragt Berta.

»Nicht genau, aber wahrscheinlich in der Nacht von Donnerstag zu Freitag.«

»Dann ist sie ja schon fast zwei Tage tot«, wundert sich Sophie. »Und wir haben sie verdächtigt …«

Sie stockt und der Kriminalhauptkommissar sieht sie auffordernd an. »Ja? Haben Sie sie verdächtigt, Ramona Rosmann ermordet zu haben?«

»Nein, nicht direkt.« Sophie ist ein bisschen verlegen. »Wir haben natürlich darüber gesprochen. Und wir haben uns gewundert, dass wir sie so lange nicht gesehen haben. Wir dachten aber, dass sie in Wolgast ist.«

»Sie mochten sie wohl nicht so besonders?« Der Polizist hat die unterschiedlichen Reaktionen der Frauen auf den Tod von Ramona und dem von Dora durchaus registriert.

»Nein.« Anne sieht ihn herausfordernd an, trinkt einen Schluck Bier und lehnt sich zurück. »Niemand mochte sie. Sie war grundlos überheblich, gehässig und intrigant. Aber das ist alles kein Grund, sie zu ermorden. Da muss etwas anderes dahinterstecken.«

Bruno kommt herein. Während er seine Jacke auszieht, geht Sophie an die Theke und zapft ihm ein Bier. Gleichzeitig beruhigt sie die aufgeregte Kellnerin. »Nein, ich denke nicht, dass sich der Mörder noch im Haus versteckt hält. Der ist längst über alle Berge und wird sich hüten, zurückzukommen. Außerdem haben wir das Haus voller Polizei, wie du siehst. Ich hoffe nur, dass die weg sind, bevor die Gäste was mitkriegen«, fügt sie leise, nach einem Blick zum Stammtisch, hinzu. »Hier, bring Bruno mal das Bier und frage gleich die anderen, ob sie noch was wollen. Ich gehe erst mal in den Keller, ich brauche Wein und Saft.«

Als sie zurückkommt, ist auch Renate da. Sie nimmt die Nachricht von einem Mord im Haus viel gefasster auf als ihre Kollegin. ›Kann man sich etwa an so etwas gewöhnen?‹, wundert sich Sophie. »Na, dann hat Berta ja wieder etwas zu tun. Sie wird schon herausfinden, wer das war.«

Renate hat laut gesprochen und es interessiert sie auch nicht, dass der Kriminalhauptkommissar es gehört hat. Der grinst und nickt ihr zu. »Das wird sie«, stimmt er zu. »Vielleicht kann ich ja auch ein bisschen dabei helfen.«

Er hat ein paar Sympathiepunkte dazu gewonnen und Berta bietet ihm eine zweite Tasse Kaffee an. Er winkt ab. »Lieber nicht, dann kann ich nicht schlafen. Ich hatte heute schon reichlich.«

»Ein Bier?«, fragt Bruno.

Der Polizist hebt bedauernd die Schultern. »Würde ich gern, aber ich muss noch fahren. Ein Wasser würde ich nehmen.«

Das Abendgeschäft läuft schleppend. Fast nur Hausgäste kommen in den Gastraum, die versorgt die Kellnerin allein. Sophie kann sich wieder an den Stammtisch setzen.

Nachdem sie eine Weile vom Thema abgeschweift waren, sprechen sie jetzt wieder über die Tote. Sophie berichtet von dem Streit zwischen Dora und Ramona, den sie in Teilen mitbekommen hat.

»Erst ging es um Erpressung, Ramona war wütend. Und zuletzt hat sie gesagt ›Wenn ich damit fertig bin, kriegst du keinen Fuß mehr auf den Boden.‹ Ich fand das ziemlich krass und wollte es Anne erzählen. Hab ich aber vergessen, oder?«

Anne nickt. »Hast du. Ich wusste aber, dass die beiden sich nicht ausstehen konnten. Das war schon immer so.« Sie überlegt kurz, ob sie von Madita erzählen soll, lässt es aber. Das soll Tante Berta tun, wenn sie es für nötig hält.

Hält sie nicht. Sie spricht auch absichtlich nicht über Betty. Über die Zusammenhänge will sie selbst erst noch einmal gründlich nachdenken. Und wenn das alles nichts mit dem im Eiswasser ertrunkenen Kind zu tun hat, soll es das Geheimnis derer bleiben, die es so lange bewahrt haben.

»Wenn Sie Frau Stocking schon verdächtigt haben, haben Sie sie doch sicher auch gefragt, wo sie zur Zeit des Todes von Ramona Rosmann war, oder?«, vermutet Schneider.

»Ja, haben wir«, erwidert Berta. »Aber es war ja wohl irgendwann in der Nacht. Also hat sie natürlich gesagt, sie war im Bett. Wahrscheinlich stimmt das sogar. Wenn sie Ramona erpressen wollte, wird sie sie nicht ermordet haben. Umgekehrt wäre es doch passender.«

Anne schüttelt den Kopf. »Nicht, wenn Sophie das Gespräch zwischen den beiden richtig verstanden hat. Dann hat Ramona Dora bedroht. Wie war das noch? ›Wenn ich damit fertig bin, kriegst du keinen Fuß mehr auf den Boden‹? Was kann sie damit gemeint haben? Womit fertig?«

Eine Weile überlegen sie schweigend. »Vielleicht wollte sie etwas über Doras Vergangenheit herausfinden«, vermutet Bruno.

»Wissen Sie darüber Genaueres?«, fragt der Schneider nach und sieht den pensionierten Lehrer von der Seite an.

Der sieht in sein Bierglas, dreht es nachdenklich auf dem Tisch und trinkt einen Schluck. »Mir hängt das Thema zum Hals raus«, erklärt er dann. »Ich hasse Denunzianten und bin selbst einer, wenn ich darüber rede. Aber zufällig habe ich vor ein paar Tagen einen ehemaligen Kollegen getroffen. Das heißt, er hat mich besucht. Er ist kurz vor der Wende von der Schule geflogen, war dann lange im Westen und ist jetzt wieder hier. Er hat sich in den Neunzigerjahren seine Stasi-Akte geholt. Ich war erleichtert, als er mir erzählt hat, dass sich sein Verdacht, ein gemeinsamer Kollege hätte ihn verpfiffen, nicht bestätigt hat. Tatsächlich war es Stocking.«

»Dora?«, wirft Anne überrascht ein.

»Nein, ihr Mann. Oder Ex-Mann, ich weiß nicht, ob sie geschieden waren. Er ist ja gleich nach der Wende abgetaucht. Keine Ahnung wohin, aber er wusste, warum.«

»Das kann ich mir vorstellen.« Berta klingt beinahe wütend. »Ich kann mich gut an den erinnern. Er hat auf dem Gemeindeamt gearbeitet. Da hat er nur Mist gemacht und die Leute schikaniert, wo es nur ging. Aber jetzt ist mir auch klar, weshalb der sich alles erlauben konnte.«

»Und Dora?«, fragt Sophie. »Hat sie da nicht auch gearbeitet? Ich meine, sie hätte mal sowas gesagt.«

»Hat sie«, bestätigt ihre Tante. »Im Wohnungsamt. Ich hab oft gehört, dass sie bestechlich war. Die Wohnungsnot war damals katastrophal, schlimmer als jetzt. Das hat manche junge Familie zerstört, die jahrelang beengt bei den Eltern oder Schwiegereltern gewohnt haben. Wer, wann und weshalb eine Wohnung bekam, war oft nicht nachvollziehbar. Ich denke schon, dass sie sich da eine Menge Feinde gemacht hat.«

»Deshalb ist sie wohl dann aus Bansin weggezogen?«, fragt der Kriminalhauptkommissar.

»Das kann nicht der Grund gewesen sein«, überlegt Anne. »Sie war ja noch bis Ende der Neunzigerjahre hier.«

»Es könnte aber durchaus sein, dass sie ihre früheren Freunde und Genossen erpresst oder es zumindest versucht hat«, spekuliert Berta. »Das würde zu ihr passen. Wer weiß, wem sie da auf die Füße getreten ist.«

»Ich denke, dass einer aus Wolgast hergekommen ist und sie ermordet hat«, mischt sich Renate ein. Die Köchin hat gerade alle Gäste versorgt und macht eine kleine Pause. Sie trinkt genüsslich einen Schluck von ihrem Alsterwasser und genießt die Aufmerksamkeit, als alle sie ansehen.

»Was weißt du denn …?«

»Meine Schwester wohnt doch in Wolgast«, unterbricht Renate ihre Chefin. »Sie wohnt in der Nähe von der Stocking, in so einem Plattenbau. Und sie kennt sie vom Arbeitsamt. Da ist sie auch nur durch alte Beziehungen reingekommen. Aber sie war nur ein kleines Licht und total unbeliebt. Bei den Kollegen und vor allem bei den Arbeitslosen. Statt denen zu helfen, hat sie nur Schwierigkeiten gemacht. Wegen jedem Mist das Geld gestrichen und so. Ich denke, es wird demnächst in Wolgast ein Volksfest geben, wenn die erfahren, dass sie tot ist.«

Bruno nickt. »Ich kann mir gut vorstellen, wie sie sich da aufgeführt hat. Wenn sie Macht hatte, hat sie das hemmungslos ausgenutzt. Und sie hat sich dabei im Recht gefühlt. Sie war von sich selbst so überzeugt, dass sie keine andere Meinung zuließ, nicht einmal darüber nachdachte.«

Schneider hat interessiert zugehört. Es sind immer mehr Motive für den Mord denkbar. Aber das macht seine Aufgabe nicht leichter. Inzwischen hat er auch von einem Kollegen erfahren, dass es Mitte der Neunzigerjahre eine Anzeige gegen Dora Stocking wegen versuchter Erpressung gab.

»Und sowas holst du uns ins Haus!«, empört sich Sophie in Richtung ihrer Tante.

Die zuckt entschuldigend mit den Schultern. »Ja, tut mir leid. Ich dachte, sie hätte sich geändert.«

»Sag jetzt nicht noch, jeder hätte eine zweite Chance verdient«, bittet Anne. Sie wollte eigentlich hinzufügen ›die hat bekommen, was sie verdient hat‹, aber in Anbetracht dessen, dass der Polizist am Tisch sitzt, denkt sie es nur.

Schneider trinkt sein Wasser aus und verabschiedet sich. »Ich komme in den nächsten Tagen noch einmal her. Ihnen fällt ja bestimmt noch etwas ein.« Das klingt ein bisschen ironisch, aber Berta nickt ernsthaft. »Ich höre mich mal ein bisschen um.«

Anne wartet, bis sie hört, dass die Tür geschlossen wird, dann fragt sie, worüber sie schon die ganze Zeit nachgedacht hat: »Warum hat er die ganze Zeit nur nach Dora gefragt? Meint er nicht, dass die beiden Morde zusammenhängen? Und der Anschlag auf Betty ebenfalls?«

»Alles andere wäre wirklich ein Zufall«, bestätigt Berta. »Das wird er sich schon denken. Aber das Motiv kann ja

trotzdem in Doras miesem Charakter liegen. Dass sie nämlich mit ihren Erpressungsversuchen an den Falschen geraten ist. Und Schneider hat recht: sie kann durchaus die
Mörderin von Ramona sein. Die ist ihr ja anscheinend ganz
schön auf die Pelle gerückt.«

»Vielleicht hat Sascha das herausgefunden und seine Frau
gerächt, bevor er abgereist ist«, schlägt Sophie vor.

»Stimmt«, Berta sieht sie überrascht an. »Der war ja noch
hier, als Dora ermordet wurde. Aber – nee, das ist eher unwahrscheinlich. Es sei denn«, überlegt sie, »Dora hat auch
über ihn etwas herausgefunden und ihn zu erpressen versucht.«

»Zum Beispiel, dass er seine Frau ermordet hat?«

»Bruno – das ist gar nicht so dumm.« Anne nickt anerkennend. »Aber wie passt Betty da rein? Ich meine – wenn
Erpressung Doras Haupteinnahmequelle war, kann sie es
auch bei Betty versucht haben, wegen Mattis zum Beispiel
– aber …« Sie schüttelt den Kopf. Es passt alles nicht zusammen.

Sophie erinnert sich an die Szene an der Bar, als Betty
und Mattis ein sehr verfängliches Gespräch führten, dass
Dora vermutlich gehört hat. Da fällt ihr plötzlich etwas ein.

»Da war noch was an der Bar, beim Klassentreffen«, sagt
sie zögernd und versucht, sich genauer zu erinnern. »Dora
stand da und ein paar Männer, die haben sich unterhalten. Es war schon ziemlich spät, die waren laut und haben
viel gelacht. Dann hat plötzlich einer etwas gesagt, was gar
nichts ins Gespräch passte. Von einem toten Fischersohn

hat er gesprochen. Und dass der nicht vergessen ist, oder so. Ich weiß nicht mehr – das war so kurz, so flüchtig – das hat wohl gar keiner weiter mitbekommen. Außer Dora. Die sah aus, als hätte sie ein Gespenst gesehen. Und dann war sie auch gleich verschwunden. Danach ist sie nicht noch einmal an die Bar gekommen.«

Berta kneift nachdenklich die Augen zusammen. »Ich erinnere mich dunkel. Da wollten ein paar Jungs mit dem Boot in den Westen abhauen und wurden erwischt. Einer ist ins Wasser gesprungen und ertrunken. Es hieß damals, sie wurden verraten.«

Sie denkt eine Weile nach, schüttelt dann aber den Kopf. »Ich weiß nicht mehr, wer das war. Ein Fischersohn?«

Sie sieht Bruno an, aber der zuckt auch ratlos mit den Schultern. »Das muss in den Siebziger- oder Anfang der Achtzigerjahre gewesen sein. Heute wundert man sich, dass nicht mehr darüber gesprochen wurde. Aber damals war das eben so.«

»Ich werde Paul fragen«, beschließt Berta. »Der wird sich vielleicht erinnern. Wenn es einer vom Strand war, weiß er das bestimmt. Ich will morgen sowieso zum Strand.«

Sonntag, 24. Oktober

»Schön«, sagt Anne, die neben Tante Berta auf dem schmalen Sandweg zwischen den Dünen steht und auf die Ostsee blickt. »Ich liebe dieses Wetter.«

Ihre Haare flattern im Sturm, der die Kapuze längst weggeblasen hat und dem sie ihr Gesicht entgegenhält. Tief atmet sie die feuchte, salzige Luft ein.

»Ja«, bestätigt Berta, »ich mag eigentlich fast jedes Wetter – warmen Sommerregen, Schnee und Eis bei klirrender Kälte und blauem Himmel – aber Sturm ist am schönsten. Da fühlt man sich so lebendig, nicht?«

»Ja und irgendwie geborgen. Das ist absurd, oder?«

»Nein, gar nicht. Man sieht und hört und spürt das Meer, ist im Einklang mit der Natur. Das schafft Geborgenheit. Aber vielleicht empfindet man das nur, wenn man hier zu Hause ist.«

»Ja, das ist wohl so.«

Schweigend betrachten sie die Wellen, die sich an der Seebrücke brechen und deren Gischt über den Steg hinwegspritzt. Es ist ein äußerlich sehr ungleiches Paar, das sich dort dem Wind entgegenstemmt. Die große kräftige Frau mit den immer noch roten Locken und die kleine Berta, mit den kurzen stämmigen Beinen und einer schon etwas verfilzten roten Wollmütze über dem runden Gesicht. Aber, obwohl nicht verwandt, sind sie im Charakter sehr ähnlich und eng verbunden durch ihre Liebe zur Ostsee und zu ihrem Heimatort.

»Das ist doch Arno!«, lacht Anne plötzlich und zeigt auf eine schlanke Gestalt, die in einer schwarzen Badehose in das Wasser läuft, sich von einer Welle zurück an den Strand spülen lässt und die Aktion gleich noch einmal wiederholt. »Ist der irre?«

»Ja, sicher, aber er hat offensichtlich Spaß.« Berta kneift die Augen ein wenig zusammen. »Da ist doch noch einer bei ihm. Wer kann das denn sein?«

»Keine Ahnung. Aber du hast recht, es gibt noch so einen Verrückten. Na, Paul wird es nicht sein.«

»Sicher nicht. Der wird am Ofen sitzen und Grog trinken. Dann wollen wir ihm mal Gesellschaft leisten.« Die beiden Frauen stapfen durch den Sand zur Fischerbude.

Innen ist es warm. Der eiserne Ofen glüht und auf der Platte stehen drei dickwandige Gläser mit Grog. Der Fischer hat die beiden schon erwartet. »Ich dachte schon, ihr wollt da draußen Wurzeln schlagen«, brummt er. »Bei dem Schietwetter.«

»Ich finde es schön«, wiederholt Anne sich, Berta nickt und der Fischer sieht sie zweifelnd an.

»Ich dachte, bloß Arno ist so meschugge. Wollt ihr vielleicht auch noch baden gehen?«

Sein Kollege kommt herein, schüttelt sich kurz und lacht. »Es ist herrlich, ihr solltet es mal probieren, wirklich.«

»Ich denke mal drüber nach«, behauptet Anne. »Vielleicht springe ich ja irgendwann über meinen inneren Schweinehund. Aber sag mal, du bist doch nicht allein da unten gewesen, wer war denn da noch so bekloppt?«

Arno nimmt ein Handtuch, das über Pauls Sessellehne neben dem Ofen hing und trocknet sich die Haare und den Oberkörper ab. Dann geht er zu dem Stuhl, auf dem seine Kleidung liegt, dreht den anderen den Rücken zu und zieht seine nasse Badehose aus. Berta grinst, als sie bemerkt, wie Anne ungeniert den Hintern des Mannes betrachtet.

»Das war Hans Pohl.« Arno zieht seine Jeans hoch und Anne, die auf einem Stapel Kisten sitzt, pustet in ihr Grogglas und trinkt dann vorsichtig einen Schluck.

»Der kommt oft mit mir mit. Zu zweit ist es sicherer, wenn doch mal was ist, macht auch mehr Spaß. Sonst gehen wir ja morgens ins Wasser, aber er musste heute früh mit seiner Frau zum Arzt.«

»Das wusste ich gar nicht«, wundert sich Berta, »dass er das immer noch macht. Früher war er ja sehr sportlich. Ist Marathon gelaufen und so was. Aber er muss doch nun auch schon bald achtzig sein.«

»78«, sagt Arno, während er seinen Pullover über den Kopf zieht, »und topfit. Er läuft auch immer noch. Meistens am Strand, bis nach Ückeritz und zurück.«

»Hat er was gesagt, wie es seiner Frau geht?«, fragt Paul.

Arno schüttelt den Kopf und gießt heißes Wasser aus dem verbeulten Kessel über seinen Teebeutel.

»Nein, er hat nichts weiter gesagt und ich wollte auch nicht fragen.«

»Nee, er redet da auch nicht gern drüber.« Paul seufzt. »Seine Frau hat Krebs«, erklärt er. »Ist wohl nichts mehr zu machen.«

Berta wusste es natürlich schon, sie nickt traurig. »Ja, sie sieht furchtbar aus, die arme Frau. Sie hat auch überhaupt keinen Lebensmut mehr.« Sie trinkt einen Schluck und seufzt. »Nach dem Tod ihrer Tochter ging es immer weiter bergab mit ihr. Davon hat sie sich nie erholt, glaube ich.«

»Ach richtig, das sind ja die Eltern von Madita«, fällt Anne plötzlich ein. Und noch ein vager Gedanke. Sie sieht Tante Berta an, die erwidert den Blick und schüttelt fast unmerklich den Kopf.

Paul Plötz hat trotzdem etwas mitbekommen. »Hänner Pohl ist ein feiner Kerl«, erklärt er scheinbar zusammenhanglos in beinahe drohendem Tonfall.

»Natürlich ist er das«, beschwichtigt Berta. »Sagt doch keiner was anderes.«

»Noch einen Grog?« Paul schüttelt den Kessel, es scheint noch genug Wasser drin zu sein. Für sein Rezept – Schnaps muss, Zucker kann, Wasser braucht nicht – reicht es auf jeden Fall.

»Warum nicht.« Berta nickt, Anne auch. »Ich wollte dich sowieso noch was fragen«, fällt ihr ein.

Sie holt ihr Smartphone heraus und öffnet die Bildergalerie.

Paul gießt Rum in die Gläser, gibt reichlich Zucker dazu und etwas Wasser, dann stellt er die Getränke auf die eiserne Ofenplatte. »Wartet mal noch einen Moment, bis er richtig heiß ist«, rät er. Dann löst sich auch der Zucker auf.«

Umständlich kramt er danach seine Brille aus der Brusttasche der Latzhose, setzt sie auf die Nasenspitze und betrachtet dann über die Gläser hinweg die Fotos.

»Das war doch auf eurem Treffen«, stellt er fest, »was willst du denn wissen?«

»Guck dir mal die Männer an«, bittet Anne und zeigt ihm, wie man scrollt, »wen kennst du davon? Ist da ein Fischersohn bei?«

Paul sieht abwechselnd durch die Brille und darüber hinweg, hält das Telefondisplay dicht vor sein Gesicht, dann wieder weiter entfernt, kraust die Stirn und grunzt.

»Ja, weißt du, wenn ich sie treffe und sehe, wie sie sich bewegen und mit ihnen rede, dann erkenne ich sie ja noch. Aber so auf dem Foto – ich weiß nicht. Hier am Strand lässt sich ja kaum noch einer sehen, was sollen sie denn auch hier. Die meisten kannte ich nur als Kinder.«

Arno ist hinter ihn getreten. »Halt mal an«, bittet er und zeigt auf ein Foto. »Das ist Malte Pohl, der Sohn von Hans. Mit dem haben wir doch an dem Abend gesprochen.«

»Ja, das ist er. Und das da ist wohl Kurt sin Jung, oder? Erkennt man gar nicht, so fein gemacht. Ging der auch mit dir zur Schule?«, fragt er Anne.

»Nein, der hat in die Klasse eingeheiratet. War sein Vater auch Fischer?«

»Jo – sein Vater und sein Onkel und früher sein Großvater. Alte Fischerfamilie. Kannst du dem Blonden sein Gesicht mal größer machen? Das könnte einer von Riegels sein. Ja, das ist Robbis Neffe. Nicht, Arno?«

Arno nickt. Paul beginnt die Sache Spaß zu machen. Er scrollt vor und zurück, vergrößert hin und wieder die Fotos und findet noch ein paar Leute, die er kennt. Die meisten stammen aus Fischerfamilien.

Plötzlich stutzt er. Er lässt die Hand mit dem Smartphone sinken, nimmt die Brille ab und sieht Anne misstrauisch an. »Was soll das überhaupt? Ihr sucht doch einen Mörder, oder? Und warum unter den Fischersöhnen?«

»Nein, das verstehst du falsch«, beschwichtigt Berta schnell. »Es geht um etwas anderes.«

Sie erzählt, was Sophie an der Bar gehört hat.

»Einer von den Jungs hat also die Stocking an Otmars Jungen erinnert«, sagt Paul bitter. »Und wenn sie so reagiert hat, wusste sie, was er meinte. Dann hat sie ihn verraten.«

»Das haben wir doch damals schon vermutet«, erinnert ihn Arno. »Svenni war der beste Freund von Doras kleinem Bruder«, erklärt er den Frauen. »Wir haben schon immer vermutet, dass die beiden den Fluchtplan zusammen ausgeheckt hatten. Dora muss sie belauscht haben oder ihr Bruder hat es ihr erzählt.«

»War der denn auch dabei?«, fragt Berta.

»Nein, eben nicht. Aber zwei andere. Die sind dafür in den Knast gekommen. Und Sven ist in seiner Panik ins Wasser gesprungen und ertrunken.«

»Wer waren denn die beiden anderen? War einer von denen bei dem Treffen?«

»Ich kann mich nicht mehr erinnern, wer das war«, behauptet Arno und geht zu seinem Stuhl am Fenster.

Paul sieht Berta trotzig an. »Ich auch nicht. Noch einen Grog?«

»Nein. Für drei Grog ist es noch nicht kalt genug.« Berta steht langsam auf und geht zur Tür. Da dreht sie sich noch einmal zu ihrem alten Freund um.

»Denkt mal in Ruhe nach«, bittet sie. »Es geht nicht nur um Dora Stocking. Vielleicht gibt es einen Zusammenhang mit Ramonas Tod. Oder sogar mit Solveig.«

Berta wartet einen Moment, als Paul sie erschrocken ansieht, aber er sagt nichts mehr.

»Na dann, danke für den Grog.«

»Ja, danke. Bis später.« Anne lächelt Arno freundlich an und folgt Berta aus der Tür.

Es hat aufgehört zu regnen und auch der Sturm hat sich etwas gelegt, als die Frauen langsam auf der menschenleeren Strandpromenade entlanggehen. Berta sieht auf die Uhr.

»Noch ein bisschen zu früh zum Mittagessen«, stellt sie fest. »Wollen wir noch ein paar Schritte gehen?«

Anne nickt. Sie hat die Hände tief in die Taschen ihrer Jacke gesteckt und sieht vor sich auf den Boden, um den Pfützen auszuweichen.

Plötzlich bleibt sie stehen und sieht auf ihre Begleiterin hinunter: »Woher wusstest du, was ich gedacht habe, als ich Madita erwähnt habe?«

»Ich kann Gedanken lesen, das weißt du doch. Aber ich frage mich, was hat Paul gedacht? Wie kam er auf die Idee, dass wir Hans Pohl verdächtigen könnten?«

»Ja wirklich. Das ist seltsam. Vielleicht verstellt er sich nur und ist viel schlauer, als wir denken.«

»Was für ein erschreckender Gedanke!« Berta schüttelt den Kopf. »Nein, ich kenne Paul schon ewig. Der ist nicht dumm, aber auch nicht hochbegabt. Und schon gar nicht intuitiv. Der wird lange und gründlich über die Todesfälle nachgedacht und mit Arno darüber gesprochen haben. Womöglich wissen sie, was damals passiert ist und wollen nicht darüber sprechen, so wie alle anderen auch.«

»Dann weiß Pohl es vielleicht auch. Er könnte es ihnen sogar erzählt haben.«

»Ja«, Berta nickt unzufrieden, »vielleicht. Aber sie werden es uns nicht sagen.«

Während des Gesprächs sind sie langsam weitergegangen. Jetzt bleibt Anne wieder stehen, um Berta anzusehen. »Warum sind wir eigentlich nicht gleich darauf gekommen? Wir haben über alles Mögliche spekuliert, aber niemand hat Maditas Tod erwähnt. Warum haben wir den Zusammenhang nicht gesehen?«

»Weil wir es nicht wollten. Und ich will es immer noch nicht. Es muss eine andere Lösung geben. Und wir werden sie finden.«

Den Nachmittag verbringt Anne in ihrer kleinen Wohnung. Ihr fiel ein, dass sie mal wieder putzen könnte, obwohl es eigentlich nicht nötig ist. Sie ist selten zu Hause. Aber während sie ihr Bett frisch bezieht und Staub wischt, kann sie gut nachdenken.

Also, mal angenommen, es hat nichts mit Madita zu tun. Tante Berta hat meistens recht. Obwohl – egal. Es kann trotzdem um die Clique gehen. Sie sieht ihre Freundinnen vor sich, wie sie mit vierzehn fünfzehn Jahren aussahen, hört ihr übermütiges Lachen und muss sich hinsetzen und hemmungslos weinen. Ramona fehlt ihr sehr. Sie haben sich jahrelang nicht gesehen und Anne hat selten an die alte Freundin gedacht, aber sie war doch ein Teil ihres Lebens. Und Solveig, die liebe, schüchterne, hilfsbereite Solveig ist auch nicht mehr da.

Nach einer Weile wischt sie die Tränen weg, blickt durch das Fenster auf den Waldrand und denkt nach. Wahrscheinlich hat Tante Berta recht. Die Sache mit Madita, dieses furchtbare Unglück, geht ihr nur deshalb nicht aus dem Kopf, weil sie erst kürzlich davon erfahren hat. Es hat sie wirklich erschüttert, auch dass Ramona nie mit ihr darüber gesprochen hat.

Aber Solveigs Tod war ein Unfall. Der Anschlag auf Betty war sicher kein Mordversuch. Durchaus möglich, dass Lydia, die eifersüchtige, intrigante, betrogene Ehefrau, dahintersteckt. Oder ihr feiger, verlogener Ehemann. Dora hat genügend Leute gegen sich aufgebracht – also sehr aufgebracht. Ramona. Es geht um Ramona. Ich will – verdammt noch mal – wissen, wer meine Freundin ermordet hat und warum.

Entschlossen geht Anne ins Bad, wäscht sich das Gesicht, kämmt sich und trägt ein wenig Schminke auf. Ein flüchtiger Blick auf das Fenster – ach, es ist sowieso kein Wetter zum Fensterputzen, denkt sie, als sie die Wohnung verlässt.

Am Stammtisch sitzt Harald. Allein. Tante Berta ist in der Küche und Sophie poliert Gläser hinter der Bar. Anne setzt sich zu ihm. »Hast du kein Zuhause?«, fragt sie unfreundlich.

»Und du?«

»Das hier ist mein Zuhause.«

»Ach so. Schön für dich. Nein, wirklich, ich beneide dich.«

»Bist du nicht verheiratet?«

»Nein, ich bin geschieden und lebe allein. Aber das ist in Ordnung, darum geht es nicht. Ehrlich gesagt, vermisse ich meine Stammkneipe mehr als meine Familie.«

Anne lacht etwas unbehaglich. »Verarschst du mich?«

»Nein, wirklich. Ich weiß gar nicht, wie ich dir das erklären soll. Jeder hat ja sein soziales Umfeld: Familie, Kollegen, Freundeskreis. Alles mehr oder weniger stabil, gleiche Interessen, gleiche Ansichten, Alltag eben. In der Kneipe sitzt du mit Leuten zusammen, die du woanders nie kennengelernt hättest. Eine zusammengewürfelte Truppe aus völlig verschiedenen Berufen, mit unterschiedlichem Bildungsstand, familiären Verhältnissen und politischen Ansichten. Man hört mal was ganz Neues, lernt andere Welten kennen. Man streitet und diskutiert, aber das ist alles nicht so wichtig. Was der andere denkt oder wie er lebt hat überhaupt keinen Einfluss auf mein eigenes, wirkliches Leben. Ich kann mich darüber aufregen, nur so, weil ich gern diskutiere und andere überzeuge oder ich höre nur zu und denke mir meinen Teil, weil ich einfach in Ruhe mein Bier trinken will. Aber letztendlich ist es eine Gemeinschaft, an die man sich gewöhnt. Man redet auch mal über private Dinge oder berufliche, gerade weil es die anderen nichts angeht und sie neutral sind. Und jetzt hat die Kneipe dicht gemacht und ich merke plötzlich, wie sehr ich die Freitagabende am Stammtisch vermisse.«

»Ja, ich glaube, das verstehe ich.« Anne nickt nachdenklich. »Und nun suchst du hier Ersatz.«

Harald zuckt ein wenig verlegen mit den Schultern. »Na ja, ich hab schon gemerkt, dass es bei euch anders ist. Mehr so familiär, nicht?«

Berta hat sich dazugesetzt und die letzten Worte gehört. »Das ist nur im Moment so. Sonst haben wir auch unseren Freitagabendstammtisch, so zehn, zwölf Leute, die immer da sind. Obwohl – es hat ja schon nachgelassen. In den letzten Jahren wurden es immer weniger«, sagt sie ein bisschen traurig. »Die Leute, die arbeiten, haben wenig Zeit, in die Kneipe zu gehen und die anderen haben kein Geld dafür. Die sitzen mit ihren Bierdosen zu Hause vor dem Fernseher oder mit dem Nachbarn im Keller.«

»Ja, sicher. Früher war alles besser«, sagt Sophie sarkastisch, während sie Getränke auf den Tisch stellt. »Bevor ich den Laden übernommen habe, hatte Tante Berta hier nämlich ihren Stammtisch. Von der Tür aus konntest du den gar nicht sehen vor lauter Qualmwolken. Aber hören konntest du die Gäste bis draußen auf die Straße. Manchmal dachte ich, die schlagen sich gleich die Köpfe ein.«

»Haben sie aber nicht«, bemerkt Berta. »Ich hatte in den ganzen Jahren nicht eine Schlägerei hier drin.«

»Das mag ja sein. Aber Fremde haben sich jedenfalls nicht hier rein getraut.«

»Ja, aber manchmal vermisse ich meinen alten Stammtisch auch. Das Miteinanderreden und Diskutieren, die verschiedenen Ansichten. Das verstehe ich unter Demokratie. Jeder sagt seine Meinung, auch mal etwas lauter, aber man kann sich hinterher in die Augen sehen und ein Bier zusammen trinken.«

»Hast ja recht«, räumt Sophie ein und tätschelt ihrer Tante die Schulter. »Ich vermisse den Stammtisch auch. Aber das wird schon wieder. Wenigstens müssen wir nicht ganz zumachen, so wie letztes Jahr. Und siehst du, da kommt auch schon Bruno, der ist uns zumindest erhalten geblieben.«

Sie lachen und Bruno sieht sie fragend an. »Was ist los? Warum freut ihr euch so? Habt ihr den Mörder gefunden?«

»Nein, aber vielen Dank, dass du uns daran erinnerst. Du hebst mal wieder die Stimmung.«

»Aber gern.« Er nickt Sophie zu, die ihm sein Bier hinstellt. »Also, was ist? Könnte es wirklich noch mit diesen alten Stasi-Geschichten zusammenhängen? Mein Exkollege, den Stocking damals angeschissen hat, meint, er hätte ihn kürzlich in Bansin gesehen. Das ist mir heute Morgen wieder eingefallen. Dadurch sind wir nämlich überhaupt erst auf das Thema gekommen.«

»Das meint er oder das weiß er?«, fragt Berta.

Bruno zuckt mit den Schultern. »Ganz sicher war er nicht. Das ist immerhin über dreißig Jahre her. Da verändern sich Menschen nun mal.«

»Aber was hat Ramona damit zu tun?«, fragt Anne.

Berta sieht sie nachdenklich an. »Warum ist sie in den 90er-Jahren denn eigentlich so schnell hier weggezogen? Du sagst doch selbst, dass es sehr plötzlich war. Sie hat sich ja nicht mal von dir verabschiedet. Nur, weil sie einen so viel älteren Mann heiraten wollte? Das hätte sie dir doch erzählen können.«

»Ja, das stimmt. Aber da war noch mehr. Ehrlich gesagt, haben wir uns mal eine Zeit lang nicht so gut verstanden. Sie hat ziemlich viel getrunken und gekifft und ihr Umgang hat mir auch nicht so gefallen. Sie hatte ein Verhältnis mit einem Kerl, der verheiratet war und zwei kleine Kinder hatte. Er konnte sich nicht zwischen Ramona und seiner Frau entscheiden. Nachher ist er mit einer dritten abgehauen. War ein richtiges Goldstück. Außerdem hatte sie eine Menge Schulden, bei Versandhäusern und so. Das habe ich aber erst später erfahren.«

»Über all das hätte sie doch aber mit dir reden können«, beharrt Berta. »Es sei denn, es gab noch etwas, das ihr so peinlich war, dass auch du es nicht wissen durftest.«

»Ramona war so leicht nichts peinlich«, sagt Anne nachdenklich.

»Aber was hättest du ihr nicht verziehen?«

Anne sieht Tante Berta verständnislos an. »Was meinst du?«

»Worum ging es denn bei dem letzten Gespräch mit Dora? Um Erpressung«, sagt Sophie. »Wenn damit nun nicht diese Sache mit Madita gemeint war, womit wäre sie sonst erpressbar? Und was konnte Dora wissen?«

»Du meinst – das glaube ich nicht. Stasi hat überhaupt nicht zu Ramona gepasst. Nie im Leben.«

Annes Stimme klingt etwas unsicher.

»Na gut. Was war mit Betty? Da hatten wir doch auch schon mal den Verdacht, oder?«

»Sie hat die Kinder ausgefragt«, erinnert Harald.

»Aber das ist doch alles so ewig her«, wirft Bruno ein. »Ich würde das Motiv in der Gegenwart suchen.«

»Das Problem ist, dass die drei in der Gegenwart nicht so viele Gemeinsamkeiten hatten.« Berta überlegt. »Nein, ich werde noch ein bisschen in der Vergangenheit herumstochern. Übrigens fällt mir ein, ich wollte doch mit Bettys ehemaliger Kollegin reden. Durch den Mord hier im Haus bin ich davon abgekommen. Aber morgen werde ich sie besuchen. Labin heißt sie. Carola Labin. Eine nette Frau.«

Montag, 25. Oktober

Berta war drauf und dran, ihren Eindruck von Frau Labin zu revidieren, als sie vor deren Tür stand. Zunächst hatte die sie gar nicht erkannt und betont misstrauisch durch den Türspalt gemustert. Nachdem Berta sich vorgestellt und hinzufügt hatte, dass sie mit ihr über Betty Holler reden wolle, wurde Carola Labin noch unfreundlicher. »Ich rede nicht über andere Leute«, schnauzte sie und wollte die Tür zuschlagen.

»Sie ist in Gefahr und ich will ihr helfen«, stieß Berta schnell hervor. Noch ein misstrauischer Blick, dann wurde die Wohnungstür langsam geöffnet.

Nun sitzen sie beide in der gemütlichen, pieksauberen Küche der alten Frau und trinken Kräutertee. Berta berichtet, was Betty passiert ist. Eigentlich hatte sie gar nicht vor, darüber zu reden, aber was bleibt ihr nun anderes übrig. Sie muss nicht nur ihr Interesse begründen, sondern ihr Gegenüber auch dazu bringen, ihr die Wahrheit über die ehemalige Kollegin zu erzählen. Die Frau ist nicht dumm und, viel schlimmer, sie ist nicht schwatzhaft.

»Zwei Freundinnen von Betty sind nach dem Klassentreffen ermordet worden. Ramona Rosmann – kanntest du sie? Nein? Na, sicher vom Sehen, sie war eine Bansinerin – und Dora Stocking.«

Kurz zieht die Frau die Augenbrauen zusammen. »Die kannte ich.« Nichts weiter, aber Berta erkennt, dass sich das Bedauern über Doras Tod in Grenzen hält.

»Es ist ziemlich offensichtlich, dass der Anschlag auf Betty damit zusammenhängt. Aber ich habe keine Ahnung, wie die einzelnen Puzzleteile zusammengehören.«

»Aber wie soll ich dir dabei helfen? Es hat doch wohl alles mit dem Klassentreffen zu tun. Und da war ich schließlich nicht dabei.«

»Ich denke, dass das Motiv in der Vergangenheit der Frauen zu finden ist. Was hatten sie gemeinsam, außer dass sie während der Schulzeit befreundet waren?«

»Woher soll ich das wissen? Ich kannte doch nur Betty.«

»Ja, ich weiß.« Ein harter Brocken. Berta muss mehr sagen, als sie eigentlich wollte und begibt sich auf dünnes Eis. »Also, es ist so: Ich weiß, dass Dora Stocking bei der Stasi war. Und Ramona eventuell auch. Könnte es sein, dass Betty …«

Die Miene der Frau erstarrt. ›Jetzt schmeißt sie mich raus‹, denkt Berta, spricht aber schnell weiter. »Ich habe gehört, dass sie die Kinder ausgefragt haben soll. Nach dem Fernsehprogramm zu Hause, dem Westbesuch – du weißt schon, was ich meine.«

Wider Erwarten denkt Carola eine Weile nach. Berta trinkt einen Schluck Tee. Er hat ihr schon heiß nicht geschmeckt, lauwarm ist er bitter. Eine schöne Tasse Kaffee wäre jetzt eher nach ihrem Geschmack. Aber warum nicht einmal was für die Gesundheit tun. Wenn es der Wahrheitsfindung dient …

Durch die schneeweiße Spitzengardine sieht sie hinaus auf die Seestraße, die Hauptstraße von Bansin. Vor der Wende hieß sie Karl-Marx-Straße. Haben die Labins eigentlich schon immer hier gewohnt? Gerade will sie danach fragen, da hat sich Carola überwunden.

»Also gut.« Sie sieht Berta streng an. »Kann ich mich darauf verlassen, dass es unter uns bleibt, was ich dir erzähle?«

»Ja, natürlich. Was denkst du denn von mir?«

Da scheint sich ihr Gegenüber nicht ganz sicher zu sein, sie blickt immer noch etwas misstrauisch.

»Ob Betty was mit der Stasi zu tun hatte, weiß ich natürlich nicht hundertprozentig, aber ich glaube es nicht. So ein Gerede entsteht schnell. Die Kinder erzählen natürlich von zu Hause, auch ohne, dass wir danach fragen. Ich glaube, manche Eltern wären entsetzt, wenn sie wüssten, was wir zu hören bekommen. Aber wir wissen das schon einzuordnen und natürlich reden wir nicht darüber. Mir ist nie aufgefallen, dass Betty da gezielt nachgefragt hätte. Betty leidet unter Depressionen, das ist alles. Aber schlimm genug. Es ist ihre größte Angst, dass es in Bansin bekannt wird. Sie bildet sich ein, die Leute würden ihr die Kinder dann nicht mehr anvertrauen. Ich weiß nicht, ob das so wäre. Mir musste sie es sagen, weil ich ihre Chefin war und den Krankenschein entgegengenommen habe. Ich habe ihr versprochen, mit niemandem darüber zu reden. Bis heute habe ich das Versprechen auch gehalten.«

»Oh. Das tut mir leid, wirklich. Arme Betty. Aber danke, dass du es mir gesagt hast. Natürlich werde ich mit niemandem darüber reden. Auch nicht mit Betty, wenn sie es mir nicht selbst erzählt.«

Tief in Gedanken versunken geht Berta die Seestraße hinunter. Sie ist schon am Einkaufsmarkt vorbei, als ihr einfällt, dass sie noch ein paar Zutaten für ihre Kartoffelsuppe mitnehmen wollte und umdreht. Ihr Blick fällt auf das Haus, in dem Betty wohnt. Ob sie noch krankgeschrieben ist? Sicher. Entweder auf Grund ihrer Kopfwunde oder ... Spontan entschließt sich Berta zu einem Krankenbesuch.

Heute scheint Bertas »Tag der geschlossenen Türen« zu sein. Sie wartet geduldig und setzt ein freundliches Gesicht auf, weil sie weiß, dass Betty an der anderen Seite steht und vermutlich durch den Spion blickt. Endlich öffnet sie.

»Hab ich dich geweckt? Das tut mir leid.«

»Nein, nein, schon gut. Es ist ja schon spät, fast Mittag glaube ich, oder?«

Betty lacht etwas bemüht und fährt sich durch die Haare, was ihren Anblick nicht wesentlich verbessert. Ihr Gesicht sieht verquollen aus, sie trägt einen Bademantel, der ihr zu groß ist und plüschige Hausschuhe, die wie zwei Hunde aussehen.

»Ich habe letzte Nacht schlecht geschlafen, weißt du. Ich glaube, ich bin erst gegen Morgen eingeschlafen. Aber komm doch rein.«

Berta tut es zögernd. »Du, ich wollte nur mal sehen, wie es dir geht. Wenn ich störe – kein Problem, dann gehe ich wieder.«

»Nein, gar nicht. Ich freue mich doch über Besuch. Gib mir zehn Minuten, ja? Geh inzwischen ins Wohnzimmer.«

»Weißt du was? Ich muss noch einkaufen. Das mache ich jetzt und dann komme ich wieder. Wenn es dir recht ist. Soll ich dir was zum Frühstück mitbringen?«

»Das wäre super. Eine Streuselschnecke, bitte.«

Eine halbe Stunde später bekommt Berta ihren ersehnten Kaffee. »Bist du noch krankgeschrieben?«

Betty nickt mit vollem Mund. »Ja. Ich hab auch immer noch Kopfschmerzen.«

Sie hat inzwischen geduscht und sich angezogen und sieht jetzt völlig normal aus, sogar recht gut erholt. Jedenfalls nicht depressiv und auch sonst nicht krank.

»Aber ich will wirklich nicht jammern. Wenn ich an Ramona denke und an Dora – da hatte ich doch Glück, oder? Deswegen schlafe ich auch so schlecht. Ich muss immer daran denken, dass mich auch jemand ermorden wollte. Warum nur? Was haben wir getan?«

»Ja, ach Betty, wenn ich das wüsste. Auf jeden Fall solltest du vorsichtig sein.«

»Bin ich. Ich gehe gar nicht allein aus dem Haus. Hoffentlich findet die Polizei den Mörder bald.«

»Ja, aber wir müssen denen helfen. Du hast doch sicher einen Verdacht, oder?«

»Ja – nein – das heißt – ich muss immer an Lydia denken. Aber sie ist ja keine Mörderin.«

»Du meinst, wegen Mattis. Was weiß sie denn von euch?«

»Alles. Sogar mehr, als gewesen ist. Dora hat ihr erzählt, ich hätte seit der Schulzeit ein andauerndes Verhältnis mit ihm. Und Lydia glaubt es. Mattis hat mich angerufen und es mir erzählt. Da brennt die Hütte, das sag ich dir. Ich habe es erstmal Wolfgang erzählt, bevor der es von anderen erfährt. Zum Glück glaubt er mir und ist auch nicht mehr sauer.«

»Und jetzt denkst du, Lydia wollte dich ermorden? Und vielleicht noch Dora, weil sie es wusste? Und Ramona? Wie passt die da rein?«

»Na ja, Dora könnte behauptet haben, dass sie auch was mit Mattis hatte. In Ramona waren die Jungs ja alle ein bisschen verliebt. Und sie hat gern geflirtet. Mindestens.«

Berta überlegt. Das ist eine ganz neue Möglichkeit, darauf ist sie noch gar nicht gekommen. »Aber Lydia ist doch keine Mörderin, oder?« Plötzlich bricht Betty in Tränen aus. »Wenn sie es war, ist alles meine Schuld. Warum hab ich mich bloß mit Mattis eingelassen?«

Berta nimmt die Frau, die jetzt herzzerreißend schluchzt, in den Arm, streichelt ihren Rücken und brummt beruhigend.

»Und er war es gar nicht wert. Ich weiß wirklich nicht mehr, was ich in ihm gesehen habe. Eine Fantasiegestalt, eine Luftblase, die geplatzt ist. Wovon soll ich jetzt noch träumen?«

Berta schweigt. Was soll sie dazu sagen?

Betty kann gar nicht aufhören, zu weinen. Den Kopf hat sie an Bertas Schulter gelegt, deren Pullover dort schon durchnässt ist. »Ich wollte mir das Leben nehmen«, flüstert sie plötzlich.

»Was?!« Berta ist entsetzt. »Wegen so einem Kerl?«

»Nein. Doch nicht wegen Mattis. Der war ja gar nicht dabei. Ich bin die Einzige, die noch lebt. Alle anderen haben ihre gerechte Strafe bekommen. Solveig, Ramona, Dora. Sie haben es verdient. Und ich auch.«

Berta hat den Atem angehalten. »Du sprichst von Madita, oder?«

»Ja, natürlich. Du weißt es doch auch. Es ist so klar. Wir sind schuld an ihrem Tod. Wir dachten, wir können es einfach vergessen, aber das kann man nicht. Wir nicht und jemand anderes auch nicht.«

»Es kam so plötzlich.« Berta ist immer noch geschockt, als sie am Stammtisch sitzt und von ihren Besuchen erzählt. Die Gaststätte ist geschlossen, sie öffnet erst wieder zum Abendgeschäft. Die Kellnerin ist nach Swinemünde gefahren, um zu tanken und Zigaretten zu kaufen, Renate ist für ein paar Stunden zu Hause.

Berta trinkt mit Sophie und Anne Kaffee. »Betty hat doch nie von Madita gesprochen, oder?«, fährt sie fort. »Wusstest du, Anne, dass es sie so traumatisiert hat? Vielleicht ist dieser Tag sogar der Grund für ihre Depressionen?«

»Oder ihre Depressionen sind der Grund, dass sie sich schuldig fühlt und nicht damit fertig wird«, erwägt Sophie.

»Und wenn das so ist – könnte es sein, dass sie die anderen bestrafen wollte? Nein, das ist Unsinn«, verwirft Anne ihre Theorie gleich wieder. »Sie kann sich nicht selbst einen Knüppel auf den Kopf geschlagen haben.«

»Nehmen wir mal an, es war doch ein Unfall«, überlegt Berta, »so wie Hannelore es vermutet hat. Und dann hat sie die Gelegenheit genutzt, sich die Tropfen oder was auch immer in den Tee getan, um einen Mordversuch vorzutäuschen.«

»Aber warum?«, fragt Anne.

»Damit sie niemand verdächtigt.«

»Ja, das ist aber nur eine Theorie. In der Praxis halte ich es für unmöglich, dass Betty Dora mit einem Kissen erstickt. Die wird sich doch gewehrt haben«, verteidigt Anne ihre alte Freundin.

»Sie war betäubt«, erklärt Berta. »Hab ich euch das nicht erzählt? Fred hat es mir gesagt. In ihrem Wasserglas war ein starkes Schlafmittel.«

»Aber wie ist sie überhaupt ins Haus gekommen?«

»Die Frage betrifft auch alle anderen«, fällt Sophie ein. »Darüber sollten wir ernsthaft nachdenken. Wer hatte die Möglichkeit, hier nachts im Haus herumzuschleichen?«

»Hast du schon mal kontrolliert, ob deine Schlüssel alle da sind? Beim Klassentreffen hätte man sich leicht einen einstecken können.«

»Ja, das stimmt. Ich hätte es wahrscheinlich nicht gemerkt.«

Anne schüttelt hartnäckig den Kopf. »Ich kann mir das einfach nicht vorstellen. Schon gar nicht, dass sie Ramona so brutal ermorden könnte.«

»Ich eigentlich auch nicht«, räumt Berta ein. »Aber sie ist krank. Wir wissen nicht, was in ihrem Kopf vorgeht.«

»Aber Solveig wurde überfahren«, fällt Sophie ein. »Ich glaube, Betty hat erzählt, dass sie gar kein Auto hat. Und auch keinen Führerschein.«

»Solveigs Tod kann wirklich ein Unfall gewesen sein. Davon geht die Polizei ja auch aus«, erwägt Anne, denkt kurz nach und fährt zögernd fort: »Und für Betty vielleicht ein Anlass, an Madita zu denken und an Schuld und Sühne und Rache und was weiß ich. Ist das möglich?«

Berta zuckt mit den Schultern. »Ja, schon. Aber ehrlich gesagt, ich kann es mir auch nicht vorstellen.«

»Nein«, Anne ist erleichtert. »Betty ist viel wahrscheinlicher Opfer als Täter. Sie ist nicht so kaltblütig und auch nicht so clever.«

»Richtig«, stimmt Berta zu. »Die Morde an Ramona und an Dora waren geplant. Das Zimmer neben dem von Dora war doch immer abgeschlossen. Aber nicht in der Mordnacht, der Täter ist da hindurchgegangen. In der Tür von Doras Zimmer zum Balkon steckte auch kein Schlüssel, sie konnte also nach der Seite gar nicht abschließen. Das war alles gründlich vorbereitet. Und der Mörder hatte einen Hausschlüssel oder hat sich im Haus versteckt, bevor es abgeschlossen wurde.«

Die beiden Freundinnen nicken. »Wie war das denn bei Ramona?«, überlegt Anne. »Sie wurde vermutlich unter einem Vorwand zum Strand gelockt. Wem hat sie so vertraut, dass sie sich nachts ganz allein mit ihm getroffen hat? Und wer war ihr so wichtig, dass sie, obwohl todmüde, noch einmal aus dem Bett steigt, sich anzieht und hinaus zum Strand geht?«

»Na ja, dass sie todmüde und schon im Bett war, wissen wir ja nur von Sascha«, wirft Berta ein. »Das muss nicht unbedingt stimmen. Vielleicht konnte sie gar nicht schlafen, hat einfach noch einen Strandspaziergang gemacht und dabei ihren Mörder getroffen, der die Gelegenheit genutzt hat.«

Sie hören die Tür klappen, die Kellnerin kommt hinein. »Ich zieh mich um, dann bereite ich die Tische vor«, sagt sie im Vorbeigehen. »Oder ich trinke erst noch einen Kaffee.«

»Tu das.« Sophie nickt, dann sieht sie ihre Tante fragend an. »Und nun? Wir sind genau so schlau wie vorher.«

»Nein. Wir wissen jetzt, dass die beiden Morde an Ramona und Dora sehr genau geplant und raffiniert durchgeführt worden sind. Der Anschlag auf Betty war eher einfallslos und primitiv. Das muss gar kein Mordversuch gewesen sein. Also werden wir uns jetzt auf die beiden Mordopfer konzentrieren. Wem waren sie im Weg, wer profitiert von ihrem Tod? Das werden wir herausfinden!«

Als die Kellnerin an den Tisch kommt, wechseln sie das Thema. »Ich habe mein Auto vollgetankt und dabei mindestens zwanzig Euro gegenüber unseren Preisen gespart«, erzählt die.

Anne hat eine Idee. »Ich hab morgen frei. Was haltet ihr davon, wenn wir auch mal wieder nach Polen fahren?«, fragt sie Berta und Sophie. »Wir könnten uns das neue Einkaufszentrum gleich hinter der Grenze ansehen, tanken und vielleicht über die Promenade bummeln.«

Sophie zögert. »Ich weiß nicht, es sind doch immer noch eine Menge Gäste da. Heute Mittag hatten wir ganz schön zu tun.«

»Das schaffe ich schon«, redet die Kellnerin ihr zu. »Wenn die Gäste auf ihre Bestellung mal etwas länger warten, ist das sicher kein Drama.«

»Du musst auch … «, setzt Tante Berta an und Sophie ergänzt: »… delegieren können. Ich weiß. Also dann. Gleich nach dem Frühstück?«

Dienstag, 26. Oktober

Sophie hat dann doch noch das Mittagsgeschäft abgewartet, das heute sogar recht gut war und es ist schon fast vierzehn Uhr, als sie sich zu Tante Berta und Anne an den Tisch setzt.

»So, von mir aus können wir.«

»Jetzt esse ich erst meinen Pudding«, erklärt Anne. »Wäre doch schade drum.«

Genießerisch schiebt sie sich einen Löffel mit Schokoladenpudding in den Mund. »Mhmm. Genau das, was der Arzt mir verschrieben hat.«

Sophie schüttelt den Kopf. »Welcher Arzt? Dr. Oetker? Hast du nicht gesagt, du willst abnehmen?«

»Das will ich doch immer. Aber Tante Berta lässt mich ja nicht.«

»Hab ich gesagt, du sollst Schokoladenpudding essen?«, empört die sich.

»Nein. Aber du hast Kartoffelsuppe gekocht. Und ich bin es so gewohnt, dass es nach Eintopf immer einen Pudding gibt. Der gehört einfach dazu.«

»Ja, das war in eurer Kindheit so. Damit ihr überhaupt Eintopf esst, habt ihr hinterher etwas Süßes bekommen. Aber jetzt bist du halbwegs erwachsen.«

»Ich kann eben die alten Gewohnheiten so schlecht ablegen. Dabei war ich schon nach der Kartoffelsuppe mehr als satt. Die war so lecker! Wie machst du das bloß? Nicht mal Renate kriegt die so hin.«

»Sie kippt einen halben Liter Schlagsahne rein«, verrät Sophie ungerührt Bertas Geheimrezept.

»Was? Und ich denke, ich esse was Gesundes.«

»Ja, ja.« Berta wirft ihrer Nichte einen ärgerlichen Blick zu. »Sahne ist gesund. Hat nur ein paar mehr Kalorien. Butter auch. Es ist nun mal so, dass alles, was besonders kalorienarm ist, nicht besonders gut schmeckt.«

Annes Glaube, dass Tante Berta die beste Köchin der Welt ist, schwankt. Sie genießt ihren Pudding trotzdem, dann brechen die drei endlich auf.

»Wo wollt ihr eigentlich hin?«, fragt Anne, nachdem sie die Grenze passiert haben.

»Och – das ist ja alles neu hier«, staunt Berta und betrachtet die Tankstelle und das große Einkaufszentrum auf der linken Seite. »Wollen wir da mal rein?«

»Das können wir auf dem Rückweg. Dann tanke ich auch gleich.« Anne fährt weiter geradeaus.

»Lass uns durch den Hafen fahren«, schlägt Sophie vor, »vielleicht liegen da ein paar große Schiffe.«

»Sicher liegen da große Schiffe«, murrt Anne. »Fähren. Was ist denn daran zu sehen?«

»Du bist ja dauernd hier, aber ich mag eben den Hafen und das alles. Wir brauchen ja nicht aussteigen, nur mal durchfahren.«

»Na gut. Und dann fahren wir durch den Park zur Promenade. Ich habe da neulich, als ich mit einer Reisegruppe hier war, in einer Boutique eine richtig schöne

Jacke gesehen. Aber ich hatte keine Zeit, sie anzuprobieren.«

»Dann fahren wir da jetzt hin«, bestimmt Berta. »Ich brauche auch mal einen neuen Pullover, vielleicht finde ich da was.«

»Na klar. Es gibt da genug Geschäfte mit Klamotten. Wir suchen einfach so lange, bis wir einen finden. Oder auch mehrere.«

Das erweist sich dann als doch nicht so gute Idee. Nach mehr als einer Stunde hat Tante Berta alle Pullover in den einschlägigen Geschäften gesehen und zum großen Teil anprobiert. Sie sind entweder zu eng oder die Ärmel sind zu lang. Bei den wenigen, die passen, würde die Farbe vielleicht zu einem Kleinkind passen oder zu einem Teenager, der provozieren will. Der einzige, der Berta passt und gefällt, kratzt. Sie gibt auf und kauft sich ein schönes Tuch.

Anne zwängt sich in die gewünschte Jacke, wirft ihrer Freundin, die schallend lacht, einen bösen Blick zu und beschließt, sich neue Schuhe zu kaufen.

Nur die kleine, zierliche Sophie hat ein wirklich hübsches Oberteil zu einem guten Preis erstanden. Und dann entdeckt sie ein Geschäft, in dem sehr originelles Porzellan angeboten wird und kauft ein paar Platten und Schüsseln für ihr Büfett.

»So, für mich hat sich der Ausflug gelohnt«, stellt sie fest und fügt, nach einem Blick auf ihre Begleiterinnen, hinzu: »und jetzt lade ich euch zum Kaffee ein.«

Wäre die Speisekarte im *Casablanca* nicht zweisprachig, käme man nicht auf den Gedanken, sich im Ausland zu befinden. Sondern vielleicht in einem Restaurant in Leipzig oder Dresden. Oder im Sommer in Bansin. Jetzt sind die Gaststätten dort längst nicht so voll.

Anne hat sich einen riesigen Eisbecher bestellt, Tante Berta probiert den Apfelkuchen und Sophie begnügt sich mit einem Cappuccino. »Wir könnten ja noch in die Stadt fahren«, schlägt sie vor. »Bestimmt findest du da eine Jacke und Tante Berta einen Pullover.«

»Nein«, antwortet Anne. Sie will nicht mehr darüber reden. Berta auch nicht. Die wechselt das Thema. Während sie einer Frau am Nebentisch beim Telefonieren zusieht, fällt ihr etwas ein.

»Was hat Ramona bei ihrem letzten Anruf eigentlich genau gesagt?«, fragt sie Anne.

Die hat festgestellt, dass sie doch nicht alles schafft und löffelt den Eierlikör zwischen den Eiskugeln heraus. »Was? Was sie gesagt hat?« Sie überlegt. »Hab ich euch das nicht erzählt?«

»Nein.« Berta schüttelt den Kopf. »Du hast nur gesagt, dass du sauer warst, weil sie dich geweckt hat und du hättest sie deswegen angeschnauzt.«

»Das stimmt.« Anne sieht ihren halb vollen Eisbecher an, zuckt bedauernd mit den Schultern und schiebt ihn zur Seite. Sie lehnt sich zurück. »Ich kann nicht mehr. Ja, was hat sie eigentlich gesagt?«

Plötzlich richtet sie sich auf und sieht Berta erschrocken an. »Da habe ich ja überhaupt nicht mehr dran gedacht! Habe ich euch das wirklich nicht erzählt? Sie hat gesagt, sie hätte etwas gefunden und ›Das glaubst du nicht‹

oder so etwas Ähnliches. Dann habe ich sie wohl unterbrochen«, gibt sie reumütig zu. »So eine Scheiße! Warum habe ich nicht richtig zugehört? Und nachgefragt, was sie gefunden hat?«

»Weil du nicht wissen konntest, dass es euer letztes Gespräch war«, tröstet Berta.

»Was kann man denn in einem Hotelzimmer finden?«, überlegt Sophie.

»Sie hat nicht gesagt, dass es im Zimmer war.«

»Aber sie ist doch direkt von uns dahingegangen, oder? Kann sie zwischendurch noch woanders gewesen sein?«

»Glaube ich nicht. Das hätte Sascha doch gesagt.«

»Na ja.« Berta wiegt nachdenklich den Kopf hin und her. »Warum sollte Sascha denn von dem Gespräch nichts wissen? Du hast doch gesagt, Ramona hätte es abgebrochen, als er ins Zimmer kam, oder?«

»Ja, den Eindruck hatte ich. Sie hat dann nur noch gesagt, dass sie mir am nächsten Tag etwas erzählen will, dass sie ins *Kehr wieder* kommt.«

»Das wollte der Mörder verhindern.«

»Hat sie gesagt, dass es etwas Wichtiges sei?«, fragt Sophie.

»Na, wegen etwas Unwichtigem hätte sie mich wohl nicht mitten in der Nacht geweckt.«

»Sie hat vielleicht nicht daran gedacht, dass du schon schläfst. Wie spät war es eigentlich bei dem Anruf?«

»Keine Ahnung. Spät.«

»Und danach ist sie dann raus an den Strand gegangen. Allein. Mitten in der Nacht.«

»Nicht direkt danach«, berichtigt Anne. »Sie hat erst noch gebadet und ist ins Bett gegangen.«

»Sagt Sascha«, ergänzt Berta. »Das ist nämlich ein großer Unterschied. Dann hatte euer Gespräch nichts damit zu tun. Jedenfalls nicht direkt. Sie muss noch einen anderen Anruf bekommen haben.«

»Oder sie lag im Bett, konnte nicht gleich einschlafen und da ist ihr etwas Wichtiges eingefallen«, überlegt Sophie. »Wisst ihr, was ich meine? Mir passiert das öfter. Ich liege im Bett und kurz vor dem Einschlafen fällt mir ein, ich habe die Hintertür nicht abgeschlossen. Oder ich habe die Mülltonne nicht rausgestellt. So etwas eben. Dann bin ich sofort wieder hellwach.«

Berta nickt. »Ich verstehe, was du meinst. Aber was hätte sie nachts am Strand erledigen können? Nein, ich denke, es gibt nur einen Grund, dass sie da hin gegangen ist; sie wollte sich mit jemandem treffen. Und sie hat sich mit jemandem getroffen.«

»Ihrem Mörder«, ergänzt Anne leise.

»Es ist alles nach dem Klassentreffen passiert«, stellt Bruno fest, als sie abends am Stammtisch sitzen.

»Solveig ist vorher gestorben«, wendet Anne ein.

»Ja, stimmt. Aber die Einladungen waren schon raus.«

»Mag sein. Aber was willst du damit sagen?«

»Dass es mit dem Treffen zusammenhängt. Oder mit eurer Mädchenclique, die nach vielen Jahren wieder zusammengekommen ist.«

Berta nickt nachdenklich. »Ja. Also denkst du auch an Madita?«

»Es kann auch was ganz anderes sein. Dieses Unglück war natürlich das Allerschlimmste …« Er stockt.

»Was wir verschuldet haben«, ergänzt Anne bitter.

»Na, du ja nun nicht«, stellt Tante Berta richtig.

»Nein, aber ich fühle mich trotzdem irgendwie beteiligt, als Teil der Gruppe. Es war ja nur Glück, dass ich gerade in Berlin war. Ich habe schon darüber nachgedacht, was geschehen wäre, wie ich mich verhalten hätte, wäre ich da gewesen – es hätte für das kleine Mädchen nichts geändert. Und ich hätte genau wie die anderen mein Leben lang darunter gelitten.«

»Nein«, widerspricht Tante Berta energisch. »Du hättest es nicht so lange verheimlichen können, nicht vor mir und Sophie. Dann hätte man darüber gesprochen und ihr hättet es irgendwie verarbeitet. Ich glaube, dieses lange Schweigen, dass jede Beteiligte allein damit war, hat alles noch viel schlimmer gemacht.«

»Was ich eigentlich sagen wollte«, fährt Bruno fort, »ihr habt ja auch noch andere Sachen angestellt, die ihr längst vergessen habt, weil sie nicht so schlimm waren. Für euch.«

»Das stimmt«, fällt Sophie ein. »Wie hieß er noch, dieser Mann, der dich an der Bar beschimpft hat? Der Alkoholiker?«

»Martin«, murmelt Anne, »Martin Mendel.«

»Genau. Der hat euch für sein verpfuschtes Leben verantwortlich gemacht. Natürlich ist das Unsinn, aber der war davon überzeugt und ziemlich verbittert.«

»Er hat auch allen Grund dafür«, gibt Anne zu. »Aber ich glaube nicht, dass er in der Lage ist, so planmäßig zu handeln. Und nie im Leben hätte sich Ramona mit ihm nachts am Strand getroffen.«

»Habt ihr vielleicht noch andere gemobbt?«, fragt Sophie.

Anne holt tief Luft und macht sich gerade.

»Entschuldige, so meine ich das nicht. Ihr wart ja keine Monster, das weiß ich. Aber ich kannte euch in der Zeit doch auch. Also, Ramona konnte manchmal echt fies sein.«

»Ja, aber nicht absichtlich. Sie war ein bisschen überdreht und gedankenlos. Und Solveig war das komplette Gegenteil, total lieb.«

»Ja, Betty eigentlich auch. Sie hat sich nur immer von Ramona beeinflussen lassen. Die hat sie in jeden Schlamassel mit hineingezogen.«

»Über Dora brauchen wir gar nicht reden. Die war schon immer – na, ihr wisst schon. Und Lydia war manchmal auch eine Zicke«, erinnert sich Sophie. »Sie hat anderen gern mal einen Streich gespielt, Leute aufgehetzt, hinterm Rücken geredet …«

»Ach, nun hör auf!«, Anne ist ärgerlich. »Klar waren wir keine Engel, aber so schlimm nun auch nicht. Wir waren doch ganz – na ja, ziemlich – normale Teenager.«

Berta gähnt und sieht auf die Uhr. »Ich bin hundemüde, dabei ist es noch gar nicht so spät. So ein Einkaufsbummel ist verdammt anstrengend.«

»Was habt ihr denn gekauft?«, fragt Bruno.

»Ach, reden wir nicht darüber«, winkt Berta ab. »Anne hat ja nicht mal passende Schuhe gefunden.«

»Ich glaube, für mich wird es auch Zeit, nach Hause zu gehen. Heute hackt ihr nur auf mir herum.«

Berta lacht. »Ach, nun sei nicht so empfindlich. Aber mal im Ernst: ich wüsste gern, wie die anderen euch gesehen haben. Eure Mitschüler, aber auch die Lehrer. Schade, Bruno, dass du damals noch nicht an der Schule warst.«

»Mit einem Lehrer war da mal was«, erinnert sich Anne. »Das war, glaube ich, in der achten. Der hat Physik unterrichtet oder Chemie. Das waren für uns Mädchen sowieso nicht gerade die Lieblingsfächer. Er war noch ziemlich jung und er konnte es uns einfach nicht erklären. Na ja, wir haben seinen Unterricht praktisch sabotiert. Er war nur ein Schuljahr da, dann ist die Familie weggezogen.«

Bruno schüttelt vorwurfsvoll den Kopf. »Ich kann mir das so richtig vorstellen. Eine Gruppe Mädchen in der Pubertät, die ihn ablehnt, ist eine echte Herausforderung für einen Lehrer. Wenn der dann noch jung und unerfahren ist – ach Gott, der tut mir im Nachhinein noch leid. Hoffentlich hatte er an einer anderen Schule mehr Glück. Vielleicht hat er nach dieser Erfahrung aber auch den Beruf gewechselt.«

»Na ja, jetzt tut es mir ja auch leid«, murmelt Anne. »Aber mit vierzehn macht man sich doch keine Gedanken darüber. Ich glaube, in dem Alter hat jeder mit sich selbst zu tun und macht sich kaum Gedanken, was man anderen antut.«

»Es ist aber unwahrscheinlich, dass man nach über vierzig Jahren die Quittung dafür kriegt«, sagt Anne.

»Aber möglich. Alle Geschehnisse führen zum Klassentreffen und zu eurer damaligen Clique. Denk noch einmal darüber nach, Anne. Vielleicht rufst du auch Lydia mal an. Mit Betty kannst du im Moment nicht reden. Und – sei vorsichtig«, rät Tante Berta. »Du könntest für eine Weile hier im Haus schlafen.«

»Ja, vielleicht in dem Zimmer, in dem schon zwei Frauen ermordet wurden?«, fragt Anne empört. »Nee, lass mal, ich kann schon auf mich aufpassen. Ich bin ja nur gewarnt.«

Bruno erwägt kurz, Anne seine Begleitung anzubieten, lässt es aber lieber. Die Abfuhr kann er sich ersparen.

Stattdessen schlägt er Berta vor: »Was hältst du davon, wenn wir morgen mal eine ehemalige Kollegin von mir besuchen? Frau Blume war die Klassenlehrerin von dieser« – er weist mit dem Kopf auf Anne – »Terrorgruppe. Ich habe sie zu dem Treffen eingeladen, aber sie konnte nicht kommen, weil sie krank war. Sie hat das sehr bedauert. Ich habe sowieso einen Krankenbesuch geplant. Ich werde sie morgen Vormittag anrufen und wenn es ihr passt, gehen wir am Nachmittag hin.«

Berta nickt zufrieden. »So machen wir das. Ich besorge auch einen Blumenstrauß.«

Mittwoch, 27. Oktober

»Ich selbst bin ja noch hier in Sallenthin zur Schule gegangen«, erzählt Frau Blume. Sie sitzen in dem gemütlichen Wohnzimmer an einem runden Esstisch und sehen hinaus auf den Krebssee.

Berta sieht sich unauffällig um. Für ihren Geschmack steht hier ein bisschen viel Nippes herum, aber die Frau hat wohl genug Zeit zum Staubwischen, es ist alles sehr sauber und ordentlich. Die Möbel sind zum größten Teil alt, aber sehr gepflegt. Das bequeme Sofa und der passende Ohrensessel sehen neu aus, passen aber gut hier hinein.

Bruno hatte heute Vormittag angerufen, um sich und Berta anzukündigen. »Blümchen ist immer gern vorbereitet, da erscheint man nicht unangemeldet«, hat er Berta erklärt.

»Ich wollte das gar nicht so offiziell machen«, hat Berta gemurrt. »Dann fühlt sie sich verpflichtet, uns Kaffee und Kuchen anzubieten Und erwartet, dass wir einen Grund für unseren Besuch haben. Ich kenne die Frau doch kaum.«

»Wir haben doch einen Grund. Abgesehen davon, dass ich sie wirklich mal besuchen wollte. Ich glaube, sie ist ziemlich einsam, sie wohnt ganz allein in ihrem Haus. Ihr Mann ist schon sehr früh verstorben und die Kinder, drei hat sie, glaube ich, wohnen irgendwo anders. Und du willst wissen, was sie von dieser Mädchenclique um Anne und Ramona hielt. Das kannst du ihr ruhig offen sagen, Drumherumgerede mag sie nicht und durchschaut sie.«

Frau Blume ist wieder gesund und vorbereitet. Sie trägt eine rosa Bluse zum schwarzen Rock und Pumps, ist sorgfältig frisiert und hat den Kaffeetisch gedeckt. Offensichtlich genießt sie es, Gäste zu empfangen. Nur, dass sie einsam ist, war ein Irrtum von Bruno. »Ich hatte schon darüber nachgedacht, dass Haus zu verkaufen«, erzählte sie. »Also nicht heute oder morgen, aber doch in naher Zukunft. Noch habe ich ein Auto, aber wenn ich nicht mehr fahren kann, wird es schwierig. Ich wäre dann immer auf andere Leute angewiesen. Und das Grundstück wird mir natürlich auch zu groß, ich will es ja nicht verwahrlosen lassen. Und nun wird es ein Enkel mit seiner Freundin übernehmen. Sie haben eine kleine Wohnung in Ahlbeck, aber im Januar kriegen sie ein Baby, da wird es ihnen zu eng. Er hat schon angefangen, das Haus umzubauen, es muss ja so vieles neu gemacht werden. Davor graut mir ein bisschen, aber es wird so schön, wenn wieder Leben im Haus ist. Vor allem auf das Urenkelchen freue ich mich.«

»Es ist wirklich schön hier«, sagt Berta, »so ruhig und idyllisch. Sind sie hier aufgewachsen?«

»Ja, das war mein Elternhaus. Da oben am Waldrand, das Backsteingebäude, das war unsere Dorfschule. Wir hatten nur einen Lehrer, der hat alle vier Jahrgänge gleichzeitig unterrichtet.«

Dann tauscht sie mit Bruno Erinnerungen an die gemeinsamen Jahre an der Bansiner Schule aus, vor allem an die alten Kollegen.

»Wir langweilen Sie sicher«, wendet sie sich plötzlich an Berta. »Wie unhöflich von uns.«

»Nein, gar nicht«, versichert Berta. »Die meisten der Bansiner Lehrer kenne ich ja auch. Und viele ihrer Schüler.« Sie erwähnt Anne und Ramona, deren Klassenlehrerin Frau Blume war.

»Ja, natürlich. An diese Mädchen erinnere ich mich gut. Ich mochte sie. Sie waren ein bisschen übermütig, aber nicht böse.«

Bruno fragt nach dem Vorfall mit dem jungen Lehrer, der die Schule nach einem Jahr verlassen hat.

Seine ehemalige Kollegin erinnert sich, winkt aber ab. »Das war gar nicht so dramatisch. Er hatte selbst Schuld. Statt sich Respekt zu verschaffen, hat er sich bei den Kindern angebiedert, wollte ihr Freund sein. Er war auch absolut beratungsresistent. Aber soweit ich weiß, hat er keine bleibenden Schäden davongetragen. Er war dann in Wolgast an der Schule, vielleicht ist er immer noch dort.«

Sie hebt die geblümte Kaffeekanne an. »Darf ich noch einmal eingießen? Nehmen sie sich doch noch ein Stück Kuchen.«

Berta wechselt einen besorgten Blick mit Bruno. »Wissen Sie, dass Ramona Rosmann, ich weiß jetzt nicht, wie sie früher hieß, ermordet wurde?«, fragt sie vorsichtig.

»Nein!« Frau Blume atmet tief ein und sieht Berta entsetzt an. »Ich habe gehört, dass am Bansiner Strand eine Tote gefunden wurde. Aber dass es Ramona war – und es war wirklich ein Mord?«

»Ja«, Bruno nickt. »Und nicht der Einzige.« Er erzählt von Dora und dem Anschlag auf Betty. »Und im September ist Solveig bei einem Unfall ums Leben gekommen.«

»Stimmt. Davon habe ich gehört. Aber diese Zusammen-hänge waren mir natürlich nicht bekannt.« Sie ist jetzt sehr blass, ihre Hand zittert, als sie nach der Kaffeetasse greift. »Aber ist es denn wirklich möglich, dass das Motiv für diese Gräueltaten in der Schulzeit zu finden ist?«

»Das wissen wir eben nicht.« Berta zuckt mit den Schul-tern. »Aber wir finden keine andere Gemeinsamkeit zwi-schen den Frauen als diese Clique, der sie damals ange-hörten.«

»Kann es wirklich kein Zufall sein?«, Die alte Frau über-legt. »Ramona war schon immer sehr temperamentvoll, ein bisschen rücksichtslos anderen gegenüber mit einem Talent dafür, sich Feinde zu machen. Bei Dora Schmidt wundert es mich nicht, dass es ein böses Ende genommen hat. Ich sollte das vielleicht nicht sagen, aber sie hat schon in der Schule gelogen und betrogen. Und später – na, ich will keine Ge-rüchte verbreiten, aber ihr wisst sicher auch, was über sie er-zählt wurde. Sie war kein guter Mensch. Dennoch – Mord? Ich kann es gar nicht glauben.«

Sie überlegt noch, was sie über Betty und Solveig weiß, aber zu beiden fällt ihr nicht viel ein. Nur, dass sie Solveigs Tod sehr bedauert hat. »Sie war ein nettes, ruhiges Mäd-chen, soweit ich mich erinnere.«

»Sag mal«, fällt Bruno plötzlich ein, »Harald Kaufmann ging doch auch in die Klasse. Kannst du dich an den erin-nern?«

»Ja, natürlich«, Frau Blume lächelt. »Unser Harald. Ein trauriger kleiner Junge. In der Klasse war er immer der kleinste und schmächtigste. Aber«, sie sieht Bruno erschrocken an, »er ist doch nicht etwa auch …«

»Nein, nein! Er ist übrigens auch nicht mehr klein und schmächtig. War wohl ein Spätentwickler.«

Frau Blume atmet auf. »Das hätte mir auch sehr leidgetan. Ich hoffe, er kann sein Leben jetzt genießen. In der Schule hat er sich sehr schwergetan, er wurde viel gehänselt, fürchte ich. Sein einziger Freund war der Mendel-Junge, wie hieß er noch?« Sie überlegt kurz. »Martin, ja Martin Mendel. Ein bedauernswertes Geschöpf …«

»Weißt du noch, wie Harald mit den Mädchen zurechtkam?«, unterbricht Bruno.

»Natürlich überhaupt nicht! Er hat sehr unter ihnen gelitten, glaube ich. Ich kann mich erinnern, dass ich beobachtet habe, wie er ihnen beinahe panisch aus dem Weg ging. Ich denke, er hatte Angst, dass sie seine Neigung erkannten.«

»Was?«, Bruno ist erstaunt. »Du denkst doch nicht – er war doch nicht homosexuell?«

»Aber natürlich war er das! Und es würde mich sehr wundern, wenn er es nicht mehr wäre.«

Auch Berta ist überrascht. Aber mehr davon, dass die alte Lehrerin es weiß. »Ich habe es geahnt. Ich habe genau beobachtet, wie er mit meiner Nichte geflirtet hat. Und irgendwie war es – ja, wie soll ich sagen – nicht echt.«

»Ich habe überhaupt nichts gemerkt«, gibt Bruno zu. »Aber hat er nicht was von Frau und Kindern erzählt?«

Die alte Lehrerin schüttelt den Kopf. »Mag sein, dass er etwas mit einer Frau hatte oder hat, so etwas gibt es ja. Womöglich hat er sich immer noch nicht geoutet, der dumme Junge. Er war schon immer so ein stilles Wasser und völlig verklemmt. Aber Kinder hat er nicht, das weiß ich genau. Ich kenne nämlich seine Mutter, das hätte sie mir erzählt.«

Auf dem Heimweg, im Auto, schüttelt Bruno immer noch den Kopf. »Ich habe es nicht einmal geahnt. Und ich bilde mir etwas auf meine Menschenkenntnis ein.«

»Na ja, er kann es eben sehr gut verheimlichen, das hat er jahrelang geübt. Warum auch immer. Aber weshalb hat er uns vorgelogen, sein Sohn wäre bei Betty im Kindergarten gewesen? Nur um Betty schlecht zu machen? Was hat er gegen sie?«

»Keine Ahnung. Wollte er von sich selbst ablenken? Ich weiß jetzt gar nicht mehr, was ich über ihn denken soll. Dabei fing ich gerade an, ihn zu mögen.«

»Ja, ich auch«, gibt Berta zu. »Er ist ja auch nicht unsympathisch. Aber wir sollten ihn im Auge behalten. Wer weiß, was er noch für Geheimnisse hat. Am besten ist, wir lassen uns erst mal gar nichts anmerken und behandeln ihn genauso wie immer.«

»Und Sophie?«

Berta lacht. »Die lass mal. Sie wird es schon selbst herausfinden, denke ich.«

Freitag, 29. Oktober

Von Pohls Küchenfenster aus blickt man auf die Plattenbauten, an der anderen Seite der Eigenheimsiedlung liegt der Große Krebssee, aber den sieht man nicht. Hans Pohl ist es egal. Von ihrer alten Wohnung aus, in der sie bis in die 90er-Jahre gewohnt haben, konnten sie auf die Ostsee sehen und auf die Strandpromenade. Und vom Balkon aus, wenn man sich etwas hinausbeugte, auf die Fischerhütten. Vielleicht ist es gut so, das alles nicht mehr täglich vor Augen zu haben.

Er hatte gehofft, hier Ruhe zu finden. Das Haus ist altersgerecht gebaut, gemütlich und bequem. Ringsherum ist die Siedlung umgeben von viel Natur, Wiesen und Wald zum Spazierengehen.

›Die Zeit heilt alle Wunden‹, heißt es. Tut sie nicht. Sie lindert den Schmerz ein wenig, manchmal denkt man nicht mehr daran, ist beinahe glücklich, aber die Erinnerung ist immer im Hinterkopf.

Jahrelang haben sie versucht, zu vergessen. Sie waren beschäftigt, jeder hatte seine Arbeit, sie hatten Freunde, dann haben sie das Haus gebaut – sie waren immer beschäftigt. Hin und wieder stieß etwas an die Wunde, die nie verheilt war – ein Mädchen, das so aussah wie Madita damals, eine Frau, mit der Madita befreundet war, die zugefrorene Ostsee im Winter. Jeder von ihnen hatte diese Momente, aber sie haben nicht darüber gesprochen. Erst jetzt wieder.

Hans Pohl weiß, dass seine Frau nicht mehr lange zu leben hat und sie weiß es auch. Sie kämpft nicht gegen den Krebs, sie nimmt die Krankheit an und wartet gefasst und ohne Angst auf den Tod.

»Sei nicht traurig«, hat sie ihn getröstet, »es ist gut so. Ich will nicht mehr. Nun bin ich bald wieder bei unserer Kleinen.«

»Ob sie das wirklich glaubt?«, fragt Pohl seinen Sohn, der neben ihm in der Küche steht.

»Ja, vielleicht. Das wäre doch gut, es macht alles etwas leichter für sie, denke ich.«

»Aber sie müsste doch noch gar nicht sterben. Der Arzt hat gesagt, wenn sie nur ein bisschen mehr Lebensmut hätte, wenn sie nur wollte, könnte sie noch ein paar Jahre leben. So viele hatten schon Krebs und haben es überlebt. Aber sie will es ja gar nicht.« Er klingt verzweifelt und Malte wischt sich eine Träne aus dem Augenwinkel.

»Sie redet neuerdings wieder viel von Madita«, fährt sein Vater fort. Dann, nach kurzem Zögern: »Setz dich mal einen Moment hin, ich will dir etwas sagen.«

Sie setzen sich an den Küchentisch. »Paul Plötz hat mir erzählt, wie das mit Madita damals passiert ist. Er weiß es von Marten und wollte nicht, dass ich es durch den Dorftratsch erfahre. Sie war nicht allein auf dem Eis.«

Er will fortfahren, aber sein Sohn unterbricht ihn. »Ich weiß, Solveig Marten hat es mir schon vor Jahren gesagt. Sie war dabei. Sie meinte, wir haben ein Recht darauf, es zu erfahren. Ob ich es euch erzähle, hat sie mir überlassen.«

»Und du dachtest, wir müssen es nicht wissen?«

»Nein, wozu? Ich wollte die Wunde nicht wieder aufreißen. Und ich wollte nicht, dass ihr die Frauen dafür hasst. Sie waren ja selbst noch Kinder. Und sie leiden darunter, was geschehen ist.«

»Woher weißt du das? Na ja, mag sein, ich weiß es auch nicht.«

Sie schweigen. »Willst du es Mama etwa erzählen?«, fragt Malte nach einer Weile.

»Nein. Sie denkt jetzt viel an Madita. Dann lächelt sie, wenn sie sich an Begebenheiten aus ihrer frühen Kindheit erinnert. Unglaublich, was ihr alles wieder einfällt.«

Jetzt lächelt auch er, während ihm eine Träne über die Wange läuft. »Ich will nicht, dass ihre letzten Gedanken die an Maditas Tod sind.«

Sonnabend, 30. Oktober

Schon seit dem Vormittag wartet Berta ungeduldig auf Sabine. Sie ist gestern Abend spät aus München zurückgekommen, aber nun könnte sie allmählich ausgeschlafen haben. Ihre Mutter ist immer noch im Krankenhaus.

»Sie könnte ja auch bei uns frühstücken«, meckert sie, »sie weiß doch, dass ich auf sie warte.«

»Was? Wer?« Sophie ist verwirrt.

»Sabine! Sie ist gestern Abend oder in der Nacht nach Hause gekommen. Ich bin vorhin extra bei ihr vorbeigegangen – das Auto steht da.«

»Na, da hat sie ja Glück, dass du sie nicht aus dem Bett geklingelt hast. Was ist denn nur so dringend, dass du sie gar nicht erwarten kannst?«

»Ich will endlich weiterkommen, eine neue Spur finden. Irgendetwas, was zur Aufklärung der Morde beiträgt, bevor noch einer geschieht.«

»Oh Gott, glaubst du das wirklich?« Anne ist gerade hereingekommen und blickt Tante Berta erschrocken an.

Die seufzt und schiebt ihre Kaffeetasse gereizt beiseite. »Ich weiß doch auch nicht. Ramona wurde vor zehn Tagen ermordet und was haben wir? Nichts. Bei der Polizei ist das nichts Besonderes, die brauchen immer etwas länger. Aber wir? Kein Motiv, keinen Verdächtigen, gar nichts.«

»Und was soll Sabine daran ändern?«, fragt Anne und zieht ihre Jacke aus.

»Na, ich hoffe, dass sie in München, in Ramonas Haus irgendetwas gefunden hat, was uns weiterhilft.«

Anne setzt sich neben sie. »Das kann dann doch aber nur etwas sein, was Sascha belastet, oder?«

»Vielleicht. Vielleicht auch nicht, vielleicht eine ganz neue Spur. Wir wissen doch nicht viel über Ramonas Leben in den letzten zwanzig Jahren.«

»Na ja«, Anne zweifelt. »Mit Sicherheit ist sie dort auch angeeckt, sie hat bestimmt mehr Feinde als Freunde gehabt. Aber ermordet wurde sie hier. Und Dora auch. Also, ich würde den Mörder nicht in München suchen.«

»Ja, ja. Warten wir es ab.«

Anne und Sophie sehen sich hinter Bertas Rücken fragend an. So schlecht gelaunt haben sie ihre Tante selten erlebt. Die merkt das anscheinend selbst gerade.

»Ich muss erst mal raus«, beschließt sie. »Ich laufe mal ein Stück am Strand lang, damit ich den Kopf frei kriege. Wenn ich zurückkomme, ist Sabine vielleicht hier.«

»Sabine hinten, Sabine vorne – das geht mir auf die Nerven«, murrt Anne, als sie mit Sophie allein ist.

»Bist du eifersüchtig?« Sophie lacht.

»Quatsch, ich mag dieses Lämmchen einfach nicht. Die ist mir zu brav, zu naiv und sie jammert dauernd rum.«

»Ach was, sie ist doch nett. Außerdem geht es Tante Berta gar nicht um Sabine, sondern darum, was sie aus München mitgebracht hat.«

Am frühen Abend sitzen sie dann endlich zusammen. Bruno ist auch da. Und Tante Berta hat wieder etwas bessere Laune. Obwohl ihre Geduld durch Sabines langsame und umständliche Redensweise sehr strapaziert wird.

Sie erzählt, dass Sascha völlig am Boden zerstört ist. »Er sieht richtig elend aus, blass und abgemagert. Er achtet auch nicht mehr auf seine Kleidung. Ich glaube, er ist krankgeschrieben, oder er hat sich Urlaub genommen, jedenfalls war er in den Tagen, als ich da war, nicht arbeiten. Er ist manchmal weggefahren, aber ich wusste nie, wann er zurückkommt. Deshalb musste ich mich sehr beeilen, wenn ich die Papiere durchgesehen habe.«

»Warum sollte er das denn nicht wissen?«, fragt Sophie. »Es ging schließlich um deine Tante, da kannst du dich doch offiziell um ihre Angelegenheiten kümmern.«

»Ich habe ihr geraten, es nicht so offensichtlich zu machen«, erklärt Tante Berta. »Falls sie wirklich was findet, musste er es gar nicht mitkriegen.«

»Aha. Und – hast du?«

»Na ja, es wäre mir auch peinlich gewesen«, gibt Sabine schüchtern zu und Anne verdreht die Augen.

»Aber ehrlich gesagt, nein, ich glaube nicht, dass ich etwas Wichtiges gefunden habe.«

Sie überlegt kurz. »Also, ein Testament hat sie wohl nicht gemacht. Sascha hat auch gesagt, er hat nichts gefunden und deshalb gehört jetzt alles mir. Ich soll alles mitnehmen, was ich haben will und den Rest kann er mir schicken oder verkaufen. Es gibt da Leute, die sowas machen, also Haushalte auflösen, glaube ich.« Sie sieht Berta verwirrt an.

»Was wollte ich sagen? Ach so – er möchte mir das Haus abkaufen, sagt er. Er würde es schätzen lassen. Meint ihr, er würde mich betrügen?«

»Sicher würde er das, wenn er könnte«, vermutet Anne. »Aber du kannst es ja auch selbst schätzen lassen. Oder über einen Makler verkaufen.«

»Das hätte Ramona bestimmt nicht gewollt«, murmelt Sabine.

»Wer weiß?« Anne zuckt mit den Schultern. »Wenn er sie ermordet hat, schon.«

Sabine reißt die Augen auf und sieht erschrocken zwischen Anne und Tante Berta hin und her. »Ihr glaubt doch nicht …?«

»Nein, nein, wir glauben gar nichts.« Berta schüttelt den Kopf und wirft Anne einen missbilligenden Blick zu. »So, nun erzähl weiter. Was hast du gefunden von dem, was du dir aufgeschrieben hast? Also, ein Testament war nicht da. Hast du die Adresse von dem Makler, der das Haus verkaufen sollte?«

»Ja, ich habe bei ihm angerufen. Aber er hat mir gesagt, das Haus stehe schon seit einem Jahr nicht mehr zum Verkauf. Er hat auch keine Interessenten dahin geschickt. Aber Ramona hat doch erzählt, dass da Leute waren und sich das Haus angesehen haben. Hat sie vielleicht einen anderen Makler beauftragt?«

»Das wäre eine Möglichkeit«, stimmt Berta vage zu. »Aber weiter. Was hast du über den Gerichtsprozess gefunden?« Auf Brunos fragenden Blick erklärt sie: »Der Sohn ihres verstorbenen Mannes hat sie nach dem Tod seines Vaters verklagt. Er wollte das Haus haben. Er hat den Prozess verloren.«

»Ich habe nichts darüber gefunden, gar nichts! Ist das nicht seltsam? Sie hat sonst alles akribisch aufgehoben.«

»Ja, das ist allerdings seltsam.«

Sophie lächelt und auch Anne ist erleichtert, als sie sehen, wie Tante Bertas Augen blitzen. Endlich eine Spur! Sie hat Witterung aufgenommen.

»Hast du mal mit Sascha darüber gesprochen?«

»Nein, ich wusste ja nicht …«

»Gut. Denk noch mal genau nach, was Ramona euch über den Mann erzählt hat. Vielleicht kannst du auch deine Mutter fragen, wenn es sie nicht zu sehr aufregt.«

Sabine nickt. »Mache ich. Vielleicht fällt mir ja auch noch was ein. Ich erinnere mich jetzt nur, dass er Alexander hieß.«

»Na, das ist doch schon was. Und mit Nachnamen wahrscheinlich Rosmann, oder? Vielleicht hat er auch den italienischen Namen seiner Mutter angenommen. Und vermutlich lebt er noch in Italien. Aber«, fällt ihr dann ein, »das kann unser Kriminalhauptkommissar doch sicher herausfinden. Ich werde ihn mal in die Spur schicken.«

»Meinst du, der hätte verhindert, dass Ramona das Haus verkauft? Warum? Was hätte er davon?«, fragt Bruno.

Berta denkt angestrengt nach. »Jemand hat es jedenfalls. Wer könnte sonst noch Interesse daran haben, dass es nicht verkauft wird? Sascha?«

Bruno nickt und zuckt gleichzeitig mit den Schultern. »Sascha ist übrigens eine Koseform von Alexander«, fällt ihm dann ein.

Sonntag, 31. Oktober

»Schön, dass du heute frei hast«, stellt Berta zufrieden fest. »Ich liebe unser Sonntagsfrühstück!«

Anne und sie haben sich auf der Straße vor dem *Kehr wieder* getroffen. Beide wohnen nicht weit entfernt. Berta hat bis vor zehn Jahren im *Kehr wieder* gelebt. Die Pension hat ihrer Familie gehört und sie ist darin aufgewachsen. Krieg und Nachkriegszeit, die DDR und die politische Wende haben das Haus und Berta darin überstanden. Als ihre Nichte Sophie es übernommen hat und restaurieren ließ, ist sie zu einer alten Freundin in deren Haus am Waldrand gezogen.

Gemeinsam gehen sie ins Haus und werden schon von Sophie erwartet. Die hat bereits zusammen mit Renate das Frühstück für die Gäste vorbereitet. Die Tische sind eingedeckt und das Büfett aufgebaut.

Am Sonntag kommt die Kellnerin schon um neun Uhr, dafür hat sie am Abend frei. Der Sonntagabend verläuft erfahrungsgemäß ruhig, wenn mehr zu tun ist, springt Anne ein. So hat Sophie am Sonntagmorgen Zeit für ein gemeinsames Frühstück, ein Ritual, das ihnen wichtig ist.

Tante Berta und Anne ziehen ihre Jacken aus und setzen sich an den Tisch, den Sophie bereits gedeckt hat. Sie hat eine weiße Tischdecke aufgelegt und einen kleinen Strauß leuchtend gelber Winterastern in die Mitte gestellt. Eine Schüssel Geflügelsalat – Renates Spezialität – und Schälchen mit Obstsalat stehen zwischen hübsch dekorierten Tellern mit Käse, Schinken und Räucherlachsröllchen, die frischen Brötchen werden in einer Stoffserviette im Brotkorb warm gehalten. Dass nur drei Gedecke aufgelegt sind, ist Absicht. So gastfreundlich sie sonst auch sind, das Sonntagsfrühstück zelebrieren sie immer nur zu dritt. Bei der zweiten oder dritten Tasse Kaffee, wird die Woche ausgewertet. Sie reden, sie hören zu, sie diskutieren. Unaufgeregt, satt und zufrieden. Anne beschließt, dass noch ein wenig Geflügelsalat in sie hineinpasst, Sophie knabbert an einer Scheibe Käse. Berta wollte eigentlich etwas Obstsalat essen, sie meint, Vitamine zu brauchen, aber den schafft sie jetzt nicht mehr. Ein Lachsröllchen geht noch.

Anne seufzt und lockert ihren Hosenbund.

»Sich vollzufressen ist auch irgendwie Bauchstraffung«, stellt sie fest.

»Einmal in der Woche darf man das«, entschuldigt Berta die Orgie. So wie jede Woche, auch das gehört zum Ritual.

»Ich finde es nicht schön von Sascha, dass er nicht zur Beisetzung kommt«, stellt Sophie zur Diskussion.

»Es wäre aber doch ein großer Aufwand, diese weite Strecke nur für die ein, zwei Stunden zu fahren. Er wird auf seine Art in München von ihr Abschied nehmen«, entschuldigt Berta den Mann.

Anne stimmt ihrer Freundin zu. »Immerhin war er ihr Lebensgefährte, da gehört es sich doch wohl – außerdem könnten wir ihm noch ein paar Fragen stellen.«

Tante Berta nickt nachdenklich.

»Ja, das würde ich auch gern – ich rufe ihn mal an«, be-schließt sie.

Der Teil des Gespräches, den Anne und Sophie mitbe-kommen, erscheint ihnen immer rätselhafter.

»Was war das denn? Er kommt nun doch?«, fragt Anne, als Berta das Telefon endlich auf den Tisch legt. Die trinkt erst noch einen Schluck Kaffee, dann nickt sie.

»Ja. Er hat beruflich in Berlin etwas zu erledigen, das kann er verbinden. Er will mit der Bahn fahren und sich in Berlin einen Leihwagen nehmen. Er kommt am Freitag, also am Tag der Beisetzung vormittags und bleibt dann eine Nacht hier.«

Sie sieht Sophie fragend an, die nickt.

»Ich habe zwar eine Reisegruppe im Haus, aber ein Zim-mer für ihn finde ich schon. Es sei denn, er will lieber wie-der ins *Residenz*«, fügt sie leicht beleidigt hinzu.

»Nein, nein, er will schon hier im Haus schlafen. Und er will mit uns reden, worüber auch immer. Das habe ich nicht so richtig verstanden. Er hat sich ziemlich rätselhaft ausge-drückt. Er hätte einen Verdacht, aber das wird uns nicht ge-fallen – hm, ich bin gespannt. Er wollte am Telefon nicht darüber reden.«

»Was war denn das mit einem Brief?«

»Er sagt, er hätte Sabine einen Brief an mich mitgegeben. Den soll sie mir aber erst nach der Beerdigung aushändi-gen. Sehr ominös.«

»Ja, vor allem, dass sie nichts davon gesagt hat«, meint Anne. »Ruf sie doch mal an.«

»Nein, sie will doch sowieso heute Nachmittag herkommen. Vielleicht bringt sie den Brief dann mit. Oder sie erwähnt ihn wenigstens. Ich warte mal ab.«

»Aber ich habe es ihm doch versprochen«, jammert Sabine, nachdem sie am Nachmittag Kaffee getrunken und noch immer nichts über einen Brief gesagt hat.

»Du hättest mir aber mitteilen können, dass du einen Brief für mich hast.«

»Dann hättest du mich überredet, ihn dir sofort zu geben.«

»Ja, mag sein. Ich hätte ihn ja trotzdem erst nach der Beisetzung lesen können. Aber das wäre dann meine Entscheidung gewesen.«

Sabine versteht diese Logik nicht. Hilflos sieht sie die alte Frau an und wiederholt: »Ich habe es Sascha versprochen, was sollte ich denn machen?«

»Dir überlegen, wem du Loyalität schuldest«, sagt Anne streng. »Du hast doch wohl mitgekriegt, dass wir Sascha verdächtigen. Wenn er nun der Mörder ist, wäre es sicher gut zu wissen, was in diesem Brief steht.«

»Ja, aber – das glaubt ihr doch nicht wirklich, oder? Sascha soll Ramona …?« Sie sieht die anderen zweifelnd an, dann wird sie plötzlich wütend.

»Ihr denkt, dass er ein Mörder ist und dann schickt ihr mich da hin? Ich habe allein mit ihm in einem Haus übernachtet!«

»Nun beruhige dich mal.« Tante Berta schüttelt den Kopf. »Selbst wenn er Ramona umgebracht hat, was ich nicht glaube, warum sollte er dir etwas tun? Du warst keinen Moment in Gefahr.«

»Ach nein? Wenn er Ramona wegen ihres Vermögens oder wegen des Hauses ermordet hat, warum dann nicht mich? Jetzt gehört es doch mir.«

»Aber wenn du tot wärst, würde er es trotzdem nicht kriegen. Deshalb glaube ich auch nicht, dass er der Mörder von Ramona ist. Das hätte nur Sinn gemacht, wenn es ein Testament gäbe.«

»Oder wenn sie verheiratet gewesen wären«, fügt Sophie hinzu und Berta sieht sie nachdenklich an. In Gedanken macht sie sich eine Notiz, was Schneider noch herausfinden soll. Aber nein, das wäre wohl zu weit hergeholt. Warum hätte er dann Sabine bitten sollen, ihm die Villa zu verkaufen.

»Was ist denn nun mit dem Brief? Gibst du ihn mir?«, fragt sie ungeduldig.

»Ja, muss ich ja«, murrt Sabine. »Sascha wird sauer auf mich sein. Aber«, fügt sie nach einem Blick auf Berta hinzu, »besser, als wenn du es bist.«

Gehorsam geht sie nach Hause und kommt kurz darauf mit dem Brief zurück. Berta lächelt, als sie die Aufschrift »Für Tante Berta« liest. Sie sieht den Umschlag einen Moment zögernd an, dann gibt sie ihn Sophie. »Hier, leg ihn gut weg.«

Sabine atmet auf. »Übrigens«, fällt ihr dann ein, »ich kann Sascha doch von Berlin abholen, dann braucht er keinen Leihwagen anzumieten. Ich hab Zeit und ich fahre gern Auto.«

»Es würde auch reichen, wenn du ihn von Anklam abholst«, rät Sophie. »Dahin hat er eine gute Bahnanbindung.«

»Oder so.« Sabine klingt ein wenig enttäuscht. Berta sieht sie mitleidig an. »Wann kommt deine Mutter denn aus dem Krankenhaus?«, fragt sie.

»Weiß ich noch nicht, nicht in den nächsten Tagen. Ihr geht es gar nicht gut. Der Arzt will nicht mal, dass sie an der Beisetzung teilnimmt, das wäre zu anstrengend für sie.«

»Jetzt kannst du deinen Brief auch lesen«, schlägt Anne vor, als der Kriminalhauptkommissar gegangen ist.

»Ja, eigentlich schon. Es wird nichts Überraschendes drinstehen.« Berta seufzt. »Warum sind wir da eigentlich nicht selbst draufgekommen? Spätestens als Bruno gesagt hat, dass Sascha eine Koseform von Alexander ist.«

Sophie schüttelt den Kopf.

»Ehrlich – ich habe kurz daran gedacht. Aber ich war der Meinung, Ramona hätte es wissen müssen. Sie kannte doch beide – Quatsch – es ist ja nur einer. Ich bin schon total durcheinander.«

»Ja, ich auch«, gibt Berta zu. »Ich muss auch erst einmal darüber nachdenken.«

Anne wundert sich. »Fred Müller und Schneider haben die ganze Zeit gewusst, wie Sascha mit vollständigem Namen heißt. Dass sie den Namen uns gegenüber nicht einmal erwähnt haben!«

»Na ja, wie gesagt: Sascha ist die Koseform von Alexander. Ramona hat ihn uns als Sascha Martin vorgestellt. Sein richtiger Name ist Alexander Martini-Rosmann. So groß ist der Unterschied nicht. Und von dem Streit um die Villa haben sie nichts gewusst.«

»Ganz schön schlau«, murmelt Sophie. »Wenn du nicht auf die Idee gekommen wärst, dass die Polizei nach dem

Sohn von Ramonas verstorbenen Mann suchen soll, wären wir nie darauf gekommen.«

»Aber dass Ramona nichts gemerkt hat!« Anne kann es immer noch nicht fassen. »Oder meint ihr, sie hat es gewusst? Warum hätte sie es uns erzählen sollen?«

»Ja, warum? Und warum nicht? Wäre es ihr peinlich gewesen?«, überlegt Berta. »Aber nehmen wir doch einmal an, Ramona ist an dem Abend vor ihrem Tod darauf gestoßen. Sie hat irgendetwas gefunden. Sie war völlig überrascht. Was noch? Wütend, traurig, enttäuscht? Sie will mit jemandem darüber sprechen und ruft dich, Anne, an. Du hörst nicht zu, sagst, sie soll es dir am nächsten Tag erzählen. So lange kann sie unmöglich warten. Was tut sie? Sascha ist weg. Sie wollte erst mit dir sprechen, bevor sie ihn zur Rede stellt. Ruft sie jemand anderen an? Wen?«

»Ich wüsste niemanden.« Anne schluckt. »Ich stand ihr am nächsten, glaube ich. Verdammt! Warum habe ich ihr nicht zugehört?«

»Du konntest doch nicht ahnen, wie wichtig es war«, tröstet Sophie ihre Freundin. »Sie hätte es ja auch einfach sagen können.«

»Das ist jetzt egal«, unterbricht Berta. »Wie hat Ramona reagiert? Versetzt euch mal in ihre Lage.«

Anne blinzelt ihre Tränen weg und reißt sich zusammen. »Sie hat sich Sascha vorgenommen«, ist sie nach kurzer Überlegung sicher. »Auf keinen Fall hätte sie noch lange über eine Taktik nachgedacht. Oder hätte erst ein Bad genommen und wäre ins Bett gegangen. Sie war stinkwütend. Hat sich angezogen und ist rausgerannt, um ihn zu suchen. Sie wusste ja ungefähr, wo sie ihn findet. Nämlich am Strand. Und da wird sie ihn auch gefunden haben. Das Schwein!«

Berta nickt langsam. »Und er ist ein sehr guter Schauspieler und hat uns in den nächsten Tagen etwas vorgemacht. So kann es gewesen sein. Aber warum hätte er sie in dem Moment erschlagen sollen? Was hätte sie Schlimmeres tun können, als ihn zu beschimpfen und rauszuwerfen? Dann wäre seine Taktik, sich bei ihr einzunisten, nicht aufgegangen. Aber durch einen Mord hätte er nichts gewonnen, im Gegenteil.«

Sophie seufzt. »Was für ein Durcheinander. Wir sind genau so schlau wie vorher. Willst du nicht endlich diesen verdammten Brief öffnen?«

»Meinst du, der enthält ein Mordgeständnis?«, Berta schüttelt den Kopf. »Nein, ich will mich davon nicht beeinflussen lassen. Wir denken jetzt erst mal nach.«

»Wenn er wirklich der Mörder ist, warum kommt er dann hierher zurück?«, fragt Sophie.

»Vielleicht, um neue falsche Spuren zu legen«, schlägt Anne vor.

»Ja«, stimmt Berta zu, »ich glaube, das ist das Besondere an dieser Geschichte, dass es so viele falsche Spuren gibt. Der Mörder, egal, wer es ist, hat immer wieder eine Verbindung zum Tod des kleinen Mädchens gelegt. Aber das ist zu vordergründig, zu offensichtlich. Ich bin überzeugt, es ging um Ramona.«

»Oder um Dora«, wirft Sophie ein.

Bruno ist hereingekommen. Während er seine Jacke auszieht, hört er dem Gespräch zu.

»Oder du liest zu viele Kriminalromane«, erwägt er. »In der Wirklichkeit ist nämlich das Offensichtliche meist auch die Wahrheit.«

Berta hat sich über Brunos Bemerkung geärgert, aber während sie jetzt langsam auf der Promenade entlanggeht, denkt sie noch einmal darüber nach.

Von Anfang an, seit sie mit der Nase auf die Verbindung zwischen der Mädchenclique und dem toten Kind gestoßen wurde, hat sie das als Mordmotiv abgelehnt. Aber ihre Intuition hat sie schon öfter getäuscht. Vor allem, wenn Mitleid ins Spiel kommt. Sie mag Hans Pohl und kann nicht glauben, dass er ein Mörder ist. Oder sein Sohn. Hätte sie dieser Spur doch nachgehen sollen?

Mit Paul hätte sie jedenfalls nicht darüber reden können. Was macht der überhaupt? Er war schon seit über einer Woche nicht mehr am Stammtisch. Sie bleibt stehen und holt ihr Telefon aus der Jackentasche.

Zurück geht sie am Strand entlang, in Gedanken immer noch den Kopf schüttelnd über das Gespräch. Paul kommt nicht ins *Kehr wieder*, weil Arno nicht kommt und Arno kommt nicht, weil Harald da ist. Was für Kindereien! Na, heute Abend wird Paul da sein, schon aus Neugier, einer seiner hervorragendsten Eigenschaften, die er mit seiner Freundin Berta gemeinsam hat.

Nach dem Abendessen sieht sie immer wieder ungeduldig auf die Uhr.

»Hast du Hummeln im Mors?«, zitiert Sophie eine Frage, die Berta ihr als Kind oft gestellt hat.

»Nein, ich warte auf Paul und Arno.«

»Und deswegen bist du so nervös.«

»Bin ich gar nicht – da sind sie ja.« Sie ist sehr erleichtert, ihre Befürchtung war, dass Harald vor den beiden kommt. Sie hätte dann trotzdem gesagt, was sie sagen will, aber so ist es besser.

Paul sitzt kaum am Tisch, er hat noch nicht mal ein Bier vor sich stehen, da fragt er auch schon.

»Also, was willst du mir erzählen? Was Schlimmes?«

»Nein, was Gutes.« Sie lacht. »Und eigentlich will ich es Arno erzählen. Und Sophie, wenn sie es noch nicht weiß.«

»Was ist mit mir?«, Sophie hat den Männern Bier gebracht und bleibt am Tisch stehen.

»Setz dich mal einen Moment hin«, bittet Berta.

Zögernd setzt sich die Wirtin neben Arno. »So.« Berta sieht sie an und versucht, ernst zu bleiben. »Wie ist Harald denn so als Liebhaber?«

»Was?!«, Sophie reißt entsetzt die Augen auf. Sie weiß, dass ihre Tante nicht prüde ist, aber diese Frage geht selbst für ihre Verhältnisse zu weit. Arnos Miene verschließt sich noch mehr. Er umklammert sein Bierglas und starrt wütend hinein. Anne und Bruno sehen sich an und wissen nicht, ob sie lachen oder schimpfen sollen. Was hat sich Berta dabei nur gedacht? Bruno ahnt es.

»So, nun mal Butter bei die Fische. Arno denkt, du hast was mit dem. Also, was ist?«

»Ich hab überhaupt nichts mit ihm. Wir flirten ein bisschen. Ich habe mich noch nie mit ihm allein getroffen. Ob ihr das nun glaubt oder nicht.«

Zögernd sieht Arno hoch und atmet vorsichtig auf.

Berta nickt. »Ich glaub es dir jedenfalls. Er macht sich nämlich nicht so viel aus Frauen. Das war alles nur Show. Warum auch immer.«

Jetzt ist Sophie alles klar. Und sie hat schon gedacht, es läge an ihr, sie sei nicht mehr attraktiv genug – sie bemüht sich um eine neutrale Miene und zuckt gleichmütig mit den Schultern.

»Natürlich war das nur Show. Ich wollte mal sehen, ob Arno eifersüchtig wird.«

»Das war er«, bestätigt Berta und Paul nickt nachdrücklich. »Seine Laune war in der letzten Zeit kaum auszuhalten.«

»Und das, wo du so eine Frohnatur bist«, zieht Berta ihren Freund auf.

»Ja Donnerlittchen! Soll ich noch den ganzen Tag lachen, wenn es hier eine Tote nach der anderen gibt? Kümmerst du dich vielleicht mal um diesen ganzen Schlamassel, wenn es die Polizei schon nicht macht?«

»Ja, nun reg dich mal wieder ab, ich kümmere mich ja. Ich denk doch an nichts anderes, außer vielleicht …« Sie weist mit dem Kopf auf Harald, der sich gerade an den Tisch setzt.

»Was ist? Warum seht ihr mich alle so an. Hab ich was falsch gemacht?«

Berta zuckt mit den Schultern. »Weiß nicht. Wir lassen uns bloß nicht so gern auf den Arm nehmen. Warum tust du so, als würdest du dich für Frauen interessieren?«

»Das geht euch eigentlich nichts an«, erwidert er ernst. »Spielt das irgendeine Rolle?«

»Wenn du uns belügst, schon. Du hast doch gar keine Kinder. Was sollte dann diese Geschichte über Betty?«

»Ja, tut mir leid. Ich habe das erfunden, um glaubwürdiger zu sein. Mir hat mal ein Bekannter erzählt, dass sie im Kindergarten die Kleinen aushorcht. Ich traue es ihr zu, ich denke, sie ist scheinheilig und hinterlistig. Fast so schlimm wie Dora Stocking.«

Er sieht Paul an. »Du erinnerst dich nicht an mich, stimmt's? Ich war früher oft bei euch am Strand, Sven Michel war mein bester Freund. Und Doras Bruder Dieter. Wir hatten die Flucht zusammen geplant. Meine Mutter hat mich erwischt, als ich gerade loswollte. Die anderen sind trotzdem mit dem Boot losgefahren. Sie dachten, ich wäre zu feige, hätte in letzter Minute gekniffen. Das hat mir Dieter später erzählt. Sven hat nie mehr erfahren, dass ich ihn nicht im Stich gelassen habe. Das hätte ich nie getan! Ich war doch – er war doch – ach, ist egal. Dora hat uns verraten, sogar ihren eigenen Bruder.«

Sie schweigen eine Weile. Dann steht Sophie auf, sammelt die leeren Gläser ein und geht damit zur Theke. Sie bringt jedem noch mal das gleiche. Paul bestellt jetzt noch einen Korn, Bruno hält mit.

Berta schüttelt den Kopf auf Sophies fragenden Blick und räuspert sich. Sie streicht Harald, der finster in sein Bierglas starrt, kurz über die Schulter. »Du hättest es uns doch sagen können.«

Er nickt. »Ja, tut mir leid.«

Als Sophie wieder an den Tisch kommt, wechselt Berta das Thema. »Das sah vorhin so aus, als hättest du eine Auseinandersetzung mit der Frau an Tisch vier. Hat die sich über das Essen beschwert?«

»Nein, über mich.« Sie setzt sich hin, sieht zur Treppe, die zu den Gästezimmern führt und spricht leise weiter. »Ich weiß gar nicht mehr, in welchem Zusammenhang, jedenfalls habe ich zu ihr gesagt: »Sie sind doch Gast.« Und darauf sagt sie ›Gästin‹! Und das in einem Ton – also ehrlich. Wenn sich jemand an dem Wort ›Zigeunersoße‹ stört, dann sage ich eben ›Paprikasoße‹, das ist mir egal. Aber ich weigere mich, ›Gästin‹ zu sagen. Was sind das für Leute, die unsere Sprache dermaßen verunstalten?«

Bruno stimmt aus vollem Herzen zu. »Furchtbare Menschen. Die haben ein übersteigertes Geltungsbedürfnis, wollen sich wichtigmachen und irgendwie profilieren. Dabei springen sie doch nur auf einen fahrenden Zug, der hoffentlich bald mal entgleist.«

»Mir geht das auch dermaßen auf die Nerven«, bestätigt Anne. »Ich muss mich auch andauernd belehren und korrigieren lassen. Auf meinem Namensschild steht ›Gästeführer‹. Das muss ›Gästeführerin‹ heißen, wurde mir gesagt. Als wenn die nicht sehen können, dass ich eine Frau bin! Das Schlimme ist«, fügt sie hinzu, »selbst, wenn sie recht haben, muss man ihnen einfach widersprechen, weil diese Selbstgerechtigkeit und Überheblichkeit einfach zum Kotzen ist.«

Harald beteiligt sich nicht an der immer lebhafter werdenden Diskussion. Er scheint mit seinen Gedanken woanders zu sein und verabschiedet sich heute als erster.

»Habe ich nun einen neuen Stammgast schon wieder verloren?«, fragt Sophie, als er die Tür hinter sich geschlossen hat.

»Das glaube ich nicht«, meint Berta. »Er wird schon wiederkommen, wir haben ihm ja nichts getan. Es sei denn …« Sie überlegt. »Wie stand er eigentlich zu Ramona?«

Anne zuckt mit den Schultern. »Besonders gemocht hat er sie wohl nicht. Sie war ja auch nicht gerade nett zu ihm.«

Bruno grinst. »Du greifst nach Strohhalmen. Du hast nicht die geringste Spur, stimmt's? Diesmal wird die Polizei den Mörder vor dir finden.«

»Warte es ab. Ich bin mir ziemlich sicher, dass ich doch wieder schneller bin.«

›Hoffentlich schnell genug‹, denkt sie. Und wieder hat sie diese Ahnung, die sich bestätigen soll.

Mittwoch, 3. November

»Soll ich mit reinkommen?«, fragt Anne, als sie das Auto vor dem Krankenhaus einparkt.

»Nein, ich glaube es ist besser, wenn ich erst mal allein mit ihr spreche.«

Berta stöhnt ein bisschen beim Aussteigen, dann knöpft sie ihre Jacke zu, kramt umständlich die Maske aus der Tasche und geht zum Eingang.

Anne sieht ihr nachdenklich hinterher. Hoffentlich kommt bei dem Gespräch etwas heraus. Sie hat plötzlich Angst, jetzt, wo sie so allein hier sitzt und mit niemandem reden kann. Was geschieht hier bloß? Es gibt immer mehr Tote und sie haben nicht die geringste Ahnung, wer dahintersteckt. Es muss jemand außerhalb ihres Kreises sein, vielleicht jemand, den sie überhaupt nicht kennen. Ob die Polizei vielleicht eine Spur hat? Berta sollte da unbedingt einmal anrufen. Oder Fred Müller zum Kaffee einladen.

Berta will an der Rezeption nach der Station fragen, aber dann sieht sie durch die Glastür in die Cafeteria. Sabine sitzt dort an einem kleinen Tisch und wartet schon auf sie.

Sie erschrickt bei dem Anblick. Bis auf die blauen Flecken ist das Gesicht schneeweiß, die Augen sind blutunterlaufen und der Blick wie im Entsetzen erstarrt. Hilflos sieht sie Berta entgegen.

Die bemüht sich um ein Lächeln und setzt sie sich zu ihr. »Du kannst ja schon herumlaufen. Dann ist es wohl nicht so schlimm?«

Sabine fasst an ihre Halskrause. »Nein. Nur ein Schleudertrauma und ein paar Prellungen. Vom Gurt hauptsächlich. Sascha war nicht angeschnallt. Er ist tot.«

Berta nickt traurig. »Ja, ich weiß. Fred Müller hat mich angerufen. Was ist eigentlich passiert?«

»Ich weiß es selbst nicht genau. Sie sagen, ich war zu schnell. Aber ich bin so wie immer gefahren. Ich kenne die Strecke doch. Gleich hinter der Brücke ist es passiert, noch vor Usedom.«

»Aber du fährst doch nicht ohne Grund frontal an einen Baum?«

»Nein, da war ein Tier auf der Straße, ein Reh, glaube ich. Unwillkürlich bin ich ausgewichen.« Sie überlegt. Dann beugt sie sich über den Tisch dicht zu Tante Berta und spricht leise weiter.

»Das habe ich der Polizei gesagt. Aber ich bin mir nicht sicher. Es ging so schnell. Wir haben geredet, Sascha hatte den Gurt gelöst, er wollte etwas aus seiner Tasche holen, die auf dem Rücksitz stand.«

Sie macht eine Pause, schluckt. »Und auf einmal zog das Auto nach rechts. Ich habe gebremst, aber – ich hab die Kontrolle verloren.« Sie weint.

Berta wartet einen Moment, atmet tief durch.

»Kann es sein, dass die Bremse manipuliert war?«

Sabine sieht überrascht aus, denkt nach.

»Nein«, sagt sie dann zögernd.

»Ich glaube nicht. Die Straße war nass, es war ziemlich glatt. Denkst du …?«

»Ich weiß nicht, was ich denken soll. Es scheint ein ganz normaler Verkehrsunfall gewesen zu sein, wie er jeden Tag irgendwo passiert. Das wird die Polizei auch so sehen.«

»Aber du glaubst das nicht? Meinst du, jemand hat mein Auto manipuliert? Aber warum?« Sie reißt entsetzt die Augen auf. »Wollte mich jemand ermorden?«

»Nein, das ist vermutlich Unsinn. Die Polizei hätte es festgestellt, wenn etwas am Auto gewesen wäre, denke ich.«

»Aber es hat Totalschaden. Da erkennt man vielleicht gar nichts mehr.«

»Du bist aber damit nach Anklam und auch wieder zurück auf die Insel gefahren. Da hättest du doch etwas merken müssen. Und du sagst ja selbst, dass die Bremse funktioniert hat.«

»Ja – ich dachte jetzt an die Lenkung. Ich hatte den Eindruck – aber du hast recht. Das hätte ich schon früher merken müssen.«

Sabine greift nach dem Wasserglas, das vor ihr auf dem Tisch steht, aber sie zittert so, dass sie es nicht anheben kann. »Ich habe ihn umgebracht«, flüstert sie.

Berta fasst nach ihrer Hand, sie ist eiskalt.

»Du hast keine Schuld«, sagt sie leise, aber eindringlich und sieht der Frau fest in die Augen. »Es war ein Unfall. Auf der Straße war ein Tier, dem bist du ausgewichen. Das hätte jedem passieren können. Lass dir von deinem Gewissen nichts anderes einreden. Du kannst absolut nichts dafür.«

Sabine atmet tief ein und aus und wird langsam ruhiger.

Berta wartet noch eine Weile, während sie die Hand der Jüngeren streichelt. »Wann kannst du denn nach Hause?«, fragt sie dann. »Haben die Ärzte schon was gesagt?«

»Ja, am Freitag. Da ist doch die Beerdigung.« Wieder füllen sich ihre Augen mit Tränen. »Oder muss ich schon morgen kommen?«

»Nein, du brauchst dich um nichts mehr zu kümmern, es ist alles organisiert. Die Beisetzung ist um 14.00 Uhr, danach gehen wir ins *Kehr wieder* zur Trauerfeier. Sollen wir dich vormittags hier abholen?«

»Nein, die fahren mich nach Hause.«

»Musst du danach wieder herkommen?«

»Nein, ich glaube nicht. Eigentlich sollte ich noch länger bleiben, aber wenn nichts weiter ist – ich will lieber nach Hause. Und ich muss auch endlich meine Mutter nach Hause holen.«

Berta nickt. Hoffentlich kommen die beiden nach Ramonas Beerdigung ein wenig zur Ruhe. Aber das werden sie wohl erst, wenn der Mörder gefasst ist.

»Wie geht es ihr?«, Sophie hat schon auf ihre Tante gewartet.

»Na ja. Physisch ganz gut. Sie hat eigentlich Glück gehabt. Aber natürlich ist sie völlig fertig wegen Sascha. Sie gibt sich die Schuld an seinem Tod.«

»Und was denkst du? Kann das ein Zufall sein?«

»Ich weiß es wirklich nicht. Sascha passt da nicht rein,

oder? Ging es doch um die Clique und das war jetzt eine Ablenkung?«

»Ich würde eher vermuten, dass der Anschlag, wenn es einer war, Sabine galt.«

»Ja, das stimmt. Aber wie manipuliert man so einen Unfall? Geht das überhaupt? Ich muss unbedingt mit Schneider sprechen.« Sie greift nach dem Telefon.

Als sie das Gespräch beendet, kommt Anne gerade herein. Sie hat inzwischen ihr Auto zu Hause abgestellt und sieht Berta fragend an.

»Ich habe den Kriminalhauptkommissar angerufen. Er kommt heute Nachmittag her.« Unzufrieden trommelt sie mit den Fingern auf den Tisch. Dann fällt ihr etwas ein.

»Sophie, gib mir doch mal den Brief. Den hatte ich jetzt total vergessen.«

»Du sollst ihn ja auch erst nach der Beisetzung lesen.«

»Her damit!« Berta ist nicht nach Diskussionen zumute.

Dann blickt sie aber doch erst eine Weile auf den Umschlag, auf dem in einer kräftigen Handschrift »Tante Berta« steht.

»Nun mach schon auf!« Sophie reicht ihr ein Messer. Berta nickt und öffnet entschlossen den Umschlag. Der Brief darin ist am PC geschrieben.

»Liebe Tante Berta, liebe Anne«, liest sie vor. »Inzwischen kennt ihr sicher meinen richtigen, vollständigen Namen und wisst, warum ich ihn euch und auch Ramona nicht genannt habe. Ich hätte es euch spätestens nach Ramonas Tod sagen sollen, aber ich habe den Zeitpunkt verpasst. Ich war wohl einfach zu feige, ich wollte nicht, dass ihr mich verachtet. Und ich wollte nicht, dass ihr mich verdächtigt, Ramona ermordet zu haben. Vielleicht denkt ihr das jetzt und die Polizei auch – vielleicht bin ich schon im Gefängnis, wenn ihr diesen Brief lest.

Bevor ich Ramona kannte, habe ich sie gehasst. Sie hat die Ehe meiner Eltern zerstört und sie hat mir mein Zuhause weggenommen. Das hat mir meine Mutter gesagt, als ich ein Kind war und dann immer wieder. Sie war und ist zutiefst unglücklich und die Schuld daran hat sie allein Ramona gegeben. Jetzt weiß ich, dass das nicht stimmt. Die Ehe war schon am Ende, als mein Vater Ramona kennenlernte. Dass er den Kontakt zu mir abgebrochen hat, geschah auf Wunsch meiner Mutter und ihm war es leider egal.

Ich wollte die Villa unbedingt, es hat sich zu einer fixen Idee entwickelt, als könnte ich damit meine unbeschwerte Kindheit und das Glück meiner Mutter zurückholen.

Es war ein Zufall, dass sie mich nie gesehen hat, an den Verhandlungen um das Haus haben wir beide nie teilgenommen, wir wurden von Anwälten vertreten.

Die Idee, mich an sie heranzumachen, bei ihr einzuziehen, um die Villa doch noch zu bekommen, war völlig verrückt. Sie ist aus der Enttäuschung entstanden, dass ich den Prozess verloren habe und ich habe selbst nicht geglaubt, dass es funktioniert. Ich hätte ihr das Haus ja auch abkaufen können.

Aber dann ist das Unglaubliche passiert: ich habe mich in sie verliebt. Ich weiß, es klingt verrückt, es glaubt mir kein Mensch. Aber es ist die reine Wahrheit.

Ich habe den Verkauf verhindert, gleich als ich zum ersten Mal im Haus war, habe ich die Adresse des Maklers gefunden und ihn mit Ramonas Telefon angerufen. Die angeblichen Kaufinteressenten waren Bekannte von mir. Ich habe auch die Prozessakten verschwinden lassen, damit sie nicht zufällig noch einmal auf den Namen stößt und vielleicht eine Verbindung herstellt. Die Akten sind in meinem Büro.

Wir wollten heiraten. Vorher wollte ich ihr alles beichten und ich weiß, sie hätte es verstanden und mir verziehen. Ich hätte auch auf das Haus verzichtet, wenn sie es gewollt hätte.

Aber ich habe zu lange gewartet. Ich vermute, an dem Abend, bevor sie ermordet wurde, hat sie meinen Ausweis gefunden und alles gewusst.

Was dann geschehen ist, weiß ich nicht. Ich habe sie danach nie mehr wiedergesehen. Und ich habe sie nicht ermordet. Ich habe Ramona geliebt.

Ich kann nur hoffen, dass ihr Mörder gefunden wird. Und dass ihr mir verzeiht. Sascha«

Berta faltet den Brief langsam zusammen. Anne zuckt mit den Schultern.

»Na ja, nichts, was wir nicht schon wussten, oder? Glaubst du ihm? Dass er Ramona geliebt hat, meine ich? Und dass er ihr die Wahrheit sagen wollte?«

»Ja. Ich denke schon, dass er sie geliebt hat. Oder er ist ein wirklich guter Schauspieler und schamloser Mensch.«

»Warum solltest du den Brief aber erst nach der Beerdigung lesen?«, wundert sich Anne.

»Die Frage ist doch, warum hat er ihn überhaupt geschrieben und Sabine mitgegeben?«, fügt Sophie hinzu.

»Na ja, wenigstens das ist zu erklären«, behauptet Tante Berta. »Er wollte ja gar nicht zur Beisetzung kommen. Das war ein kurzfristiger Entschluss.«

»Aber warum? Nur, weil er in Berlin zu tun hatte? Glaubst du das?«

»Ich weiß es doch auch nicht«, erwidert ihre Tante ungeduldig. »Das ist nach wie vor alles total verworren. Hoffentlich bringt Schneider ein bisschen Licht ins Dunkel.«

Zum ersten Mal, seit sie ihn kennt, hofft sie, dass er mehr weiß, als sie selbst.

Etwas Neues kann dieser dann auch wirklich berichten, auch wenn das Berta im Moment nicht weiterbringt.

»Wir haben den Mann, der Solveig Marten überfahren hat. Es war ein Einheimischer, der ganz in der Nähe der Unfallstelle wohnt. Wir hatten ihn sogar bereits in Verdacht und haben sein Auto überprüft. Wussten aber nicht, dass er darüber hinaus einen Dienstwagen hat. Außerdem hat ihm seine Frau ein Alibi gegeben. Er war an dem Abend vollkommen betrunken. Als er jetzt wieder betrunken Auto gefahren ist und sogar sein Kind im Auto saß, hat ihn seine Frau angezeigt.«

»So. Na, dann hätten wir ja schon mal einen Mord aufgeklärt«, stellt Berta sarkastisch fest. Sie schluckt und denkt an Solveig, an ihren Mann und ihre Mutter. »So ein Schwein«, murmelt sie.

Schneider trinkt einen Schluck Kaffee und sieht vor sich auf den Tisch.

»Und was war nun mit Sabines Auto?«, unterbricht Berta das Schweigen.

Er zuckt mit den Schultern. »Die Untersuchung ist noch nicht abgeschlossen. Aber bisher wurde nichts gefunden. Die Bremsen waren zwar sehr abgenutzt, aber nicht manipuliert. Es sieht nach einem Unfall durch überhöhte Geschwindigkeit aus.«

»Und die Lenkung? War die in Ordnung?«

Der Kriminalhauptkommissar sieht sie erstaunt an. »Ich denke schon. Was soll damit sein? Hat sie etwas in der Richtung gesagt? Uns hat sie erzählt, ein Reh war auf der Straße. Was an dieser Stelle ziemlich unwahrscheinlich ist. Aber wir können ihr nicht das Gegenteil beweisen. Auf jeden Fall war sie zu schnell. Deshalb halte ich alles andere erst einmal für eine Ausrede.«

Nach einer Weile, als Berta nichts sagt, fügt er versöhnlich hinzu: »Das Auto war wirklich sehr alt und schlecht gewartet. Der TÜV war überfällig, wahrscheinlich hätte sie es nicht durchgekriegt. Wie gesagt, die Bremsen waren verschlissen, die Kupplung war ziemlich hinüber, sogar die Türschlösser waren kaputt. Und wer weiß, ob der Gurt des Beifahrers überhaupt noch funktionierte. Das hat der Sachverständige nämlich angezweifelt. Aber hundertprozentig lässt es sich nicht mehr nachweisen. Ich will der Frau wirklich keine unnötigen Schwierigkeiten bereiten, aber ich denke, es wird Anklage wegen fahrlässiger Tötung erhoben.«

»Das nun auch noch«, seufzt Berta resigniert.

Donnerstag, 4. November

Berta ist gerade mit dem Mittagessen fertig, als Sabine hereinkommt. Sie sitzen ganz allein am Tisch. Anne ist heute mit einer Reisegruppe unterwegs und Sophie steht hinter dem Tresen und zapft Bier für die Mittagsgäste.

Mit hängenden Schultern und gesenktem Blick hockt Sabine da. Essen mag sie nicht, nicht einmal einen Tee hat sie angenommen.

»Ich geh gleich nach Hause«, erklärt sie mit leiser Stimme. »Ich wollte nur Bescheid sagen, dass ich da bin. Falls noch etwas ist, wegen der Beerdigung oder so.«

»Solltest du nicht bis morgen im Krankenhaus bleiben? Gesund siehst du nicht aus. Warum haben die dich denn vorzeitig entlassen?«

»Na ja, ich hab ja nichts weiter. Nichts gebrochen oder so. Das Ding hier«, sie fasst an die Halskrause, »mach ich morgen auch ab.«

»Na gut, wenn du meinst.« Berta überlegt, ob es für Sabine gefährlich sein könnte, wenn sie allein zu Hause ist. Sie weiß es nicht. »Aber sei ein bisschen vorsichtig. Schließ dich ein und öffne am besten niemandem. Meine Telefonnummer hast du?«

Sabine nickt. »Meinst du, ich bin in Gefahr? Warum denn nur? Und was war eigentlich mit meinem Auto? Hat der Polizist was gesagt?«

»Nein. Sie haben nichts gefunden.« Die drohende Anklage erwähnt sie lieber nicht.

»Na gut, dann gehe ich erst mal. Ich will die Wohnung noch ein bisschen aufräumen. Meine Mutter kommt morgen Vormittag nach Hause.« Sie seufzt und steht langsam auf. »Danke für alles.«

»Schon gut. Pass auf dich auf.«

Den ganzen Nachmittag hindurch ist Berta unruhig. Sie spürt eine Gefahr, wie ein aufziehendes Gewitter. Warum erzählt Schneider ihr nichts? Haben sie keinen Verdächtigen? Gab es keine Spuren? Nicht in dem Zimmer, in dem Dora ermordet wurde, nicht in ihrer Wolgaster Wohnung? Nicht in Ramonas Villa, die von der Münchner Polizei durchsucht wurde?

Keine überraschenden Verbindungen, keine verdächtigen Anrufe?

Ist der Mörder diesmal wirklich schlauer als die Polizei und vor allem schlauer als sie?

Sie läuft am Strand entlang, dicht am Wasser. Einmal schwappt eine Welle über ihre Füße, sie bemerkt es kaum. Sie streichelt einen Hund, der sie beschnuppert, wirft ihm ein Stöckchen. Sie ist schon fast in Ückeritz, dreht um. Und denkt, denkt, denkt. Sie hat das Gefühl, eine Steilwand zu erklimmen und immer wieder abzurutschen. Es gibt viele Verdächtige, viele Motive, aber nichts Konkretes. Nichts, woran sie sich festhalten kann. Alles ist vage, schwammig, hält keiner Belastungsprobe stand.

Noch einmal von vorn: Solveigs Tod war ein Unfall. Der Täter hat diesen Zufall genutzt, um den Mord, den er begehen wollte, mit der Mädchenclique in Verbindung zu bringen. Um damit sein Motiv zu vertuschen. Er muss die Gruppe also sehr gut gekannt haben. Jemand aus der damaligen Schulklasse? War er oder sie beim Klassentreffen dabei? Sicher, dafür spricht der Mord an Dora. Der Täter kannte sich im Haus aus und hatte einen Schlüssel.

Der Anschlag auf Betty war kein Mordversuch, er war nur halbherzig ausgeführt worden, sollte allenfalls Aufmerksamkeit erregen. Bleiben Dora und Ramona. Einer der beiden Frauen galt das Mordmotiv.

Haben wir uns zu sehr auf Ramona konzentriert? Durch die Geschichte mit Sascha wurde sie interessanter, ihr Leben war geheimnisvoller als das von Dora. Oder? Oh Gott, Dora hatte so viele Feinde. Und die meisten kennen wir sicher noch nicht.

Eigentlich gehörte Dora doch gar nicht zu diesem Freundeskreis. Sie war nur manchmal zufällig dabei. Sie hat nur immer so getan, als sei sie eine von ihnen. Dagegen gehörte Lydia dazu. Ihr ist nichts passiert. Der Täter hat die Clique also nicht so gesehen, wie sie in der Schulzeit bestanden hat, sondern so, wie sie sich im Kehr wieder dargestellt hat. Also doch niemand aus der Klasse? Oder ging es doch um Madita? Da war Lydia nicht dabei.

Also ging es doch um die Mädchengruppe? Berta stellt sich vor, der Täter hat von Solveigs Tod erfahren. Er kannte sie. Und ihr Tod hat ihm nicht leidgetan, sondern befriedigt. Er dachte: ›Gut, sie hat ihre gerechte Strafe bekommen. Sollen es die anderen doch auch. Sie haben es verdient‹.

Aber wer? Wer hat sie so gehasst, dass er sie ermorden musste? Gerade jetzt, vielleicht nach den vielen Jahren. Was war der Anlass? Ein Gespräch beim Klassentreffen? Hat der Täter durch Zufall etwas erfahren, was seinen Hass erregt hat?

Wir sollten uns die Bilder vom Treffen noch einmal genau ansehen. Und ich muss mit Anne zusammen noch einmal nachdenken. Womöglich ist sie auch in Gefahr. Unwillkürlich geht Berta schneller. Erst als sie daran vorbei gegangen ist, fällt ihr ein, dass sie Paul und Arno in der Bude besuchen wollte. Aber es ist zu spät. Erstaunt stellt Berta fest, dass es schon dunkel ist. Am Strand ist ihr das gar nicht aufgefallen.

Anne sitzt mit Bruno am Stammtisch und blickt Berta gespannt entgegen, als die hereinstürmt.

»Ist dir was eingefallen?«

»Nicht wirklich. Aber der Anlass für die Morde muss ein Vorfall beim Klassentreffen gewesen sein. Wie Bruno ja auch schon vermutet hat.« Der nickt.

»Wir müssen uns die Fotos noch einmal ansehen. Vielleicht fällt dir dann was ein.«

»Okay.« Anne ist ein bisschen enttäuscht, sie hat mehr Erkenntnisse von Tante Berta erhofft, holt aber bereitwillig ihr Smartphone aus der Tasche. »Ich muss es erst mal aufladen«, stellt sie fest und geht zu Sophie an die Bar, um es an das Ladekabel anzuschließen.

Sabine kommt hereingeschlichen und schiebt sich nach einem leisen Gruß neben Tante Berta auf die Bank. »Ich habe überhaupt nichts zu essen zuhause«, flüstert sie. »Daran habe ich gar nicht gedacht. Mein Brot schimmelt und die Wurst musste ich auch wegwerfen. Kann ich hier was essen?«

»Ja, natürlich!« Berta schüttelt den Kopf. »Was für eine Frage! Und dann nimmst du dir was mit für morgen früh. Oder du kommst wieder her.«

»Nein, ich habe noch ein paar Kekse, das reicht. Morgens habe ich sowieso keinen Hunger. Und dann gehe ich gleich einkaufen, bevor Mutti nach Hause kommt.«

»Na gut. Dann essen wir auch gleich.«

Berta geht in die Küche, um für den Stammtisch das Essen zu bestellen. Nur Bruno lehnt ab und behauptet, schon zu Hause gegessen zu haben.

Sophie setzt sich mit einem gebackenen Camembert und Toast zu ihnen, muss aber gleich wieder aufstehen. »Wenn ich will, dass Gäste kommen, muss ich mich nur hinsetzen und essen«, murrt sie.

Sabine isst schweigend. Anne sieht sie von der Seite an, die übertriebene Leidensmiene der Frau reizt sie.

»Warum bist du mit deiner Schrottkarre eigentlich nach Anklam gefahren?«, fragt sie und bemüht sich um einen freundlichen Ton, als würde sie einen Scherz machen. »Wolltest du noch mal ein bisschen mit Sascha allein sein?«

Selbst Bruno zieht scharf die Luft ein. Sabine lässt den Löffel fallen und wird noch blasser, als sie ohnehin schon ist. Sie starrt auf ihren Teller und schweigt.

»Anne!« Sophie, die drei Meter entfernt hinter ihrer Bar steht, zuckt zusammen. So wütend hat sie ihre Tante selten erlebt. Was hat ihre Freundin bloß angestellt?

Der ist das Lächeln auch vergangen. »Man wird doch mal fragen dürfen«, schiebt sie trotzig hinterher, »schließlich ist ihr ja nichts passiert. Aber Sascha ist tot. Nur weil – ja, schon gut. Du brauchst mich gar nicht so angucken. Dann geh ich eben nach Hause. Ich bin sowieso müde.«

Sie steht auf, klopft kurz auf den Tisch, ohne jemanden anzusehen, winkt ihrer Freundin zu und geht. Sophie sieht ihr nach und erwartet direkt, dass die Tür zuknallt. Aber Anne hat sich schon wieder gefangen.

Auf dem Nachhauseweg plagt sie ein schlechtes Gewissen. Dass sie aber auch immer gleich sagen muss, was sie denkt. Das hat sie schon so oft in Schwierigkeiten gebracht. Tante Berta war richtig sauer, also hat sie diesmal wohl wirklich Mist gemacht. Na, sie wird sich morgen entschuldigen. Bei Tante Berta jedenfalls. Bei Sabine nicht.

›Diese blöde Kuh!‹, Anne wird wütend, wenn sie an Sabine denkt. Warum musste sie nur unbedingt nach Anklam fahren, um Sascha abzuholen? Ja klar, sie wollte allein mit ihm reden, wollte sich wieder bei ihm einkratzen. Wer weiß, was noch? Anne hasst dieses mädchenhafte, schüchterne, ängstliche Getue. Aber Männer fallen ja gern auf so etwas herein.

Man sollte nicht glauben, dass Sabine mit Ramona verwandt war. Die sind so unterschiedlich! Ramona war laut, selbstbewusst, offen und frech. ›Ach Mensch, ich vermisse dich so! Wenn ich doch nur noch einmal mit dir reden könnte. Wer hat dir das nur angetan?‹

Sie schließt ihre Wohnung auf, zieht im Flur Jacke und Schuhe aus und stellt ihre Tasche auf die Ablage. Gewohnheitsmäßig will sie das Telefon herausnehmen.

›Ach Mist, das liegt ja noch bei Sophie. Na, macht nichts, heute Nacht werde ich es nicht brauchen. Dann habe ich wenigstens meine Ruhe. Hab ich die Schlafzimmertür heute Morgen nicht geschlossen? Das vergesse ich doch sonst nicht, wenn ich das Fenster auflasse. Der Bettvorleger ist auch verrutscht und das Buch liegt mit dem Titel nach oben – war das heute Morgen schon so? War in der Wasserflasche nicht mehr drin? Wer hat aus meinem Becherchen getrunken? Wer war in meinem Zimmerchen? Schneewittchen vermutlich. Ich sehe schon Gespenster‹.

Anne zieht sich aus.

›Hoffentlich kann ich schlafen. Wenn die Beerdigung morgen nur erst vorbei wäre! Die habe ich die ganze Zeit im Hinterkopf. Wahrscheinlich bin ich deswegen so gereizt und nervös‹.

»Sie ist manchmal ein bisschen – na ja, sie meint es nicht so«, versucht Berta eine lahme Entschuldigung.

»Nein, es stimmt ja. Ich bin schuld, dass er tot ist.« Sabine schluchzt kurz auf, wischt sich mit dem Handrücken über die Augen und schiebt ihren Teller weg.

»Kann ich morgen bezahlen? Ich habe gar kein Geld dabei. Ich muss morgen ja sowieso – für die Trauerfeier – ihr macht doch …?«

»Ja, das geht alles seinen Gang, mach dir keine Gedanken. Kümmere du dich um deine Mutter. Wir sehen uns morgen auf dem Friedhof.«

»Ja, danke. Gute Nacht.«

Bruno sieht der Frau nach, dann zu Berta, die immer noch verärgert ist. »Anne hätte das jetzt nicht sagen müssen, aber recht hatte sie«, sagt er.

»Ja, aber man muss doch nicht immer sagen, was man denkt. Nicht, wenn man anderen damit weh tut. Meinst du nicht, sie macht sich selbst schon genug Vorwürfe?«

»Was war denn los?«, Sophie setzt sich zu ihnen und Berta erzählt, was Anne gesagt hat.

»Na ja, das war schon krass. Aber Anne kann Sabine nun mal nicht leiden. Und unrecht hat sie ja nicht.«

»Nun fängst du auch noch an! Was hat euch die arme Frau denn nur getan, dass ihr alle auf ihr herumhackt?«

»Ach, du immer mit deinem Helfersyndrom. Ich glaube, die nutzt dich nur aus. Sascha mochte sie übrigens auch nicht. Ich glaube, ihm war es gar nicht recht, dass sie ihn abgeholt hat. Dabei kannte er noch nicht mal ihr Auto. Nach München ist sie ja mit einem Leihwagen gefahren.«

»Woher weißt du das?«

»Das hat sie doch gesagt.«

»Dass Sascha sie nicht mochte, meine ich.«

»Hat Anne dir das nicht erzählt? Sie hat noch am Abend vorher mit ihm telefoniert.«

»Ja, das weiß ich ja«, erwidert Berta ungeduldig. »Er hat ihr gesagt, dass er nun doch kommt und dass er hier im Haus wohnen will. Und Anne sollte einen Kranz für ihn besorgen. Hat sie das eigentlich?«

»Ja, natürlich. Deshalb hat er hauptsächlich angerufen, denke ich. Aber er hat ihr noch was anderes erzählt. Nämlich, dass er sich in München mit Sabine gestritten hat. Deshalb haben wir auch nicht verstanden, dass sie ihn von Anklam abholen wollte. Entweder wollte sie noch mal allein mit ihm reden und ihn bitten, dass er uns nichts von dem Streit erzählt, weil es für sie peinlich war – oder Dora hatte recht und sie war tatsächlich in Sascha verliebt.«

»Worum ging es bei dem Streit in München, weißt du das?«

»Ja, er hat gesagt, dass er Sabine für ziemlich gierig und pietätlos hält. Sie hat alles zusammengerafft, was sie in ihr Auto gekriegt hat: Schmuck, Kleidung, auch persönliche Sachen, die Sascha gern als Andenken gehabt hätte. Deswegen hatte sie wohl auch den Leihwagen, der war viel größer als ihr eigenes Auto. Sogar Bargeld, das sie in einer Schublade gefunden hat, hat sie eingesteckt. Und aus Ärger darüber hat Sascha ihr dann erzählt, sie hätten doch schon heimlich geheiratet und als ihr Ehemann wäre er der Erbe. Sie könne den Schmuck und die Klamotten behalten, aber die Villa und das Geld auf dem Konto würden ihm gehören.«

»Und ich habe ihn für nett gehalten.«

»Ach, er wollte sie doch nur ein bisschen ärgern. Was ist sie auch so raffgierig.«

»Weiß Sabine von dem Gespräch?«

»Nein, warum hätte Anne es ihr erzählen sollen? Ach – und außerdem hat er gesagt, sie soll es niemandem sagen. Er hätte einen Verdacht und darüber wollte er mit uns reden. Das war wohl auch der Hauptgrund, weshalb er herkommen wollte.«

»Und das sagt ihr mir nicht?«

»Anne wollte es dir ja sagen. Aber dann kam Sabine und dann hast du sie angeschnauzt und nun …«

Berta ist aufgesprungen. »Verdammt, sind wir denn alle blind? Nein, ich, um Gottes Willen. Sophie, wir brauchen Annes Ersatzschlüssel.«

Die Wirtin sieht in die Schublade im Rückbüfett und dann erschrocken zu Berta. »Er ist weg!«

»Bruno, wir müssen zu Anne. Sofort. Sophie, ruf sie an! Sie soll die Tür abschließen und …«

»Ich kann sie nicht anrufen, ihr Telefon hängt bei mir am Ladekabel. Was ist denn bloß los?«

»Anne ist in Gefahr! Ruf Fred Müller an, er soll sofort zu ihr fahren.«

Bruno ist schon aufgesprungen. Er hat seine Jacke gegriffen und stürmt aus der Tür.

Sophie wird blass. »Ich muss weg«, ruft sie der Kellnerin zu und läuft ebenfalls los. Auf der Straße wartet sie auf Berta. »Langsam, du kriegst sonst noch einen Herzinfarkt. Bruno ist ja da. Im Gehen ruft sie den Ortspolizisten an. »Fred, du musst sofort zu Anne kommen. Tante Berta sagt, sie ist in Gefahr. Du weißt doch, wo sie wohnt? Ja, bis gleich.«

Weitere Erklärungen sind nicht nötig. Auch Sophie erfährt nicht, was ihre Tante befürchtet, der fehlt gerade die Luft zum Reden.

Bruno wartet schon vor der Haustür. »Habt ihr einen Schlüssel?«

»Nein, du musst beim Vermieter klingeln.«

»Hab ich schon.«

»Ja, wer ist denn da?«, klingt eine ängstliche Stimme aus der Gegensprechanlage.

»Ich bin es, Berta Kelling. Wir müssen dringend zu Anne.« Die Haustür öffnet sich. Eine alte Frau lässt die drei hinein. »Nicht erschrecken«, bittet Berta. »Wir müssen nur dringend zu Frau Wiesner. Wir wissen, dass sie da ist, aber sie öffnet nicht. Haben sie einen Schlüssel für ihre Wohnung?«

»Ja, warten Sie.« Sie geht in ihre eigene Wohnung. »Und wenn Anne gar nicht zu Hause ist?«, flüstert Sophie.

»Wo soll sie denn sonst sein?«

»Aber warum hört sie uns nicht?«

Berta gibt keine Antwort auf die ängstliche Frage. Sie läuft hinter Bruno die Treppe hinauf.

Anne atmet gleichmäßig, aber sie wird nicht wach, als Sophie und Tante Berta sie rütteln.

»Notarzt«, befiehlt Berta und weist auf Sophies Telefon. Sophie wählt schon, da öffnet Anne die Augen. »Was ist los? Was wollt ihr hier?« Sie sieht sich um. »Ich bin doch zu Hause, oder?«

»Ja.« Sophie bricht den Anruf ab und lächelt erleichtert. »Tante Berta dachte …«

»Schscht. Macht mal das Licht aus.« Berta geht zurück ins Treppenhaus. Sie gibt der Vermieterin den Wohnungsschlüssel zurück. »Alles in Ordnung, Sie können schlafen gehen.«

Es klingelt an der Haustür. Berta öffnet und lässt Fred Müller rein. »Komm mit nach oben.«

Gemeinsam gehen sie wieder in Annes Wohnung. Hier sind alle Lampen ausgeschaltet. Das Licht der Laterne vor dem Haus reicht, damit jeder einen Platz findet. Anne hat sich einen Bademantel über ihren Schlafanzug gezogen, sich auf das Sofa gesetzt und ist wieder eingeschlafen.

»Schlaftabletten«, erklärt Berta. Sie geht in Annes Schlafzimmer und macht sich am Bett zu schaffen. Nach einer Weile kommt sie mit der Wasserflasche von Annes Nachttisch zurück ins Wohnzimmer. Bei genauem Hinsehen erkennt man winzige weiße Krümel auf dem Boden.

»Sie hat es geplant.«

»Wer hat was geplant? Du machst mich wahnsinnig!« Sophie schüttelt verzweifelt den Kopf.

Bruno ahnt, wen Berta meint. Mit finsterer Miene sieht er aus dem Fenster.

»Sie kommt«, flüstert er.

»Geh du ins Schlafzimmer.«

Fred Müller folgt der Anweisung. Lautlos huscht er in den Nebenraum. Bruno versteckt sich in einer Ecke hinter der Gardine, Berta und Sophie stellen sich an die Wand hinter der geöffneten Tür. Über Anne haben sie einfach eine Decke gelegt.

Sie halten den Atem an, als sie hören, wie die Wohnungstür von außen aufgeschlossen wird.

Erst, als sie ein Poltern und einen Aufschrei aus dem Schlafzimmer hört, schaltet Berta das Licht an.

Fred Müller hält Sabines rechten Arm fest, mit der Linken hat sie immer noch das Kissen umklammert. Hasserfüllt gleitet ihr Blick über Berta und Sophie hinweg zum Bett. Berta hebt das Kopfkissen an, darunter liegt eine zusammengerollte Jeans.

Anne schläft im Wohnzimmer auf dem Sofa.

Epilog

Eine Woche später

»Ich dachte schon, Sie lassen sich hier gar nicht mehr sehen«, brummt Berta und stellt dem Kriminalhauptkommissar eine Tasse Kaffee hin.

Der lächelt ein wenig schuldbewusst. »Ich wollte erst mal die Ermittlungen abschließen«, erklärt er. »Und wir haben uns in den letzten Tagen doch oft genug gesprochen.«

»Das schon, aber das war ja immer dienstlich, da wurde alles aufgeschrieben, was man gesagt hat. Hier am Stammtisch sind wir doch eher privat. Oder wie sehen Sie das?«

»Ja, absolut«, stimmt Schneider zu. »Ich schreibe bestimmt nicht auf, was Sie sagen. Ich weiß genug, die Täterin hat ein umfassendes Geständnis abgelegt. Außerdem habe ich ja jetzt Feierabend.«

»Gut. Also hat Sabine nun alles zugegeben? Ich kann es immer noch nicht glauben.«

»Ja«, triumphiert Anne. »Diesmal habe ich es eher gewusst als du. Ich konnte sie nie leiden und habe ihr alles zugetraut. War das Intuition oder Menschenkenntnis? Oder reine Intelligenz?«

»Alles«, beteuert Bruno. »Allerdings finde ich, es macht wesentlich mehr Eindruck, wenn andere deine Qualitäten ohne deine Nachhilfe entdecken.«

»Tun sie ja nicht«, murrt Anne. »Ich werde ständig unterschätzt.«

»Diesmal hattest du recht mit deiner Ahnung, aber gewusst hast du es auch nicht«, stutzt Berta Anne zurecht.

»Wie hat sie eigentlich Ramona in der Nacht zum Strand gelockt?«, wendet sie sich dann an Schneider. »So dicke waren die beiden doch gar nicht, oder?«

»Nein«, er lacht und sieht Anne von der Seite an, »aber Sabine hat ihr erzählt, dass sie gerade Sascha beobachtet, der sich mit einer Frau trifft. Sie könne die Frau nicht genau kennen, aber sie glaube, es sei Ramonas Freundin Anne. Die beiden würden sehr intim wirken.«

»Was?!«, Anne fährt hoch und reißt die Augen erschrocken auf. »Ich kann mir genau vorstellen, wie Ramona aus dem Bett gesprungen und zum Strand gerast ist. Ein Wunder, dass sie sich überhaupt was angezogen hat.« Sie schüttelt lachend den Kopf bei der Vorstellung. Aber plötzlich sackt sie in sich zusammen und Tränen treten ihr in die Augen. »Und das war das Letzte, was Ramona von mir gedacht hat. Dass ich was mit ihrem Mann habe. Das verdanke ich Sabine. Dieses verdammte Miststück!«

»Warum hat sie eigentlich Dora Stocking ermordet?«, lenkt Sophie vom Thema ab.

»Die hat in ihrer Art und Weise, in anderen immer nur das Schlechteste zu sehen, einmal ins Schwarze getroffen. Natürlich war Sabine in Sascha verliebt. Das war am Anfang ihr Hauptantrieb, ihre Tante zu ermorden. Sie hat sie glühend beneidet und wollte einfach ihre Stelle einnehmen. Am Ende ging es wohl nur noch um das Erbe. Jedenfalls fühlte Sabine sich von Dora durchschaut.«

»Dann ging es gar nicht um die Clique?«, fragt Sophie.

»Nein, eigentlich nicht. Aber als sie von Madita gehört hatte, hat sie bewusst den Verdacht in diese Richtung gelenkt. Es passte alles so gut.«

»Ja«, nickt Berta. »Aber darauf bin ich nicht hereingefallen. Und Saschas Tod war wirklich nur ein Unfall?«

»Nicht ganz. Sie ist nach Anklam gefahren, weil sie mit Sascha allein reden wollte. Sie hatten sich in München gestritten, sie hat gemerkt, welchen schlechten Eindruck er von ihr hatte und wollte das – wie sie sagt – ›Missverständnis‹ aus der Welt schaffen. Er hat ihr auf den Kopf zugesagt, dass er sie verdächtigt, Ramona ermordet zu haben und dass er mit Anne gesprochen und eine Andeutung gemacht habe. In ihrer Wut oder Panik, ist sie kurzschlussartig gegen den Baum gefahren. Nach ihrer Version war es ein erweiterter Suizidversuch, sie wollte auch sterben. Das halte ich für unwahrscheinlich, aber man kann ihr nichts anderes beweisen. Letztendlich ist es auch unwichtig.«

»Und mich wollte sie ermorden, weil sie dachte, Sascha hätte mir was gesagt? Oder weil sie mich einfach nicht leiden konnte?«

»Beides vermutlich«, beantwortet Schneider Annes Frage lakonisch. »Sie muss das schon länger geplant haben. Den Schlüssel für Ihre Wohnung hat sie hier im *Kehr wieder* aus einer Schublade genommen, schon bevor sie nach München gefahren ist. Vom Krankenhaus aus ist sie direkt hierhergekommen und hat erfahren, dass Sie nicht zu Hause sind. Da ist sie in Ihre Wohnung geschlichen und hat Schlaftabletten in Ihrem Wasser aufgelöst. Den Rest kennen Sie ja.«

»Oh Gott, Tante Berta, wenn du nicht so schnell geschaltet hättest …«, wird es Anne plötzlich bewusst.

»Na ja, es ist ja wieder gut gegangen. Aber ich hätte wirklich schon viel früher darauf kommen können. Und Sie übrigens auch«, teilt sie den Vorwurf mit dem Kriminalhauptkommissar.

»Wir hätten doch nur konsequent der Frage nachgehen müssen, wer am meisten von den Morden profitiert. Das war eindeutig Sabine.«

»Aber es war wirklich alles sehr verworren. Und das hat doch niemand so genau gewusst.«

»Doch, ich!«, stellt Anne richtig. »Ich wusste schon lange, wo der Hammer hinläuft.«

»Und wo der Hase hängt«, ergänzt Bruno.

Über die Autorin

©Mandy Knuth, Heringsdorf

Elke Pupke, geboren 1954 in Bansin, ist ihrer Insel stets treu geblieben. Als gelernte Bibliothekarin arbeitete sie in Heringsdorf, führte mehrere Jahre ein eigenes Hotel und ist als Reiseleiterin, Multimediavortragende und Autorin touristischer Broschüren auf und für Usedom tätig.

Seit 2013 veröffentlicht sie im traditionsreichen Rostocker Hinstorff Verlag ihre OstseeKrimis, von denen viele bereits in mehreren Auflagen erschienen. »Tödliches Klassentreffen auf Usedom« ist der zehnte Kriminalfall der Bestsellerautorin und spielt wie seine Vorgänger auf der Insel Usedom.

Bereits erschienen

ISBN 978-3-356-01603-1 | 12,90 €
E-Book 978-3-356-01607-9

ISBN 978-3-356-02060-1 | 15,00 €
E-Book 978-3-356-02080-9

ISBN 978-3-356-01884-4 | 12,99 €
E-Book 978-3-356-01893-6

Elke Pupke

SEEBRÜCKE IN FLAMMEN

ISBN: 978-3-356-02091-5 | 15,00 €
E-Book: 978-3-356-02128-8

Elke Pupke

Schatten überm USEDOMER Achterland

ISBN: 978-3-356-02422-7 | 15,00 €
E-Book: 978-3-356-02222-3

Elke Pupke

Das **MORDHAUS** im Kaiserbad

ISBN: 978-3-356-01826-4 | 12,99 €
E-Book: 978-3-356-01862-2

Bereits erschienen

ISBN: 978-3-356-02256-8 | 12,99 €
E-Book: 978-3-356-02278-0

ISBN: 978-3-356-02321-3 | 15,00 €
E-Book: 978-3-356-02332-9

ISBN: 978-3-356-02375-6 | 15,00 €
E-Book: 978-3-356-02385-5

Pressestimmen

Mit einer großen Fangemeinde ist Elke Pupke die bekannteste und beliebteste Krimiautorin auf der Insel Usedom.

(Schweriner Volkszeitung)

Wer sich auf Usedom gut auskennt und die Gegend liebt, wird Spaß an diesem interessant aufgebauten Buch haben. Pupke verwebt verschiedene Erzählstränge und Zeitebenen zu einem spannenden Buch – und macht zugleich Lust auf einen Besuch am Meer.

(Lübecker Nachrichten über »Die Toten von Bansin«)

Liebe Leserin, lieber Leser, wir freuen uns über Ihre Bewertung im Internet!

Die Deutsche Nationalbibliothek verzeichnet diese Publikation in der Deutschen Nationalbibliografie; detaillierte bibliografische Daten sind im Internet über http://dnb.de abrufbar.

© Hinstorff Verlag GmbH, Rostock 2022

2. Auflage 2024
Herstellung: Hinstorff Verlag GmbH
Lektorat: Andrea Struck
Titelbild: Timm Allrich
Druck: GGP Media GmbH, Pößneck
Printed in Germany
ISBN 978-3-356-02517-0